编委会名单

主　编：邱水平

副主编：安钰峰

编　委（按姓氏笔画排序）：

丁夕友　马春英　王　雪　王逸鸣　户国栋

朱树梅　任羽中　刘　怡　刘金秋　刘海骅

汤继强　李　刚　李　红　李　豪　吴艳红

谷卫胜　张　昉　张慧君　陈　凯　陈　默

罗　玲　郭俊玲　郭奕冲　唐金楠　温俊君

信仰的力量

北大老同志庆祝中国共产党成立100周年回忆文集

邱水平 主编

北京大学出版社
PEKING UNIVERSITY PRESS

图书在版编目(CIP)数据

信仰的力量：北大老同志庆祝中国共产党成立100周年回忆文集/邱水平主编.—北京：北京大学出版社，2021.6
ISBN 978-7-301-32248-2

Ⅰ.①信… Ⅱ.①邱… Ⅲ.①回忆录—作品集—中国—当代 Ⅳ.①I251

中国版本图书馆CIP数据核字(2021)第106747号

书　　　名	信仰的力量——北大老同志庆祝中国共产党成立100周年回忆文集 XINYANG DE LILIANG——BEIDA LAOTONGZHI QINGZHU ZHONGGUO GONGCHANDANG CHENGLI 100 ZHOUNIAN HUIYI WENJI
著作责任者	邱水平　主编
责任编辑	武　岳
标准书号	ISBN 978-7-301-32248-2
出版发行	北京大学出版社
地　　　址	北京市海淀区成府路205号　100871
网　　　址	http://www.pup.cn
新浪微博	@北京大学出版社　　@未名社科-北大图书
微信公众号	ss_book
电子信箱	ss@pup.pku.edu.cn
电　　　话	邮购部 010-62752015　发行部 010-62750672 编辑部 010-62753121
印　刷　者	北京中科印刷有限公司
经　销　者	新华书店
	650毫米×980毫米　16开本　25.5印张　291千字 2021年6月第1版　2021年8月第2次印刷
定　　　价	96.00元(精装)

未经许可，不得以任何方式复制或抄袭本书之部分或全部内容。
版权所有，侵权必究
举报电话: 010-62752024　电子信箱: fd@pup.pku.edu.cn
图书如有印装质量问题，请与出版部联系，电话: 010-62756370

序　言

习近平总书记2018年在北京大学考察工作时深刻指出："中国共产党的主要创始人和一些早期著名活动家，正是在北大工作或学习期间开始阅读马克思主义著作、传播马克思主义的，并推动了中国共产党的建立。这是北大的骄傲，也是北大的光荣。"作为五四运动的策源地、中国最早传播马克思主义的发祥地、中国共产党最早的活动基地，北京大学将红色基因融入血脉，始终与国家和民族命运紧密相连，一代又一代北大人始终与国家同呼吸、与民族共命运，为中国革命、建设、改革事业作出了重要贡献，在中国走向现代化的进程中起到了先锋作用。

一直以来，广大离退休老同志怀着对党矢志不渝的坚定信仰、绝对忠诚的深厚感情，在党的领导下，不忘初心、砥砺前行，奋战在学校各条战线上。北大老同志作为人民教育事业的耕耘者、建设者和奉献者，作为北大传统的发扬者、北大学术的创造者、北大传人的培育者，为学校的发展和人民教育事业的进步，作出了不可磨灭的贡献。回望过往的奋斗路，眺望前方的奋进路，老同志积累的宝贵经验是北大弥足珍贵的精神财富，北京大学党委始终牢记老同志创造的历史功绩，高度重视传承老一辈

的优良传统。为进一步激发全校师生爱党爱国热情，在中国共产党成立100周年之际，学校党委号召老同志回顾与党同行的峥嵘岁月，积极撰写回忆文章，得到广大老同志的热情响应，在离退休工作部的精心组织下，汇编成书。

本书所收录的回忆文章从不同方面，回顾了老同志们亲历的党史、国史、校史风云：地下斗争风云、开国大典、院系调整、教育改革、改革开放、百年校庆……老同志们回忆了求学经历、入党初心、奋进历程等，涉及的范围广，思考的程度深，有回顾、有总结、有评价、有展望，每一篇文章都凝聚着老一辈北大人对党的事业的耿耿忠心和深深眷恋，镌刻着他们对北京大学的殷殷关切和谆谆嘱托，是一份献给党百年华诞的厚礼。通过出版回忆文集的方式，能够把老一辈北大人的足迹保留下来，传承下去，意义非凡。

书中的老同志，有的坚守三尺讲台，甘当人梯，诲人不倦，筚路蓝缕启山林，呕心沥血育英才；有的勤勉治学，埋首学术，板凳宁坐十年冷，文章不写一句空；有的在管理服务岗位上兢兢业业，任劳任怨，俯首甘为孺子牛，满腔热忱为师生服务。他们将青春年华无私奉献给党和人民的教育事业，离退休后仍然老骥伏枥，志在千里，虽已满头华发，却永怀赤子之心，谱写出老有所为的壮丽篇章。

咬定青山不放松，立根原在破岩中。是什么力量一直支撑着他们不惧风雨，砥砺前行？

这本文集给出了答案，那就是信仰的力量！老同志们或基于感悟，通过认真学习马列主义经典，感悟到理论的魅力，坚定了对马克思主义的信仰；或基于感恩，在党的关怀下读书求学、改变命运，出于一颗朴素的回报党恩、为人民服务的赤子之心，确立了对中国特色社会主义的信念；或基于情怀，胸怀忧国忧民之心、爱国爱民之情，目睹旧中国的凋敝衰败，亲历新旧社会的巨变，深刻体会到只有中国共产党才能救中国，从而坚定对实现中华民族伟大复兴中国梦的信心……这种信仰，是他们奋斗的力量源泉，是前进的精神支柱。正如习近平总书记所说："对马克思主义的信仰，对中国特色社会主义的信念，对实现中华民族伟大复兴中国梦的信心，都是指引和支撑中国人民站起来、富起来、强起来的强大精神力量。"正是源于信仰的力量，在"风雨如晦"的年代，老同志们甘冒生命危险，追求光明与进步，积极开展地下斗争；在新中国成立后，他们毅然抛弃海外优越的生活，艰苦跋涉回归祖国，报效国家；在百废待兴的年代，他们听党指挥跟党走，想国家之所想、急国家之所急、应国家之所需，从红楼到燕园，从昌平200号到汉中分校，殚精竭虑投身建设的时代洪流；改革开放新时期，他们拼搏奋斗，勇攀高峰，战斗在教学、科研、管理各条战线，为北京大学创建世界一流大学再立新功；在祖国和人民需要的时候，他们胸怀大局，无私奉献，白衣执甲，迎难而上，勇当"逆行者"奋战在抗击重大灾害一线……因为信仰，所以坚守；因为信仰，所以奉献；因为信仰，才有源源不竭的奋进力量！

这本文集不仅真实记述了老一辈北大人求知进取、不懈努力

的奋斗历程，深刻铭记着老同志们燃烧青春、担当奉献的峥嵘岁月，也总结凝练了一代代北大人传承红色基因、延续红色血脉的风雨华章，展现了他们对党和国家的深厚感情，以及爱国爱校、敬业奉献的精神品质。当前，北京大学正深入开展党史学习教育，这本文集作为一座连接北大传统和未来的精神桥梁，既赓续老北大的精神传统，又焕发出新时代的昂扬气息，能够让读者领悟信仰之美，筑牢党建之魂，感受思想之力，正是党史学习教育的生动读本。

胸怀千秋伟业，恰是百年风华。在党的领导下，我们已走过万水千山，开启全面建设社会主义现代化国家新征程，但未来仍需要不断跋山涉水。历史照亮未来，征程未有穷期，一切对过往的回顾，都是为了未来更好地前行。对于新时代的青年人，老同志开创的光辉事业催人奋进，老同志坚守的理想信念熠熠生辉。我们衷心期盼通过这本书鼓励成长于新时代的青年人，能够从老同志的回忆中激发信仰、汲取力量，在人生的黄金期，与党和国家"两个一百年"的奋斗期交织相汇，不忘初心，肩负重任，无愧于北京大学光荣的历史与传统，让青春在为祖国、为民族、为人民、为人类的不懈奋斗中绽放绚丽之花。

本书编委会
2021 年 5 月 24 日

| 目　录 |

王义遒：未名湖畔，漫话往事 ／001

王希祜：风雨多经志弥坚，百年华诞颂党情 ／014

王其文：一路行来一路歌 ／029

王明珠：九十人生，追忆时代足迹 ／047

王德炳：树人以德，炳烛而行 ／054

仝　华：中国共产党成立百周年感怀 ／064

朱善璐：胸怀千秋伟业，恰是百年风华 ／078

乔振绪：老骥伏枥，永无止境 ／094

许智宏：草木结缘一生情 ／102

孙小礼：一汪溪水是平生 ／119

杨永义：戎马倥偬话当年 ／132

杨铁生：人民医院，与党同行 ／142

吴泰然：传道授业解惑，积极参政议政 ／152

吴德明：忆苦思甜话人生 ／160

张甲民：我的阿语人生 ／174

陈佳洱：攀科学之峰，圆报国之梦　　／188

周其凤：飞鸿踏雪泥，老凤发清音　　／203

庞长春：执工匠之心，凝敬业之魂　　／213

郑莉莉：党旗下前行的征程　　／224

赵柏林：探索大气的奥秘　　／235

胡　军：我与新中国共成长　　／246

秦铁辉：不忘党恩，励志前行　　／257

夏兆骥：我是新中国培养的专家　　／271

晏智杰：我是一名年轻的"老党员"　　／282

郭建栋：结缘北大，一生无悔　　／294

黄宗良：芒鞋不踏利名场，履冰穿雾不惧行　　／308

梁　柱：履冰问道，探寻真理　　／322

梁立基：架起文化之桥　　／332

傅增有：传播中国文化，助力中泰友好　　／348

赖茂生：锐意改革常为新　　／362

赖荣源：从南洋到北大"落地生根"　　／372

魏丽惠：忆"非典"期间北京大学人民医院　　／387

后　记　／399

王义遒

未名湖畔,漫话往事

王义遒,中共党员,1932年生,浙江宁波人,北京大学教授。1954年本科毕业于北京大学物理系,1961年研究生毕业于苏联列宁格勒国立大学(今圣彼得堡国立大学)物理系。历任北京大学自然科学处处长、教务长、副校长、常务副校长等。从事波谱学和量子电子学研究,是我国量子频标领域的奠基人之一。

革命启蒙心路

1932年,我出生在浙江省慈溪县黄山村(现属宁波市)。黄山村南北有前黄山和后黄山对峙,东西各有一条河,是一个相对封闭的村落,宛若世外桃源。在抗战时期,不少逃难的人来到这里,乱世中,这个封闭的村子有过一段短暂的安定和繁荣的时光。我小学就读于黄山的崇本学校,学校十分开明,但要求严格,教学质量较高,学校的"国防教育"开展得很好,倡导学生

唱抗日歌曲、演活报剧，对我进行了爱国启蒙教育。1941年日军占领慈溪。此后，日伪军，国民党游击军、杂牌军，共产党新四军三五支队来来往往，乡下也不安宁了。有一次一位新四军女干部暂时在我们家借宿，伪军来搜查，我母亲骗说她是我们家亲戚，把她的手枪藏在马桶底下，使她躲过一劫。

1944年，小学毕业后，我在慈湖中学三七市分部短暂学习了三个月。那时候学校有新四军的人来，给我们讲抗日的故事。当时我年仅12岁，但已经知道中国共产党是1921年成立的，了解了部分党史，也知道延安，知道毛主席、朱总司令，受到了浓郁的革命熏陶。后来，在紧张时局下，我被迫辍学。抗战胜利后，我得以恢复学业，先后入读宁波中学、宁波效实中学。

在中学的这段时间里我逐渐确立了革命的人生道路。一件令我对国民党深恶痛绝的事是通货膨胀。我父亲原来大学是学电机的，毕业后在南方的国营企业工作。当时规定，国营企业的职工子女上中学以后，如果每门功课考70分以上，就可以报销全部学费、住宿费。当时70分已经是很高的分数了，为此我非常用功。但是那时候是学期初先交费，学期末拿着成绩单去报销。当时的恶性通货膨胀非常厉害，比如虽然我这学期交的费用是1000块钱，报下来的也是1000块钱，可是等报销下来这1000块钱几乎一分不值了！这种报销制度简直是坑人的笑话，我没有办法，只好向亲戚朋友借学费，我也不再用功去追求门门课考70分的目标了。这对我影响很大，内心深深感慨在国民党政府的统治下，像我父亲这样的大学毕业生连一个中学生都养不起。

当时还有一件事。我外婆把在北京的一家私人银行的股票卖了，得到不少"金圆券"。我母亲告诉我，"金圆券"靠不住，让我在宁波城里立即将这笔钱兑换成黄金或者银圆。我当时正忙着跳级考高中，想着考后也可以买，因为政府说了，金圆券不会贬值的，所以就拖了一个月。结果等我考完以后，可能原本可以买几两黄金的券，现在仅值几毛钱了。我被母亲大骂了一通，她说我外婆就依靠这一点钱养老，现在全被糟蹋光了。此后，我就对国民党政府彻底失望了。

因为我以前接受过一点中国共产党的教育，知道共产党是为人民服务的，就开始向往和积极宣传共产党了。后来我就喜欢看《观察》《新中华》等进步刊物，也偷偷从同学那里借了毛主席的《新民主主义论》《论联合政府》、艾思奇的《大众哲学》、华岗的《社会发展史纲》等，我逐渐学习了一些基本理论，如社会是从原始社会、奴隶社会、封建社会发展到资本主义社会再到共产主义社会，我觉得很有道理，非常向往共产党来解放中国。所以我后来感悟到，物价是一个很重要的问题，关系民心，一定要重视。

读了一些进步刊物，看了几本进步书籍，我就迫切想为革命做一些贡献。1949年1月，蒋介石"下野"到奉化溪口，一艘"太康号"军舰为他护航，经常停泊在江北码头上。军舰上的官兵都很年轻，比我们中学生大不了多少。他们没事就到学校里面和我们一起打篮球，也邀请我们去军舰上参观，给我们介绍舰上的雷达、鱼雷，还有洗衣机、咖啡机，等等。这些都是我从未见

到过的。我跟其中两名士兵关系还挺好。有一个士兵老家在苏北，当时已经解放了，他很忧心家里的情况，后来我就买了本《新中华》，里边有报道解放区生活的情况，我说让他放心，共产党是很合情合理的。我就是希望能给国民党士兵做做工作，那时候我自己觉得思想已经比较进步了，认为革命是一件非常神圣的事情。

1949年5月，传闻解放军要来了，我们还是害怕打仗，晚上谁也不敢出去，宿舍窗户上面都蒙了好多被子防止流弹进来。结果第二天早上发现解放军已经进城了，都露宿街头，没有骚扰百姓，我们觉得解放军军纪确实好，非常佩服。此后，我更加积极了，给同学们讲解"群众路线""民主集中制"等是什么，还组织"识字夜校"，动员周围居民来学习，讲工人如何受压迫、被剥削。解放军到学校看我对共产党还有点了解，就让我当了一名通讯员，报道一些学校的好事。有一次，我到解放军部队里去送通讯，那里人来人往，熙熙攘攘，墙上挂着"从群众中来，到群众中去"的标语，我还在那里吃了顿饭，非常高兴。以前，我们从来不敢到国民党政府的门口去看一看，现在共产党、解放军那么亲民，所有的人一块吃大锅饭，有说有笑。我真正觉得共产党不一样，真的是为人民服务，不久我就加入了新民主主义青年团。

1951年，我参加高考。那时候多数高考学生都是考工科的，主要因为毕业以后工程师的生活比较有保障。但是因为我父亲是工程师，国民党时期，我觉得他连养活我们都有困难，我就有一种逆反心理，偏不做工程师。在新政协会上，毛主席讲过，随着经济建设的高潮的到来，不可避免地将要出现一个文化建设的高潮。所以我就想学习文化，报的志愿两个是文科、两个是理科，最后一个才是工科，那时候文理是可以通报的。我的第一志愿是清华物理系，因为我高中的时候看科普读物，有一本书非常称赞钱三强，冲着钱三强我报了清华物理系；第二志愿是北大地质学系，是冲着李四光先生去的；第三志愿是北大历史系，因为我对共产党的理论、历史比较感兴趣；第四志愿是清华中文系，是冲着李广田先生去的，我喜欢读他的散文；第五志愿报了黄河水利专科学校，我想要是都考不上我就去治理黄河。

当时高考是分区在大城市举办。我报的清华、北大都在华北区，就要到华北区去考试。那时候有一个现在已经撤销的省——平原省，省会在今天河南的新乡。我父亲那时候在郑州工作，郑州是河南省省会，属于中南区。我就从郑州穿过黄河到新乡考试。到了新乡发现环境十分简陋，找不到住宿的旅馆，最后只找到一个骡马店，就是拉马车的那些人住的地方，二三十个人一间屋，条件很差，满是跳蚤臭虫，所以我晚上根本无法入睡。第二天进考场，头脑昏昏，数学一共五道题，结果两道题我根本做不出来。下午考语文，出一个作文题目叫作"我一生最激动的时刻"，我一想我从来没激动过，没办法只好硬着头皮写了，把宁波解放的时候解放军在外面露宿什么的写了一下，其实这个事情我早有思想准备，并没有那么激动。当天晚上，我就在考场里，把桌子一拼，睡在桌子上面了，居然还睡得挺好。第二天考政

治、英语、物理化学生物、历史地理，我头脑已经比较清醒了，发挥还可以。

我想我考那么差，清华绝对不会录取我，已经做好复读一年的准备。结果大概到了8月下旬，忽然接到清华的通知——我被清华物理系录取了。这也算一段趣事。

在清华物理系学习的时候，我是我们年级第一个入党的。以前在南方，我几乎没见过建设新房，只看到过把老房子拆了，变卖瓦砖木材。可是我从南昌到郑州这一路上，过了武汉以后，在火车上可以看到沿途这些城市都在热火朝天地建设，特别是到了郑州，正在大规模地建楼。我这一路上非常兴奋，觉得国民党只会拆楼，共产党会建设，强烈感到我们这个国家很有希望。

到了清华以后，我表现特别积极，共产党一心一意搞建设这是我亲眼所见，我觉得应该加入、宣传共产党，于是认真学习党章，这样慢慢地我提高了思想觉悟，当选团支部书记，而且很快入党了。

总的来看，这一段时间就是我逐渐接受革命启蒙的过程。

科研探索历程

在清华只学习了短暂的一年，1952年院系调整，我转到北大。我是清华物理系一年级团支部书记，到了北大以后我担任三校合并的团委宣传部副部长。我一直在团委，1957年还代表北大团委参加了中国新民主主义青年团第三次全国代表大会。这次会上，将新民主主义青年团的名字改为共产主义青年团了。

当时毛主席提出青年人要"三好"：身体好、学习好、工作好。所以我们朝着这个方向努力，当时我成绩不错，门门功课都考了5分，做团的工作也比较积极。那个时候讨论的空气比较自由，很多人对共产党是不太了解的，但是都可以提出来公开讨论，自由辩论。

1953年暑假，学校计划邀请苏联专家来中国指导高校物理学科建设。当时的中国，会俄语的人才奇缺，苏联专家要来却没办法找到俄语翻译。我与另外四名同学被选中，放下当时其他的学习任务，在暑假中请俄语系应届毕业生突击教我们俄语以应对专家翻译的需求。我并没有系统地学习过俄语，只能算是接触过，因为当时一些教材是从俄语翻译过来的，我多少认识几个字母，发音就不行了。两个月后，两位俄语系毕业生必须离开去工作单位报到，我们只能继续自学。10月，苏联专家柯诺瓦洛夫抵达北京，他有一个生活翻译，但学术事务依然需要我来负责翻译。对于一个只经过三个月突击学习、半路出家的翻译来说，压力是可想而知的。为了更好地满足学术要求、完成翻译任务，我请专家把上课的内容写成文字，提前翻译，保证了翻译的质量和教学的正常进行。柯诺瓦洛夫需要出差去其他高校指导物理学科建设，我作为学术翻译也必须一路跟随，同时要承担起生活翻译的工作，困难是可想而知的。最终算勉强完成了翻译任务。一年后与苏联专家分手时得到了他的赞许，我们还聊了人生经历。他在未名湖畔边走边说："一个人的幸福来自被别人需要。这一年我感

到幸福，因为我满足了中国人的需要。"

我做完翻译后从事光学方面的教学研究工作。1957年11月我去苏联留学，非常兴奋，因为那个时候可以说是中苏关系的蜜月期。在苏联期间，我是列宁格勒国立大学物理系中国留学生的党支部书记。我们留学生政治上特别积极，在苏联积极参加义务劳动。我们看到学校里面有一条路路面裂开，专门买了劳动工具把这条路修好了，得到了苏联人的赞扬，说中国人吃苦耐劳。

留学苏联的经历，促使我进一步比较分析苏联物理研究和中国物理研究的状况。当时苏联的物理学研究处于世界领先地位，我认为这种领先优势很大程度上得益于他们对基础研究的重视，这些研究在当时来看是很难发现其对实用技术有什么重要帮助的，但这些研究却得到了资助。而相对地，当时我国在这方面就不太完善。我们的科研都是跟在人家后面，人家研究什么，我们就跟着研究什么；没有鼓励和资助原创性的科研。当然，这与我们经济发展条件有关。

1961年，我从苏联回到北大的无线电电子学系，研究第一台原子钟。这和我们系主任汪永铨教授有关。我在苏联学的是很基础的理论，回来以后很想做这方面的工作。但是汪永铨主任觉得无线电是一个机密专业，是为国防服务的，因此他要我为国防事业多做贡献。后来我也觉得我的物理基础对原子钟研究有重要作用，对国防也有很大意义。这样我就开始做原子钟研究。1965年，我成功主持研制了我国第一台原子钟——光抽运铷气泡原子频标，翌年2月经国家科委审定要求参加"全国科技新产品展览"，在北京、重庆等地展览四个月。1976年,我成功主持研制我国第一批批量生产的"光抽运铷原子钟",这项高科技成果在我国几项国防科研试验中发挥了重要作用。改革开放以后,新的系领导希望我研究卫星通信、激光通信、光纤通信等,我说我可以做,但是我认为从长远来看,我们国家在国防上还是必须研究原子钟的。原子钟在战争时期是一个很核心的东西,它意味着精准地掌握时间,将来如果发生信息战,我们必须掌握高度精准的时间。

1978年,王义遒在原子钟实验室做实验

教育管理感悟

除了科研,后来我也逐渐走上管理岗位。1985年2月,我担任北大自然科学处处长。1986年担任北大教务长,此后历任北大副校长、常务副校长。我一直觉得学校管理是一种特殊的专业,值得研究和探索它的规律,为此,在教务长任期内,我和汪永铨创办了内部刊物《高等教育论坛》，就是现在的核心期刊《北京大学教育评论》的前身。我们积极鼓励北京大学各职能部门的同志也做一些相关研究，提升服务水平。既然要我做教育管理工作，我就要把它作为专业，钻进去做些研究，这样事情才能办得好。这些年我写过不少关于教育管理的文章，谈过各方面的一些心得。有几条我想简单提一提。

1986年，王义遒与丁石孙校长谈学校工作

一是科研要"顶天立地"，理论实践相结合。自工作以来，我一直感到肩上责任很重，因为我觉得北大应该成为中国科学文化的标志。中国的科学水平有多顶尖，就看北大；中国的文化水平有多高，就看北大。这是北大应该去承担的责任和使命。但是另外一方面，北大所依赖的基础学科跟国家建设的前沿有一定距离。因为基础是一个厚重的东西，与现实国家建设毕竟有一定的距离。所以老校长陆平来了以后就想改变这种状况，他成立了无线电电子学系、技术物理系、地球物理系等，他很想把北大发展

成一个既有很强的文理基础学科,也能够对当前现实的中国建设做出比较大贡献的高校。有一件事我印象很深,20世纪80年代末一次两会期间,我们把西北几个省的省委书记和省长请到北大来,我说我们和你们一起做一个西北大开发的方案。他们很高兴能和北大合作。我们在北大请了许多学科的专家,暑假一起到西北调研,我们首先到甘肃,想讲一讲我们研究出来的甘肃该怎么治理,结果到那儿听到他们省里的官员一讲,我们就觉得他们比我们了解得更清楚,他们能够讲出非常具体的一条河该怎么治理,一个地方的水从哪来,而我们只能空谈一些理论问题。由此我感受到北大如果光搞理论不接触实际是不行的。就像王选先生说的"顶天立地",我们做学问,哪怕是做基础研究,既要瞄准学科前沿,也得瞄准国家的实际导向,这样才能真正有用,否则的话就是纸上谈兵。所以理论联系实际这条,北大无论如何要坚守,一方面要把我们的原来的基础学科发展好,同时一定还要和现实紧密结合。

再一个,在教学上,一定要加强基础通识教育。我们在80年代末提出了十六字方针:"加强基础,淡化专业,因材施教,分流培养。"这十六字方针贯彻落实了多年,在全国产生了一定影响。这是我考虑了很长时间,做了大量调查后提出来的。我调查了北大的学生毕业后都做什么工作,取得了什么成绩,有什么优缺点。在这个基础上,我觉得没有必要那么狭窄地专门化地来培养专业人才,而应把基础打好。比方说,以前的江南造船厂总工程师是北大毕业的,专业是天体物理。他说他成为造船的工程

师依靠的就是北大给他打下的数学物理基础。包括中文系的人，真正利用中文系的专业知识、专业课的其实很少，主要还是靠他的一些基础。所以我说打基础是很重要的，不管文科理科。文科的要把文史哲的基础都打好，理科的数理化的基础要打好。我当时提出全校的课不是各系的课，而是每个学生都可以上的，元培学院现在还是坚持这个理念。包括学科上要建立交叉学科，注重学科综合。我曾经对物理学做过非常细致的调查，调查最近五十年物理学的分支学科是怎么成长起来的。实际上是越分越多、越分越细，必须得有人来综合，否则就没有一个大局的观念了，就会阻碍科学技术进步。这些年我有个经验，谁对本专业学得越透，他一定能交叉得越好；对本专业一知半解，研究得不是很深入的人，反而不能够体会交叉的重要性。

第三，保持优良的学风。刚刚实行市场经济的时候，社会比较浮躁，我们学生的心也比较浮躁，那时候有人甚至提出来，我们北大学生应该学会做经理的本事。我记得80年代末招生的时候，北大录取分数最低的是数学系和哲学系，不少人觉得这两个专业没有具体的用处，不好找工作。后来我觉得这样不行，因为北大要做中国科学文化的标志，数学家是科学家的领头人，哲学家是思想家，更是时代的精神引领者。我们要好好抓一下学风，在这样一种情况下提出来"勤奋、严谨、求实、创新"的北大学风，希望北大人保持这种不求名、不求利、不唯上、不唯书的纯真、求真风气。我来北大快七十年了，我觉得北大人最好的传统，就是这种风气，我非常希望北大能够保持。

2019年10月16日,王义遒接受四个学会联合颁发的时间频率领域终身成就奖

今年是中国共产党成立100周年,立足千秋伟业,百年风华正茂,新时代中国青年要以实现中华民族伟大复兴为己任,不辜负党的期望、人民期待、民族重托,不辜负我们这个伟大的时代。特别是北大学子眼界要宽广一点,心胸要开阔一点。孙中山先生有句话:天下大势,浩浩汤汤,顺之者昌,逆之者亡。北大学子要能够看清大势,认识世界,认识未来。还有很重要的一点,而且是非常困难的一点,就是认识自己:我有什么专长?我有什么优势?我有什么特点?我能在什么地方发挥作用?不能每一个人都去当老板,也不能都去做研究。所以要认识自己,认识大势,结合起来,发挥所长,如习近平总书记所说:"只有把自己的小我融入祖国的大我、人民的大我之中,与时代同步伐、与人民共命运,才能更好实现人生价值、升华人生境界。"

(采访整理:陈凯、詹天乐、马一凡)

王希祜

风雨多经志弥坚，百年华诞颂党情

王希祜，中共党员，1928年生，山东蓬莱人。1947年1月进入北京大学动物学系，后长期从事北京大学后勤管理和基建工作。曾任北京大学副总务长兼基建处处长、北京高校房地产开发总公司副总经理等。

1947年1月，在那战乱纷飞、民不聊生的年代里，我作为一个失学失业青年，为谋生走进了北京大学这个革命大熔炉，在党的教育培养下，从动物学系一名练习生逐步成长为学校总务后勤岗位上的一名干部，为学校的教学科研和师生生活服务，为学校发展和校园建设奉献自己的一生。在党的百年华诞之际，回首往事，我深深体会到，是党对我的培养、教育、领导，让我没有虚度年华，让我的人生虽然平凡，却不留遗憾。

走进北大，踏上革命道路

走进北大上班的第一天，我看到理学院大门内外，贴满抗议美军强暴北大女生暴行的大字报，这是我在北大上的第一堂革命课。到动物学系工作后,师生们不仅在工作上教导帮助我,他们的革命热情和进步思想也在教育、影响着我。

当年人们称北大校园为"小解放区",我身临其中,更有切身体会。校园里到处都是丰富多彩的进步社团活动,到处都是反对国民党反动统治的墙报。我参加过的诸多活动中,至今还记忆深刻的有在红楼后的千人合唱《黄河大合唱》;民主广场文艺室门外平台上演出根据《白毛女》改编的短剧《年关》;还有著名秧歌剧《兄妹开荒》,它的唱词流传很广,我们都会哼几句。校园内外与国民党反动政府的斗争也是激烈紧张,"三青团"的反动宣传语、警备司令部的黑名单和抓人布告不时出现在民主广场,在民主广场举行篝火晚会或是各种大型活动时,墙外军警如临大敌,严阵以待。每有活动,理学院大门外的板凳上都会坐着两个特务,审视每一个出入的学生。在这个校园里,几乎每个人都知道革命圣地延安,知道有中国共产党领导的解放区,知道"解放区的天是明朗的天",几乎每个人都向往为这个"明朗的天"而奋斗。

进入北大工作后,我参加了地下党领导的以我们练习生为主的读书小组,学习革命道理。之后参加"五二〇"反饥饿、反内战、反迫害运动。在天安门前,想起当年五四运动时,革命前辈高举反帝、反封建旗帜,声讨北洋军阀的卖国罪行,为民请命,开启了新民主主义革命航程,今天我们青年人同样在天安门前,就是要继承革命前辈的光荣传统,建立民主、自由、富强的新中国。

1948年春,国统区物价飞涨,民不聊生,地下党领导全市学校教工开展要求改善公教人员待遇的斗争。经党组织同意,我们成立了练习生联谊会,团结练习生们在与国民党控制的旧职员会争夺迎接解放军入城仪式领导权的斗争中取得了胜利。之后,我们又成立了沙滩校区职员会,团结职员们在解放前后的各项斗争中发挥了积极作用。

1948年,在北大留影

1949年是我最难忘的一年。1月31日下午,我们到西直门城门口迎接入城接管防务的解放军。第一次见到自己的军队,我们的心情特别激动。在人们的一片欢呼声中,北平解放了!2月3日,我们带领职员随北大师生大部队在东交民巷西口列队欢迎解放军入城,热烈沸腾的欢呼声响彻云霄、震动古都。2月7日,我随北大工警联合会一路扭着秧歌到东单广场参加纪念"二七"大罢工大会，会后数十支工人队伍在"二七"车辆厂铁路工人的带领下，敲着锣鼓，扭着秧歌，打着腰鼓，从东长安街、天安门到西单，参加庆祝北平解放大游行。7月1日，我们冒着倾盆大雨步行到先农坛，参加庆祝中国共产党成立28周年大会，第一次现场听到毛主席向大家问好的声音。10月1日，我们参加了在天安门举行的中华人民共和国开国大典，毛主席宣布中华人民共和国中央人民政府成立了，五星红旗升起，这重要的历史一刻，我永记心头。晚上，大家参加了天安门的庆祝晚会，直到深夜。12月，职工中建立青年团支部，我转入青年团任职工团支部宣委。12月24日至31日，北京大学工会第一届代表大会举行，北大工会成立，我被选为工会委员，在文体委员会工作。当时我除了要做好动物学系的本职工作外，还要承担比较繁重的青年团和工会的社会工作，在党支部领导下，紧张而有意义的革命工作培养我成长。回忆起1949年的燃情岁月，至今我仍然心情激动。

1950年10月，中国人民志愿军出兵抗美援朝，我在北大教职员抗美援朝上书毛主席的志愿书上签名，并组织动物学系师生制作动物标本、切片出售后，捐献收入支援抗美援朝。1951年9月29日，我有幸在中南海怀仁堂亲耳聆听周总理为京津20所高校3000多名教师作《关于知识分子的改造问题》的报告，牢记总理的教诲。1952年1月，北京大学开展"三反"运动，我奉命参加北京大学节约检查委员会的检查小组（俗称打虎队），对1951年学校一批建设工程的相关人员进行审查，也去看守所审讯与工

程有关的承建商人。

走进北大五年多来的革命经历使我得到锻炼,政治觉悟有所提高,遵循党的教导继续成长。1952年7月,我光荣地加入中国共产党,成为预备党员。

搞好后勤,服务师生员工

1952年院系调整,北京大学的文、理、法三个学院和清华、燕京等院校的部分系科在海淀原燕大校址组建成新的北京大学。8月,学校任命我为北京大学膳食科科长。当年燕京大学有800余名学生,校园内的教学、生活设施周到,一切安排都很妥当,而新北大有3600多名学生,再加上从北大、清华等各个院校来到燕园的1000余名教工,人员突增数倍。三校建委会突击建设,扩建新北大校园4.8万平方米,工程一直在紧张施工。确保师生能按时上课、住宿、吃饭是后勤职工的重要任务,是院系调整进程的重要保障。

院系调整将原北大膳团的职工大部分都留在沙滩,分配到新组建的政法学院等院校,我仅带领10多名炊事员来到燕园,以原燕大的职工为基础,招聘了大批新职工,组建成膳食科。在各方面的有力支持下,努力克服困难,使容纳2400人用餐的大饭厅顺利竣工,新组建的学生食堂、留学生食堂、员工食堂、工人食堂等陆续开伙,满足了各类人员对膳食的不同要求,保证了院系调整任务圆满完成。新北京大学10月4日在东操场举行了隆重的开学典礼。

开学之后，后勤党支部提出"为教学科研服务，为群众生活服务"的工作方针，膳食科组织职工认真贯彻。当时的炊事员有来自北大、燕大的老职工，有在社会上招聘的酒店饭铺师傅，还有大批是来自农村的青年，团结教育好这支队伍是办好伙食的关键。为此，膳食科在党支部领导下设立教育干事，负责炊事员的管理和思想教育、文化学习、业务培训工作。在工会、青年团的支持和党团员带头下，业余学校的文化政治学习、班组的每周生活会都热火朝天。学生会经常组织学生们帮厨，并组织小型文艺演出慰问炊事员，教师们年节都到食堂慰问炊事员和送春联，师生们尊重炊事员劳动，老炊事员又爱护照顾学生如子女。师生们和炊事员的良好互动关系，提高了炊事员们的工作热情，伙食越办越好。膳食科办起豆腐坊做豆浆、豆腐供应食堂，豆渣和食堂的泔水用来喂猪，发展副业生产，这些措施更加促进了伙食的改进，那个时期师生们对伙食都比较满意。膳食科的工作对学校的安定局面起到了促进的作用。

1956年，我调任总务处秘书，仍兼任膳食科科长。总务处经常会参与组织一些大型活动，因为大型活动管理交通、准备饮食等保障工作都离不开后勤。1957年，我有幸直接见到毛泽东、朱德、周恩来三位全国人民敬爱的领袖，这是我一生中最幸运也是最难忘的一件大事。4月，苏联领导人伏罗希洛夫主席来京，我和团委一位同志率百余学生到南苑机场欢迎，毛主席和各位领导与我们只有数米距离。5月1日晚，在中山公园举行欢迎伏罗希

洛夫主席游园晚会，北大学生在中山堂前围成一个圆圈唱歌跳舞，毛主席陪伏罗希洛夫来到这里，学生们更是欢欣鼓舞。因为探照灯刺眼，我搀着毛主席，毛主席搀着伏罗希洛夫在北大学生围起的圈子里整整走了一圈。8月1日在中山公园举行庆祝"八一"建军节30周年军民联欢晚会，同五一晚会一样，北大学生在中山堂前围成一个圆圈歌舞，学生们抢着和朱总司令跳舞，总司令年岁大了，警卫员找我设法"救"出朱老总，我拦住学生陪他到中山堂内休息。他同周总理、陈毅、贺龙等一桌，总理听说我是北大的，就让我坐下，问了些北大的情况，聊了十来分钟，我就礼貌地退了出来。

1958年，在党的"鼓足干劲，力争上游，多快好省地建设社会主义"总路线的指引下，全国人民意气风发、斗志昂扬，奋战在各条战线上。4月16日，北大党委副书记崔雄崑、团委书记张学书和我三人带领6000多名师生，参加修建十三陵水库劳动。师生们从河滩下游顶着风沙铲挖砂石，装筐抬上火车，运到水库坝顶，再卸下来铺到坝体，艰苦的劳动让每个人都手肿腰酸，但大家仍坚持不下火线。26日，北大师生超额完成了装运10万立方米砂石的任务，胜利返校。

6月，总务处职工为改变校内没有游泳池的状况，决心发动全校师生义务劳动，将校景亭北侧鸣鹤园遗址的小湖改造成游泳池。全校师生总动员，从早到晚两班倒，清挖湖底淤泥，脸盆挖坏了几十个。我带领30名后勤各单位选拔的壮汉，组成突击队，每晚从10点上岗，清除湖底回流的稀泥，修整湖底，干到早上6

点。经过 18 天日夜苦战，游泳池按期建成放水。在庆祝游泳池完工的大会上，马寅初校长亲自授给我胜利红旗，表彰突击队的贡献。游泳池命名为"红湖"。

9 月，为应对国内外形势，党中央决定全国大办民兵师，"全民皆兵"。北京大学成立学生师独立团，周华民为团长，体育教师马士沂为副团长，张学书为政委，我任参谋长，负责全团的枪支武器管理、交通运输和后勤保障。每天由解放军教官来校训练队伍，并多次进城参加夜间天安门合练。10 月 1 日国庆活动，在首都民兵师方队中，北大民兵持枪受阅团威武雄壮地通过天安门，接受毛主席检阅。

10 月 20 日，由副教务长尹企卓、学生会副主席王家俊和我带领 1000 多名师生到密云县西田各庄参加秋收劳动，当年风调雨顺农业大丰收，但农村的壮劳力大都去了密云钢铁厂，为大炼钢铁做贡献，丰收的粮食在地里收不回来，市委紧急通知各高校组织秋收劳动。和我们同在西田各庄参加秋收的还有前门街道组织的居民妇女大队，她们打着"我们也有两只手，不在城市吃闲饭"的口号，和我们并肩战斗在丰收的田野上。劳动十天，秋收任务完成，我们胜利返校。这次劳动让师生们见识到了农村火热建设的场景。

在全国万马奔腾、大干社会主义的 50 年代，后勤职工在党的领导下，克服经费紧张、物资匮乏的困难，齐心协力、苦干巧干，在为教学科研服务、为群众生活服务各个方面都取得了丰硕成果，保证了学校各项工作的顺利进行。

建设北大，发展高教事业

　　1960年，国家计委批准北京大学在昌平建设理科分校，建设规模为35万平方米，总投资5000万元。2月，学校任命我为基建处副处长，负责建设昌平理科分校。国务院和北京市委市政府对北京大学建设昌平理科分校非常重视，并给予有力支持。周恩来总理在北京大学报送的关于北京大学发展规划和新建理科校址的请示报告上作出批示。北京市委副书记刘仁同志亲自为北大理科分校寻找校址，非常关心理科分校的规划。在北戴河参加中央会议期间，陆平、宋硕和我向他汇报分校规划。他回京后，一天晚上来到北大临湖轩，找来规划局、设计院有关同志和北大领导同志一起商量，最后确定了理科分校的建设规划。施工期间，他还一个人来到工地，由我陪同视察建设工程进度，听取工程施工情况汇报。北京大学党委书记陆平同志，根据中央发展高等教育的指示，肩负着办好北大的使命，决心将国际上先进的尖端科学技术在北大发扬光大，废寝忘食，日夜操劳，一心想将理科分校早日建成。每日清晨上班前，他在燕南园寓所听取我汇报前一天的工程进展和当天重要工作的部署安排，直接指挥理科分校的建设工作。

　　1960年春，理科分校开始规划设计，拆迁征地。5月，第一栋宿舍楼开工建设，到1961年暑假，建成4栋宿舍楼、1栋教学楼和附属配套设施及用房，共5万余平方米，具备开学条件。由于国家经济困难，教育部指示暂停迁校。1963年，全国经济形势好转，教育部和北京市同意北大启用分校，万里副市长亲自开会要求市计委、市建委支持北大迁校工作，必须确保一些配套工程如运动场、煤气厂、教工小食堂、无线电工厂改造等按期完工，调拨两辆大车作为开学后的班车。1963年暑假后，无线电系、力学系部分专业迁到分校上课。据1963年10月统计，分校共有师生1181人、服务行业职工和家属56人。

1973年春，北京大学革命委员会任命我为基建组副组长，负责建设图书馆。北大图书馆1952年院系调整时由城内迁来燕园，由于原燕大图书馆书库过小，大量图书报刊存放在红一、二楼和俄文楼楼顶阁楼，这些书刊不能开捆上架、不能借阅利用。50年代末，已规划在物理大楼西侧兴建图书馆，由于种种原因没有开工。学校规模不断扩大，书刊增多，存放和阅览问题更为严重，如再不解决，将造成无法估计的损失。北京市革委会批准了建设北京大学图书馆的计划，这是那个特殊年代北京地区高等院校建设的唯一的大型教育工程项目，这项工程得到刚刚恢复工作的万里同志的关怀和支持。1973年4月项目开工，1974年12月30日竣工，建筑面积24813平方米，可藏书350万册，1975年5月1日开馆启用。

改革开放后，高教事业步入正轨，北大汉中、昌平两分校师生返回总校，学校各类用房全面紧张，严重影响教学和生活，基建工作已成为学校工作的当务之急。1979年1月，学校任命我为基建处处长；1980年8月1日，我又被任命为北京大学副总务长

兼基建处处长。1981年12月25日，校党委再次就基建问题向中央书记处、国务院和教育部报送《关于北京大学基本建设问题的报告》，党和政府十分重视北大的基建问题，国家计委、教育部认真研究北大的报告后，批准北大扩建工程29万平方米，列入国家重点工程计划，其中重点是11.3万平方米的理科楼群。中央和北京市十分重视北大的扩建工程计划，万里、胡启立等中央领导同志和北京市领导同志亲自来北大审查理科楼群的规划设计，我陪同领导视察，并协调校园东部建设规划与大市政的道路、管网、公交站点等方面问题。理科楼群第一批于1989年春开工，1991年竣工。

从1973年我恢复工作到1993年我借调到国家教委的二十年间，我共参与征用校园周边土地360余亩，建成校舍43万余平方米，其中教学科研用房13万平方米，教工住宅18万平方米，学生宿舍食堂等8万平方米，工厂等附属用房4万平方米。

校园文化景观是校园的灵魂，北京大学周边特有的环境，古典园林历史文化，革命传统文物设施，优美的绿化自然风景，成就了北京大学独特的校园文化景观，万千学子在北大校园感受到了爱国主义、革命传统和丰富的文化底蕴，受教于无形之中。70年代以来，我有幸参与建造了多处校园文化景观建筑设施，有埃德加·斯诺墓，为中国地质事业做出卓越贡献的美国教授葛利普的墓，为纪念在新民主主义革命时期牺牲的烈士所建立的北京大学革命烈士纪念碑，等等。

80年代，在各级党政的领导下，我承担了多项社会工作，先后当选中共北京大学第七届、第八届党委委员，海淀区人民代表大会第七届、第八届、第九届人大代表，第八届、第九届区人大常委会委员等。

发挥作用，建设教师住宅

1993年春，我已65岁，准备退休。国家教委找到学校希望我能暂缓退休，借调我代表国家教委参加北京市的教师住房建设工作。

改革开放之初，高等教育事业蓬勃发展，制约教育事业发展的诸多困难中，教师住房问题尤为紧迫。市教工委调查得知，全市72所高校93585名教工中有27962人是住房困难户。1992年12月26日，国务院听取并同意北京市解决教师住房困难的方案："政府划拨土地，高校联合征地，统一规划集中建设，国家重点支持，地方政府给予优惠政策，部委、学校及个人集资，组建不以营利为目的的房地产公司进行运作，建成后由房地产公司继续管理，一条龙服务到底。"12月31日，以国务院副秘书长徐志坚为顾问、北京市常务副市长张百发为组长、张天保等人为副组长的北京市教师住房建设领导小组成立，市政府副秘书长陈书栋为办公室主任，市高教局副局长马淑珍任办公室副主任兼高校房地产开发总公司董事长，具体负责教师住房建设工作。我被任命为北京市教师住房建设领导小组办公室成员、高校房地产开发总公司副总经理，负责教师住房的建设。之后又从各高校抽调了一批多年从事基建管理工作的老同志，组成工作班子，建房工作正式启动。

在高校房地产开发总公司工作时留影

从 1993 年教师节育新花园奠基，到 2002 年望京花园东区竣工，历时十年共建成育新花园、静淑苑、望京花园西区、望京花园东区四个相对集中的教师住宅小区，前三个小区归中央部委在京的 47 所高校教工分配，望京花园东区归北京市属高校教工分配。教师住宅小区共占地 655.55 亩，共建房 111 万平方米。

北京大学在育新花园分到住房 447 套，在静淑苑分到住房 83 套，这批住房不仅缓解了当年教师住房紧张的状况，而且改善了教师们的住房条件。学校还利用这批住房搬迁了朗润园、镜春园的平房住户和校园内各处的零散住户，这为校园改造创造了有利条件。

教师住房建设得到国务院和北京市委市政府的支持与关注，

国务院多次开会讨论教师住宅建设工作并印发会议纪要，李岚清副总理在审阅育新花园规划时提出中心花园要有一个音乐池以满足教师们对文艺活动的需要。露天音乐池建成后很大程度上提高了小区的文化品质，更加符合教师住宅小区的文化特点。李岚清非常关心小区的建设，亲自审批我们的工作报告和简报，亲自参加育新花园、望京花园的奠基仪式和育新花园的竣工典礼并看望入住的教师。

教师住宅小区建设是前所未有的新鲜事物，不仅为高校统一建房开创出新的经验，它的意义还在于拓展校外房源，逐步将校园内住户迁出校外，将校内土地留给建设教学用房，同时集中建设教师住宅小区、集中管理物业，逐步实现高校后勤管理社会化。学校领导可以集中精力抓教学，教师住宅脱离校园也可以为房改打下基础。

1999年，学校分给我一套育新花园的住房，退休后住在自己建造的房子里，到处都是记忆和故事，到哪里都觉得亲切有感情充满怀念，在这样的环境里安度晚年也是一种幸福。退休之后，我除了参加社会活动外，还为《校友通讯》写一些回忆文章，参与撰写北京市教委组织的《北京高校校园建设》。2015年秋，我和老伴儿住进育新花园里的老年公寓，在这里既得到社会照顾，又仍生活在原来的环境里，老友们聊天散步，畅谈国事家事，其乐融融。

2020年春节，一场突发的天灾降临，新冠病毒突袭人间，党中央以"人民至上，生命至上"的信念，领导全国军民，战胜疫

情,控制全局。我虽然是一名在老年公寓里被保护的老人,但从电视里看到我们国家在党中央的领导下,战胜病毒、抗洪救灾、全面脱贫、恢复经济,各条战线都在胜利前进,深深体会到中国共产党的英明伟大,社会主义制度无比优越。在党的百年华诞来临之际,我衷心祝愿全党不忘初心、牢记使命,率领全国人民奋力拼搏,建成富强民主文明和谐美丽的社会主义现代化强国,实现中华民族的伟大复兴!

王其文
一路行来一路歌

王其文，中共党员，1944年生，山东无棣县人，北京大学光华管理学院教授。1963年进入北京大学数学力学系，1990年获美国马里兰大学博士学位。主要研究方向为管理科学与工程，创办了全国MBA培养院校企业竞争模拟大赛。

在中国共产党百年华诞之前，我本想结合自己的成长之路写篇回忆文章，可千头万绪难以下笔。思来想去，决定将自己所写的诗歌串联成文。我是数学专业的，对中文只是爱好，对诗词韵律平仄缺少研究。之所以选用这种方式，只是因为所写诗歌都是有感而发。

梦回田舍父母情

1944年，我出生在山东省无棣县的一个农民家庭。因为家乡是老解放区，到我记事时已经是新社会。我听到的第一首歌是母

亲哼的"旧社会，好比是，黑咕隆咚的枯井万丈深……"。父亲只上过三年小学，母亲不识字，都是勤劳善良的农民。

我在2009年65岁时曾写过一首诗：

七律·六五感怀

六五年华细浪腾，梦回田舍父母情。

心驰星空迷神话，鱼跃龙门游未名。

书山寻觅择路径，学海探宝走西东。

谁说模拟虚世界，诚意交得真宾朋。

"梦回田舍父母情"，我忘不了自己的根在哪里。即使母亲离世已经五十多年，父亲去世也有三十多年，但梦中我还会见到他们的面容。小时候的夏夜，母亲常带我躺在麦草编的垫子上乘凉，看着天上明亮的星星，听牛郎织女的神话故事，编织着探索世界的梦。

回忆当时的上学生活，我有个从初小到高中的发小刘鸿春，情同手足。他父亲是我小学的启蒙老师。1995年，他给我发来一首诗，我回了一首和诗：

七律·友情

幼儿结伴受启蒙，背包携壶青纱行。

弈棋习画技出众，谈古论今志鹏程。

家和有福天伦乐，国兴无愧众望同。

后生奋起逐前浪，白发潇洒更多情。

对于城市的朋友，"背包携壶青纱行"需要解释。因为家处偏远的农村，村中只有"初小"，小学五年级就要到 18 里外的"完小"上学。每周六下午回家，周日下午回校，都是步行。学校食堂只提供窝头（有时是馒头）和开水，所以一日两餐、一周六天的菜都要从家里带，装在一个大壶里提着上学。夏天，要使菜不发霉，一定要足够咸！现在觉得不可想象，那时觉得挺好的。在来去学校的路上，同村和邻村的同学结伴穿行在青纱帐中，边说边聊，其乐融融！

2003 年 8 月 31 日，我在从东营到北京的途中，顺路回故乡，停留两个小时。自上大学离家已有四十个春秋，距上次探亲也有九个年头。回京后整理照片写下诗配照：

> 七律·回故乡
>
> 海风吹皱故乡云，路桥通达映朝晖。
> 青纱茂密育新穗，枣枝低垂迎旧人。
> 乳臭侄孙扑怀抱，白发婶娘绽笑纹。
> 昔日土屋挂红瓦，更喜合家福满门。

2003 年，回故乡见到婶母及亲人

虽然父母已经不在,但大嫂、大姐相迎,还有近门的叔叔婶婶,以及弟妹子侄,盛情洋溢故居小院,难舍难分!

师友教诲润胸襟

1957年,我考上无棣一中,这个学校是1953年建立的,当时只有初中部,到1958年才增设高中部,可见我们县教育是比较落后的。进入中学后,学校图书馆的藏书让我大开眼界。除了完成课业,我经常到图书馆借书看,喜欢读《星火燎原》《红旗飘飘》等革命回忆录,《苦菜花》《林海雪原》《青春之歌》等小说;更喜爱科技类图书,如翻译自苏联的《趣味数学》《趣味物理学》《趣味天文学》等,还有上海教育出版社出的辅导数学、物理学习的小册子。

中学离家50里,每四周我回家一次,继续结伴青纱行,只是不需要从家里提咸菜了。我是甲申年出生,2004年又是甲申,我写过一首感怀诗:

七律·甲申感怀

乾坤轮回又甲申,似水年华六十春。
乡亲音容浸肺腑,师友教诲润胸襟。
治学小心觅路径,处世大意现诚心。
欣看茂林青竹秀,丹顶一鸣惊世音。

"师友教诲润胸襟",表达对当年恩师的敬意,也表达对同窗学友的怀念。

中学的老师们给我留下的美好记忆让我终生难忘。即使我有几十年教师履历，也见过许多中学、大学老师，我仍然认为我中学的老师集体是极其优秀的，不管是育人还是教学。上初中时，班主任范存兴老师和我们几十名男生住在三间连通的大宿舍里，像父亲一样照看我们这些孩子。晚上自习，六个同学围在一个煤油灯下看书做作业（我们县直到1959年才通电），老师们的办公室灯火不熄，他们还经常到教室辅导答疑。

2011年，无棣一中校长来京时，我写下如下藏头诗：

> 师德清高受启蒙，恩惠穷乡读书生。
> 校友同心手足谊，情比南山万年松。

这首诗既感恩从大城市到无棣穷乡僻壤任教的老师们，也表达和学友的手足情谊。

在无棣一中建校60周年之际，老友刘鸿春创作一首《念奴娇·回无棣一中》，我做了一点修改，表达离别母校五十年之后的思恋：

念奴娇·回无棣一中

梦牵魂绕，五十秋，母校情思更稠。六载寒窗求学路，少年气冲牛斗。杨哗柳吟，田埂禾陇，学友结伴走。陋舍糠菜，却盼前程锦绣。

当年范老严谨，林公儒雅，周师更风流。玉和景训为班首，献龙笑容依旧。原貌难觅，群楼屹立，尊师可高寿？校门留照，记我到此俯首。

词中提到的范宝坤老师教几何,林绪恒老师教语文,周乃斌老师教三角函数,崔玉和老师教化学,张景训老师教政治,刘献龙老师教物理。师德学业,堪称典范,如今都已作古。想起他们,无限敬意涌上心头!

特别想说说周乃斌老师,正是在他的引导下我走上了学习数学的道路。他老家在南通,从山东大学数学系毕业到无棣一中任教,数学教学声名远播。我一直是同级学习的优等生,数理化更为突出,在他的影响下,我对数学兴趣浓厚。在填写高考志愿时,我对各个高校特点一无所知。他建议我报北京大学数学力学系,我不知天高地厚,按周老师的建议报了北大。结果竟录取了,可以说周老师的建议改变了我的一生。

鱼跃龙门游未名

1963年我参加高考,考场设在邻县的阳信一中。考完语文之后感觉不妙。两个作文题——"唱国际歌时所想起的""五一记事"任选一个。这可让我犯了难。听说过国际歌,但没有唱过。当时农村中学的学生没有收音机,学校没有广播。我到大学才知道每天的广播里要放国际歌。只好写"五一记事",我们"五一"节没有庆祝活动,没有值得记叙的事,没有发挥出我的写作水平。因此,高考结束后,我对能否上大学没有信心。回到家中,与大人们继续一同参加生产队的劳动。

有一天,唐懋宽老师骑车来到我家,告诉我高考判卷结束,我是专区的第一名，数学考了满分。之后，我就接到了北京大学的录取通知书。我是村里第一个大学生，也是解放后全县第一个上北大的，而且取得了全省理科第三名的成绩。在与老师们一一告别时，他们很高兴，我心里是道不尽的感谢。没有他们的辛勤培育，怎能有我的成长进步！

1963年海河发大水，老父亲送我，从家乡步行50里到河北庆云长途车站，再坐解放牌敞篷汽车行100多里到沧州。从沧州坐上火车，这是我第一次见火车。

记得我进北大后不久，中共北京市委大学科学工作部部长吴子牧来北大作报告，说道："全国一百个同龄人中只有一个能上大学。其他九十九人，有人种田，有人做工，有人拿枪当兵。每七个农民的劳动才能供养一个大学生。"我来自农村，知道农民的艰辛，五十多年后我对这句话仍然记忆犹新，时刻提醒自己是多么幸运，肩上的责任有多么沉重。正是这份压力和责任，驱使我刻苦钻研，努力拼搏，希望能够建功立业，不辱时代使命，无愧于人民重托。

大学前两年的学习生活是紧张而有收获的。1965年10月，大学三年级的我去四川资阳参加"四清"运动，1966年6月回校。后来"文化大革命"开始，学业被迫停止，直到1968年年底毕业。

在1993年数学力学系校友入学30周年聚会时，我和同学一起撰写了一副长联，

1963年，大学入学照片

回忆当时的生活:

三十年画卷展开,初进燕园。望塔矗博雅、水泛未名、月照石舫、林伴古钟,二百英俊齐集数力,严师指教路途明。酷暑长衣,寒室薄絮,沉迷书山学岭。邀春野踏青,夏宫植树,秋峰赏叶,冬池滑冰。忆饭厅欢庆,固城军训,山寨果密,沱江水清。万千旧景往事,人离情犹在。

廿五载风尘掸落,重聚北大。看楼现雄姿、馆藏精粹、槐发新枝、松添寿轮,零壹陆叁业迹华夏,恩师功高系增辉。根连母校,心牵故友,梦断子夜凌晨。听歌传王鑫,箫扬继耀,弦柔颖中,诗颂鸿鑫。观画绘永祥,舞起娜甫,台前景秋,篮下托林。多少能人智士,春回雁又归。

2013年数学力学系校友入学50周年聚会在海南举行,班友黄志源给予这次聚会大力支持,近150名学友和家属相聚一堂。我曾借用《见了你们格外亲》的歌谱改词,回忆大学生活,表达老友相聚的心情。歌词如下:

海河的水来势汹,铁路断了交通,南方的同学们,千辛万苦来到北京。走进了北大校园,0163从此诞生。

未名湖,博雅塔,记下了我们的身影;一教、二教、哲学楼,名师执教受益终身!宿舍图书馆,学习肯用功,黑山寨结识了众乡亲,在固城体验了军民情。

一同做功课,一同看电影,一同打篮球,一同练滑冰。吃的是一样的饭,做的是一样的梦。资阳四清察民情,文化革命学业停，毕业各飘零。

改革开放到如今，拨乱反正气象新。知识有了用，人才归了位，中年的0163焕发青春。每逢遇到高兴的事，总想起当年的同窗知音。想亲人，望亲人，山想人来水盼人，盼来了五十周年同学聚会。你们是我的亲兄弟，你们是我的亲姊妹，知心的话儿说不尽，见了你们总觉得格外亲，格外亲！

风雨洗礼志愈坚

1969年1月14日，我和100多名来自全国多个高校的毕业生来到山西洪洞县，在69军部队农场锻炼。劳动任务是在汾河边种水稻，从5月插秧到10月收割，劳动任务是繁重的。同时，我也是连队"生产班"的成员，负责种菜。在解放军排长的指导下，我们种的蔬菜在全团15个连队中出了名，大白菜平均25斤一棵，着实少见。大学生连队的生活是紧张而活跃的。连队曾举办赛诗会，我写过一首七律：

七律·风雨洗礼

千里沃野万顷天，青年运动开新篇。

太行喜迎好儿女，汾水笑灌样板田。

烈火熔炼骨更硬，风雨洗礼志愈坚。

红旗千年色不褪，满怀豪情去接班。

1969年10月,王其文(左)在山西洪洞马牧村与同学合影

1970年8月,我回到北京,被分配到北京125中学任教,教数学。我是学校少有的年轻教师,在野营拉练和劳动中关心学生,吃苦在前,于1972年加入中国共产党。由于"读书无用论"盛行,当时教学秩序乏善可陈,只有在恢复高考后,我的数学功底才有了用武之地。

多年之后,我当班主任带过的同学约我相聚,师生重逢,话语万千。我写了一首诗送给当年的学生:

七绝·童心

梦中依稀领巾红,笑脸如花声似铃。

时光荏苒东流水,童心永驻不超龄。

永不间断在有恒

1978年9月,我回到北大进修班学习,弥补耽误的学业。进入中年的我们十分珍惜这一学习机会,依然像十五年前那样用功。1979 年 2 月，我调到北京大学经济系任教，承担高等数学教学任务，担任过 79 级政治经济学班主任和 80 级国民经济管理班主任，曾被评为北京市优秀班主任。我曾取 80 级国民经济管理班每位同学姓名中至少一字，连缀成一词：

沁园春·贺管理专业新生

燕园景新，树茂兰香，冀才云聚。探书山学海，群试聪颖，寒窗薄裘，齐显沛力，习文作章，晓知数理，林涛湖波颂外语。东方明，旭日照操场，演练军体。

四三青年同志。学管理红杏又一枝。为国强民安，中华崛起，建设伟业，造福万世，千五百日，衡量分秒，踏平坎坷奠根基。敏于学，展鸿翎鹏翅，凯旋环宇。

在承担"高等数学"的教学任务之后，我精心准备教案，还时常到学生宿舍答疑。在完成 81 级高等数学课时，填了一首《西江月》：

西江月·高等数学教学寄语

大学四年有界，宇宙真理无穷。求知欲望单调增，进步导数为正。微分可计毫秒，积分功效分明。永不间断在有恒，连续三好可庆。

其中，"永不间断在有恒"是鼓励学生的，也是激励自己的。

我上学时，由于中学师资有限，高中才有外语课，学的是俄语，大学继续学俄语，第二外语是英语，没有几个月就被"四清"打断了。直到改革开放，我才开始跟电视学英语。后来参加了北大工会夜校英语班，从中级、高级到会话班各用一年。当时

住在城里,骑车上课单程约50分钟,我经常在骑车路上背诵学过的课文。1984年上半年,我参加了脱产的英语强化进修班,为到美国学习打下了基础。

求学不畏路途难

1984年10月,我得到校际交流的机会,公派到美国马里兰大学商学院作为期一年的访问学者。虽然访问学者没有具体的课程学习任务,我还是选修了几门博士生课程,并认真听课,做作业,还参加考试,给老师们留下了深刻印象。直到1985年快回国的时候,一位读博士的同学说:"王老师,你在大学当老师,还是读过博士为好。"我听他说的有道理,就跟马里兰大学商学院的老师提出申请,但他请示校方后才知道,访问学者不准直接读博士。1985年10月,我回到北大。1986年春,马里兰大学寄来录取通知书,并提供奖学金。于是,我第二次赴美,攻读博士学位,时任经济管理系主任的厉以宁教授给了我很大的支持和信任。

1986年8月,我再次到马里兰大学,开始博士阶段的学习和研究。由于研究成果突出,于1990年8月得到博士学位。在赠送给学友的博士论文扉页上,我曾写过一首诗:

七律·管理科学

管理科学天地宽,求学不畏路途难。

决策妙用控制论,优化巧借神经元。

> 规划线性非线性，模拟开环亦闭环。
>
> 预测精准胜问卜，电算神速超圣贤。

诗中提到的"预测""决策"是管理科学要解决的主要问题，"优化""线性规划与非线性规划""开环模拟与闭环模拟"是管理科学的重要方法，"控制论""神经元（人工神经网络）"是与管理科学相关的重要领域，"电算（计算机）"是管理科学的重要工具。这些内容和方法在我的研究中都有涉及和应用。

1992年8月，我在完成了两年博士后研究后回国。在驶向机场的车上，我写下如下回文诗，赠给送行的中国朋友：

> 美国中为生，生为中国美。
>
> 心归知月日，日月知归心。

2002年我获得马里兰大学商学院最佳校友奖，重返母校写下《七律·重访马里兰大学》：

> 天澄日丽来省亲，暑去冬往又十春。
>
> 青草私语何方客，绿树恭迎续梦人。
>
> 皓首师长雄心在，黑发朋辈思路新。
>
> 甘苦共饮一杯酒，奖状珍藏伴终身。

思想光华育桃李

1992年8月，我回国，于1993年年底参与建立工商管理学院，1994年更名为光华管理学院。我担任副院长，配合厉以宁院

长工作。1994年,我担任学院党委副书记,1998年担任党委书记,直到2007年退休。在工作中,我注意发挥领导班子集体的作用,团结全体师生员工,在教学科研育人方面贡献了自己的心力。

1999年9月,在光华管理学院命名五周年之际,我以学院教职工姓名集成一副对联,以表协力同心、众志成城之意。

燕赵福地,芸霞生辉,峰佳岳丽。看塔影萍踪,斗转星移,学术一脉迎世纪,仁师高洁,鸿篇精湛,平泊宁静培桃李。慧眼识良骏,恒心筑津梁,求真争鸣千钧力。

中华圣土,曙光流苏,梅俏兰香。望江澜松涛,鹤立凤飞,日月光明庆安康,新辈聪颖,文章犀利,修德演武为国强。锐气化长虹,轻舟乘风顺,报捷奏凯万里航。

2004年9月12日,在工商管理学院更名为光华管理学院十周年前夕,我坐在办公室里回想光华由小到大成长进步的历史,感慨的思绪如泉水喷涌,为感谢为学院发展做出贡献的领导、老师、朋友和同学们,写了一首散文诗《光华之歌》,中间几句是:

经过风,淋过雨,我们体验过冬寒暑热;
翻过山,涉过河,我们经历过平坦崎岖。
……
夏天的太阳记得我们,走向教室的脚步匆匆;
冬日的星星记得我们,办公室的灯光长明不熄。
……

民主的学风,是创新思维的土地;

科学的标准,是学术探索的真谛;

爱国的情怀,是无私奉献的源泉;

进步的追求,是孜孜不倦的动力。

使命神圣,瞄准世界一流;

时不我待,莫要沾沾自喜。

来不及,数数留下的脚印;

容不得,沉迷过去的胜利。

……

团结的光华,力量无比;

博采的光华,宾朋云聚;

实践的光华,根扎大地;

创新的光华,开创世纪。

……

愿我心弦弹拨的歌,能是光华继续前进的序曲。

……

商战模拟育桃李

从 1988 年我发表第一篇 SCI 文章以来,陆陆续续发表了 80 多篇中外学术文章,有的论文被引用达到 100 多次。然而,让我花费时间最多、感到最满意的,还是企业竞争模拟系统的开发和推广应用。

从 20 世纪 80 年代起，我和张国有教授合作开发企业竞争模拟程序；1995 年又开发了基于局域网络中文界面的企业竞争模拟系统，并在 MBA 教学及其他专业教学中应用。作为教学成果，企业竞争模拟教学软件开发与应用在 2001 年获得北京市教育教学成果奖（高等教育）一等奖和高等教育国家级教学成果二等奖。2005 年从局域网升级到互联网，推广到 200 多所高校教学应用。以这款软件为平台的全国 MBA 培养院校企业竞争模拟大赛，已成功举办了近二十届，每年有上万名学生参加。多年的实践证明，这种比赛对促进管理理论与实践的结合，对增进 MBA 培养院校之间的友谊，对培养学生的竞争意识和团队合作精神，具有重要的意义。几次大赛后我曾作诗庆贺：

七律·贺模拟大赛

2009 年 5 月

柳丝细雨槐花香，网络田地摆战场。
东西英雄较智勇，南北高手比弱强。
战略策划共商议，运营管理细思量。
硝烟散尽同桌饮，开怀畅谈情谊长。

七律·网络硝烟

2010 年 5 月

网络硝烟炮声隆，数路精兵战羊城。
戎装齐整颁军令，旌旗翻飞壮豪情。
纤指弹拨起闪电，细语沟通伴雷霆。
八百回合天地旋，举杯放歌庆多赢。

七律·商战沙场

2013 年 5 月

南昌细雨浴花红,商战沙场会精兵。
怀揣武圣十三卷,熟读波特五力经。
细语商讨攻敌策,轻键排布陷马坑。
八百回合天地暗,班师回朝再庆功。

今生从教三生幸

2007 年 12 月,我办理了退休手续,开始了人生的又一程。退休后我还继续参加本学科研究生的学术研讨活动。在 2011 年 7 月学生毕业时曾填写一词,用北大"爱国、进步、民主、科学"传统和"勤奋、严谨、求实、创新"学风激励学子:

西江月·贺管理科学硕博毕业生

爱国灯塔常亮,进步湖水永清,民主自由燕园风,科学之林茂盛。
勤奋自能生巧,严谨才会出精,求实不屑争虚名,创新源泉涌动。

我的退休生活是充实而多彩的。除了继续做些力所能及的教学研究和党务工作,还和老伴儿一起参加了北大书画研究会和离退休教职工合唱团,在书画和歌唱中愉悦身心,陶冶情操。我自幼练习毛笔字,喜欢撰写对联表达心意。

2012 年教师节撰联:

今生从教三生幸 后生成才先生安

2019年9月为七十年国庆撰联：

七十华诞举国庆 双百目标众望归

2020年9月书向战胜新冠肺炎疫情的武汉人民和战胜洪水灾害的长江流域人民致敬联：

黄鹤浴火再展翅 长江堆浪又扬帆

2020年11月，阴历、阳历生日重逢，我写了七六抒怀：

  日月双历共庆生，秋风絮语话丹枫。
  初啼尚闻硝烟味，启蒙已佩领巾红。
  读书悟理付诸用，修身敬业见于行。
  笔墨难描神州美，抒怀又唱新征程。

作为一名中国共产党党员，退休后仍应尽己余力，在建设社会主义现代化国家的新征程中贡献绵薄力量。此前，我创建了"数字中国"系统，即基于中国国家统计局、国际货币基金组织、世界银行、世界知识产权组织等机构发布的统计数据，从多个视角，将数据转化为图形，进行国际比较与分析。如今，我还根据最新的数据定期进行更新。根据数据说话，中国现在到了可以平视世界的时候了，既不俯视也不仰视，既不趾高气扬，也不低声下气。作为一个年过古稀的中国人，我的经历更让我理解中国的发展和变化来之不易，我们要倍加珍惜，更上一层楼。

王明珠
九十人生，追忆时代足迹

王明珠，致公党党员，1930年生，上海人，北京大学外国语学院教授。1949年考入清华大学，1951年参军，1954年退役后进入北京大学，1957年毕业后留校工作，从事英语教学研究工作。

向往革命

我出生于上海，小时候一方面我爱玩、爱热闹；另一方面，上海是一座有着红色传统的城市，我也受到了进步同学的影响。

我在一个教会女中上学，学校里面有一些非常进步的人，其中一些是我十分亲近的朋友，她们带领我参加各种进步活动，如参观陶行知办的学校及声援北京的学生运动等。她们的具体帮助具有潜移默化的力量。另外，我的大哥在清华大学就读，他经常和我通信，向我揭露国民党统治的腐败丑恶情况，并介绍当时北京的学生运动，我深受教育。

抗战时期,日本人占据上海。我虽然年龄不大,但对日本侵略者真是深恶痛绝。由于他们的侵略,我外祖父家被炸毁,全家逃难,分散投奔各地亲戚;我家兄弟姐妹很多,大家挤在一起虽然热闹,但是要吃饭粮食不够,只能经常过苏州河去对岸买米,过桥的时候遇到日本哨兵,中国人就必须要鞠躬低头,这种屈辱真让人敢怒不敢言。后来,抗战胜利,我们都非常高兴,认为中国国际地位提高了,我们的好日子要来了。然而,物价的飞涨和急剧恶化的通货膨胀给我们带来了新的灾难。许多国民党军人还乱占民房,我家也未能幸免,有一个国民党军官带着妻小占据了我们家客厅,而我们姐弟还有家里老人只能挤在小小的亭子间里。他们住我们家也不交房租,连做饭也用着我们的柴米油盐,这就是国民党官兵在我家里的真实情形。这些事情都让我们对国民党政府非常失望。

而上海解放时,我们也见证了解放军的军纪。我亲眼见到,解放军进城,没有强进任何百姓的屋子。他们先是睡在大街上,连弄堂也没有进,一点也不扰民。我是那天清晨出门才见到他们静静地坐在路边休息。由此我深刻体会到新中国和旧中国的不一样,中国共产党就是伟大,因为他们有一片为人民服务的赤诚之心。

投身抗美援朝

1949年我考入清华大学。刚上大学的第一件大事就是准备参加开国大典的群众游行。我至今还记得,同学们怀着兴奋的心情,自制里面可插蜡烛的红五星灯笼,因为典礼是下午举行的,游行时天色已晚,我们要持灯走过天安门广场接受检阅。由于我们是新中国成立以后招收的第一批大学生,学校组织我们参加了许多重要的活动,如下乡帮助农民开展土改等。为了宣传,我还上台演过活报剧。

在清华大学就读时于工字厅留影

总之,在清华刚度过两年紧张活泼又很有意义的生活,我就因杨得志将军的一次报告,报名参军了。

那时候,抗美援朝正在如火如荼进行。杨得志将军在清华的圆顶大礼堂里作抗美援朝动员报告,听得我们热血沸腾。他说,美帝国主义已经打到我们边境了,不可能有一张平静的书桌让大家安安心心读书了，应该人人立志，誓报祖国。我就立即报名要求参加抗美援朝，我们这一批有十个人参军获得批准，其中只有一名女生，那就是我。当时场面很隆重，我戴着大红花被同学们从清华大学的礼堂里抬了出来。

报名参军后，王明珠（右二）与一同入伍的同学胸佩红花留影

我们参军的接送地点在老北大的红楼，但是很遗憾，我还没上前线，就直接被一所部队学校接走了，因为我是学英语的，他们需要我去培训学员，所以我直接就当了英语教员。尽管没有上前线，但部队的纪律教育却对我产生了很深的影响，我后来还被派到专门负责纪律管理的部门工作。1953年，随着朝鲜战争结束，许多女同志退役转业，被批准返校读书。

回忆那些名师

回京后我没有再去清华读书,因为院系已经调整,清华的外语学科已转入北大,所以我就随之转入北大上学。

在北大的学习让我印象最深的是那个时候的老师特别好,他们教课特别认真,为我们传道授业解惑。就说朱光潜老师,他不仅是著名的美学家,还是知名的翻译家,熟练掌握英、法、德数国语言和文化。有一次朱光潜老师把我叫去,他发现我写的作文中有一个不该犯的语言错误,他不断地追问我为什么那样写,一遍又一遍,硬是要我说出理由来不可。自那以后我写东西就细心多了。还有当时上听说课的时候,老师为了观察我们发音错误的原因,甚至会蹲在地上观察我们发音时口腔里的状态,耐心地帮助我们矫正发音。那时候北大的老师真的是非常严格,也很负责任。

在生活上,老师还十分爱护学生,特别亲切,平易近人。假日的时候还会邀请学生到他们家里包饺子吃。包饺子的时候,老师顺带还教我们口语,一边包饺子,一边用英语告诉我们怎么擀皮、怎么放馅。我们就像上了一堂英语的饺子课,学了,说了,也吃了,大伙都很开心。

我至今都记得老师们亲切而和善的样子,他们是我们的榜样。所以我从事教学工作以后,对学生也比较平等,总觉得虽然学生可能一下子不懂某些东西,但不代表他一辈子不懂,我相信他们一定会慢慢清楚的，我们老师一定要有耐心。

毕业以后，我留在北大，先在图书馆工作了一段时间，后又回到英语系教英语，其间承担过数年英语专业教研室主任的工作，安排与分配每位教师的教学工作并负责聘请外籍教师等。教书育人，一直到退休。退休后，我接任过学校教务部委任的老教授教学督导组工作，同时还担任外院在社会上办的英语学校的副校长，又培养了几批英语学生。我一直是一个好动分子，上学时当过学生会主席，从教后当过学院的工会主席。

1957年，毕业时合影（后排左四为王明珠）

回顾我的教学历程，有一点遗憾，那就是科研做得比较少。我一直认为做老师，摆在第一位的应该是教学，把学生教好了责任就尽到了，但是现在看，单纯教学恐怕不行，做老师还应该做好科研工作。科研和教学应该一致，相辅相成。我希望以后的青年教师也要注意教学科研缺一不可。

如今，我已经是"90后"了，回顾九十年走过的路，风风雨雨，时代足迹。我一直觉得我们是幸福的一代，也深刻感受到党的领导的伟大。2020年新冠肺炎疫情暴发，中国人民在党的领导下，取得了疫情防控人民战争、总体战、阻击战的战略性胜利。然而，不少国家的疫情没有得到良好的控制，形势严峻，这可能和他们的部分思想文化有关，与制度因素有关，比如他们戴不戴口罩都依着自己的意愿办。而我们中国人民相信戴口罩合乎理性、合乎科学，遵守科学规律，信任党和政府。如今党和国家越来越重视培养社会主义事业的建设者和接班人，要求孩子们从小就学习科学，追求真理。我相信，这样下去我们的未来会更加光明，我们的民族前途不可估量！

（采访整理：夏启洋、涂呈颖、张慧宝）

王德炳

树人以德，炳烛而行

王德炳，中共党员，1937年生，河南南阳人，教授、主任医师。1955年考入北京医学院，历任人民医院内科副主任、血液病研究所副所长、人民医院副院长、北京医科大学副校长、北京医科大学校长、北京医科大学党委书记、北京大学党委书记。主要研究方向是血液病的诊断及治疗、血细胞超微结构、巨核细胞造血调控、白血病细胞凋亡等。

负笈求学，立志从医

我是河南省南阳市方城县人。南阳是一个历史名城，范蠡、光武帝刘秀、张衡等都出生在南阳。我虽然已近二十年没有回过南阳，但是从未忘记故乡对我的影响。

我出生于医学世家，曾祖父、爷爷、父亲三代都是中医，我从小就有从医的志向。据家谱记载，我所在的王岗村原名王毓瑄村，而王毓瑄正是我的曾祖父。我从小就接受了传统文化的熏陶和影响。父亲给我找了一位老先生，教我读经典。如《送东阳马生序》，我至今能够全文记诵，"其业有不精，德有不成者，非天质之卑，则心不若余之专耳，岂他人之过哉"。我懵懵懂懂地学习这些经典，并在日后岁月的风雨洗礼中逐渐萃取升华，融入我人生与治学的体悟。

而我最终能够考上北京医学院，真正走上医学道路，南阳中学对我的影响是我始终不能忘记的。南阳中学是历史悠久、享誉中原的省重点中学。学校对学生的要求很严格。上学期间，需要早上六点起来出早操，七点早自习。上课时，老师提问，学生不仅要拿出记分册，而且必须离开座位走到前面回答问题。当时的学校条件也非常艰苦，没有电灯、餐厅、自来水，吃饭都是露天解决，只有逢雨雪天气才端着饭碗到教室里吃。南阳市离方城县有120里路，我一个学期只能回家一次。每逢假期结束返校，我需要清晨四点起床摸黑赶路，至深夜才能够到学校。这确实培养了我艰苦朴素、刻骨学习的精神，我也因此能够以优秀的成绩考上北京医学院。

1955年，我考入北京医学院。当时河南省报考北医的有几千人，最后只录取了10人。能够进入北京医学院这所著名的高等医学学府，这巨大的跨越是我做梦也难以想象的。它成为我人生的新起点，是点燃我未来生命之光的火种。

北京医学院当时汇聚了一批名师，这些老师潜心治学、悉心教导，给我留下了深刻印象，而后来我们又作为教师，培养下一代学生，如此薪火相传，代代赓续。北医的教学考核也非常严格，提出培养学生要"三基""三严"，即基本理论、基本知识、基本技能，严格、严肃、严谨。学生缺一堂实习课，都必须补，否则就不能参加考试。

1958年10月，我开始临床实习。原来240人的大班这时候被分成甲、乙两个班。人民医院是中国人自行筹资建设和管理的第一家综合性西医医院，著名的防疫专家伍连德博士为首任院长。甲班100多名同学被安排在人民医院，我是甲班班长。为了让学生尽快掌握知识，医院采取了"单科独进"的教学方法。比如，先从内科开始，固定几个月时间都在内科学习；然后，再换到外科，同样固定学习几个月；之后是妇产科、儿科；等等。这种单科独进、集中学习的方法是否合理，现在看来，还需要探讨。

王德炳（前排左三）在人民医院实习时合影

磨炼医道，修养党性

在北医期间，我做了人生中最重要的一个决定——加入中国共产党。1960年的2月22日，毕业前夕，我光荣地加入了中国共产党。这是我一生当中不能忘记的时刻。那时候入党的初心很简单，就是想当一个好的医生，为人民的健康事业而奋斗终生。在几十年的医学生涯中，有三件事极大地加深了我对医生这个职业、对党员这个身份的理解。

第一件事算是我医学道路上的一个小插曲。从北医毕业后，1960年，我被抽调到生物物理专业学习。生物物理专业是生物医学和物理学的结合，是交叉学科、尖端专业，在当时也是机密专业。当时国家要重点发展几个新专业，生物物理便是其中之一，我和程伯基、钟南山都进入了这个专业学习。说实话，那个时候让我去学生物物理，我是不太情愿的，因为本来就想学医、做医生，刚刚毕业，正在人民医院实习，又被调了出来。但我还是服从分配，努力补习相关的数学、物理知识。在我以前的大学课程里，数学、物理学得非常少，因此，在工作过程中，我只能边干边学，看书、查文献、做实验、搞翻译，还要补习数学和物理学。当时，北医是国内率先开办生物物理专业的，不仅北医没有专业人员，整个中国都没有生物物理专业。在科研过程中，要么没有图纸，要么没有材料，这些问题全都需要依靠自己解决，科研难度很大。我和同事们没有任何畏难情绪，大家边干边学、边学边干。虽然后来生物物理专业因为条件限制被取消了（保留了

生物物理教研室），我也回到了临床，但是这次经历还是让我明白，服从党的需要是重要且必要的，这也成为我一生恪行的信条。这一时期当助教、带学生、讲授课程、补习数学物理、自学外语，都为我之后的学术发展奠定了坚实的基础，拓宽了我的科研思路。

第二件事是令我毕生难忘的唐山大地震的抗震救灾。1976年7月28日凌晨3时42分，唐山大地震震惊了世界。我那个时候已经是党委委员、内科副主任了，所以面对抗震救灾重任，我责无旁贷。很快，一个由我担任队长兼支部书记，三十余名大夫和护士组成的抗震医疗队迅速到位。我们的任务是去天津宁河县芦台，当地90%以上的房屋倒塌，灾情极为严重。我们一路上所见惨不忍睹。在前往灾区的路上，我们遭遇了意想不到的险境。救援队由两部分组成，一辆车载着医疗救护队员，另一辆车载着抗震物资和备用的干粮。经过一座桥时，第一辆车刚过去，桥突然发生坍塌，第二辆车无法到达指定地点，只得改道别处进行救援。由于没有大的手术器械，第一周我们工作起来非常困难，只能使用随身携带的药品、器械、帐篷和担架，而且缺少吃的，第一顿饭吃的是从废墟里挖出来的东西。大家都奋不顾身，这时候心里都只有一个想法——生命至上，多救一个是一个！那段经历是非常艰苦的，但是，对一个医生来说，灾情就是命令，时间就是生命，有灾情，必须去、立即去，这是我们新中国医生一直有的传统，从SARS疫情到新冠肺炎疫情，我们都义不容辞，勇敢逆行。这次抗击新冠肺炎疫情，北大几家医院组成了一个浩浩荡荡的北京大学医疗队冲锋一线，正是继承这一优良传统的表现。灾难面前，特殊时期，作为党员，作为医生，克服困难、履行职责、勇往直前、救治伤员是应尽的职责。

第三件事情就是为挽救病人而献血。我们是血液病专业的，也是较早开始进行异基因骨髓移植的。骨髓移植有两种情况：一种同基因，还有一种异基因，必须别的人给他进行移植。骨髓移植最重要的阶段是植入前这一段时间，由于经过全身照射，大剂量化疗预处理，患者的白细胞、血小板都很低，如果在此期间稍微出现意外，不及时输入新鲜的白细胞和血小板，病人就有可能失去生命，于是需要进行成分输血。成分输血与平时献血的方式不同，是从血液中提取白细胞和血小板输给病人后，再将血液的剩余部分回输。当时这项技术还不成熟，有一定的危险性。1981年，我们第一例异基因骨髓移植是一个哥哥给他妹妹献的骨髓。为了挽救病人的生命，在治疗过程中，患者血小板和白细胞很低，我就给他进行成分输血，献了血小板和白细胞，成功完成了亚洲首例异基因骨髓移植。

从医以来，这三件事令我印象深刻。一要服从安排，二要勇敢逆行，三要奉献自己。对于一个医生、一名党员来说，这也是磨炼医道、修养党性的过程。

薪火相传，赓续育人

我在北医学习、工作了几十年，与北医有着深厚的感情。我在北医成长，慢慢学习着如何成为一名好医生。记得一开始当住院医师甚至是实习医师时,老师对我们的要求是很严格的。我们需要在 24 小时内做出完整的大病历。住院医师还要实行 24 小时的住院医师值班制,24 小时不能离开医院,这是北医的传统。做完住院医师,才能够做住院总医师,做完住院总医师,才能够晋升为主治医师,层层晋级。正是这样的传统,培养出了一批批优秀的名医。

我是北医培养的,成长在北医,同时也见证并推动着北医成长,希望把北医的优良传统传承下去。1987 年,我被任命为北京医科大学副校长,分管教学工作。之后,1989 年开始担任北京医科大学常务副校长,1991 年担任北京医科大学校长,2000 年担任合并后的北京大学党委书记。其间,进行了很多重要改革。

比如推进医学教育改革。我在北医期间,积极参与推进了多方面的教学改革。一是建设充足的教学基地。我们和北京市的很多医院协商,建立了九家教学医院,这样一来,我们的学生就有了充足的实习基地。二是毕业后的教育,也就是住院医师培养。医学教育分为学校教育、毕业后教育和继续教育三个阶段,其中毕业后教育具有承前启后的重要地位,但是国内对这一阶段的教育重视不够。为推动医学教育向终身教育的方向发展,我积极倡导住院医师规范化培训,建立了一个规范化的住院医师培养机制,对各个专业提出了具体的要求。三是我们建立了七年制、八年制学制,培养了一批优秀人才。总之,北医不断学习先进经验,不断开拓创新,在对自身的超越中获得了长足的发展。

为医护工作者做讲解

另一个重大事件就是北大和北医的合并。20世纪90年代，中央提出了"共建、调整、合作和合并"的高校管理体制八字方针。当时我们一个很重要的想法就是医学生一定要到综合性大学去学习，我希望我们的学生，能成为真正有修养、懂关怀的医师，能成为具有人文素质、社科素养和自然科学基础扎实的未来学术带头人，而不仅仅是技术过硬的医匠。而且北京大学和北医是有历史渊源的。事实证明合并是成功的：一方面，提高了我们医学生的质量；另一方面，助力了合并后的北大创建世界一流大学。我们从联合办学到建立医学中心，再过渡到正式的合并。到目前为止，我认为这条道路没错，对学科的交叉、人才的培养都有重要意义。北大学生的开阔眼界和北医学生的勤奋务实，正好可以在两校的合并中实现最好的结合。合并之后多学科结合碰撞产生的能量，可以创造出更大的发展潜力。

王德炳（右一）为学生颁授学位

除了医生与党员，我还有一个身份——政协委员。我做过两届政协委员，在那期间也发生过许多让我印象深刻的事。有段时间艾滋病在河南部分农村传播得厉害，很大原因是输血的问题，农村地区没有严格的输血管理程序，造成了艾滋病的流行。当时我是政协委员，便立刻提出建议，要求加强输血的管理，这个建议是被接受了的。还有一个让我印象很深的是新农合的问题。农村原来的合作医疗存在于集体制时期，在农村经济体制改革之后的一段时间内，中国农村的合作医疗推进状况并不好。后来，经过包括政协在内的各界的努力，我们提出了建设新型农村合作医疗制度，极大地提高了农村的医疗水平。我觉得基层的医疗工作一定要做好，这样才能真正服务好老百姓。

退休后我把更多的时间和精力投入科研教学工作。作为中国高等教育学会医学教育专业委员会会长，我特别关注医学教育，结合高等医学教育发展和改革中面临的重要理论和现实问题，组织会员单位就共同关心的重大问题开展协作研究。近年来,我主持完成"中国医学教育管理体制和学制学位改革研究"等重大课题,为国家相关部门决策提供了咨询和建议。退休,对我而言,不过是换了一个舞台。2013 年,中华医学会医学教育分会授予我医学教育"终身成就奖"。

今年是中国共产党成立 100 周年,我觉得这值得最隆重的庆祝。没有共产党就没有新中国,这并不是一句空话,现在我们一切的发展成就都是在中国共产党的领导下全国人民共同努力创造出来的。砥砺奋进的历程虽有艰难险阻,但是面对困难,毛主席写出了"梅花欢喜漫天雪,冻死苍蝇未足奇"的诗句,这是多么博大的胸怀,多么坚定的信念!正是在胸怀博大、信念坚定的共产党人的指引下,全国人民携手同心,走出困境,迎向光明。这次新冠肺炎疫情也同样如此,作为一次大考,14 亿中国人民听党指挥跟党走,最终创造了奇迹。

北京大学有着悠久而深厚的红色基因,中国历史上没有任何一个学校像北大这样与祖国、与人民同呼吸、共命运,在每一个重要的历史关头,北大人都起了先锋作用。我希望我们北大人能继续坚定信念,勇于担当,不负青春,不负韶华!

(采访整理:陈凯、马一凡、冯倩菲、史珊、刘益涵、夏欣欣)

仝 华

中国共产党成立百周年感怀

仝华，中共党员，1951年生，北京人，北京大学马克思主义学院教授。1973年就读于北京大学历史学系，毕业后留校任教。现为国家社科基金党史党建学科规划组评审组成员、教育部"中国近现代史纲要"分教学指导委员会委员、中国中共党史学会常务理事、马克思主义理论研究和建设工程重点教材《中国近现代史纲要》编写组主要成员。

2021年是中国共产党成立100周年。在近一个世纪的征程中，党的红船自1921年夏从嘉兴南湖扬帆初驶，到百年时引领着新时代中国特色社会主义事业乘风破浪、继往开来。这段波澜壮阔、曲折而辉煌的历史，是近代以来，中国人民为实现中华民族伟大复兴而奋斗的最感天动地的鸿篇巨章。作为一名中国共产党党员，在这一时刻回望党的历史和自己所受的党的教育，心中不平静是很自然的。

仝　华：中国共产党成立百周年感怀

从加入少先队到加入共青团

我是生在新中国、长在红旗下的"50后"群体中的一员。在我们幼时，新中国对内实现了国民经济的恢复和社会主义基本政治制度的确立，对外中国人民志愿军与朝鲜军民一起赢得了抗美援朝战争的伟大胜利。现如今，改革开放取得了辉煌成就。

在我进入小学前，1956年下半年，随着社会主义改造的基本完成，继建立社会主义基本政治制度之后，社会主义基本经济制度也得以建立，这是新中国进入社会主义社会最主要的标志。这一生产关系的深刻变革，为当代中国一切发展进步确定了根本政治前提和制度基础。与此紧密相连，1957年，由希扬作词、李焕之作曲的《社会主义好》歌曲发行。这是20世纪五六十年代新中国特别流行的革命歌曲之一。

1958年9月，在新中国步入社会主义初级阶段近两年时，我进入小学学习。回顾六年的小学生活，许多事情已记不清了。但是，加入中国少年先锋队的入队教育和在学校操场上举行的入队仪式，以及课内课外学到、听到的英雄模范感人事迹，对我们的影响不可磨灭；日常在校内外受到的爱学习、爱劳动、爱祖国、爱人民，艰苦朴素、勤俭节约，诚实勇敢、助人为乐，做新中国的好少年的教育，都深深浸入我们的心田。

1964年9月，我进入中学学习。在既紧张严肃又愉快多彩的近两年的初中学习生活中，加入共青团和学习县委书记的榜

样——焦裕禄的事迹，给我留下了深刻的印象。

1965年我加入共青团。我们的入团宣誓仪式是在革命先烈马骏同志的墓前举行的。马骏墓位于朝阳区朝阳公园内。当时，经过入团教育，我了解到，马骏是五四时期京津地区著名的学生运动领袖，东北地区中共地下党组织的主要创始人之一。1927年大革命失败后，马骏奉调从苏联回国，任中共北京市委书记兼组织部部长。同年12月，由于叛徒出卖而被捕。在狱中，他饱受残酷折磨而坚贞不屈。1928年2月15日，马骏被奉系军阀杀害，年仅33岁。经过入团宣誓仪式，马骏烈士的英名更深深刻在我的心中。2015年10月中下旬，当我和一起赴俄罗斯找寻马骏等革命先烈档案的马骏同志的亲属说起这段往事时，我们都更加敬仰和缅怀马骏同志。2019年6月，从俄罗斯寻回的马骏同志的档案由国家社科基金课题组完成翻译和初研，我是该课题组成员之一。同年11月22日，第28届中国金鸡百花电影节民族电影展映，红色英雄文化影视工程首部电影——反映马骏烈士生平事迹的《青春之骏》新闻发布会在厦门举行。2020年8月，该片参加第十届北京国际电影节、第十一届北京民族电影展，在北京首次展映。我应邀观看了这部影片，写了"《青春之骏》永远青春！"的感言。对马骏同志和他的战友们的研究是我们做不完的课题。

焦裕禄同志的事迹，是我上初二时首先通过听广播了解的。当时，学校组织各班同学在教室通过有线广播喇叭收听中央人民广播电台播送的长篇通讯《县委书记的榜样——焦裕禄》，达一个多小时。这篇通讯长达1.3万余字，由新华社记者穆青、冯健、周原合写,原载1966年2月7日《人民日报》第1版、第2版。我至今清楚地记得,在听广播的过程中,班主任和我们许多同学都流泪了。大家特别是被焦裕禄"心里装着全体人民,唯独没有他自己"的一个个故事所感动!焦裕禄同志作为用毛泽东思想武装起来的县委书记的榜样,他以自己的模范行动和崇高品格,深刻而生动地诠释了中国共产党的性质和宗旨。他的事迹必将继续教育和激励着我们。五十三年后,2019年3月18日,我有幸参加了习近平总书记在人民大会堂主持召开的学校思想政治理论课教师座谈会,他在会上发表重要讲话,讲到了焦裕禄事迹对他一生的影响,引起了大家的强烈共鸣。座谈会后,我写了《感悟习近平总书记对焦裕禄同志的崇敬追思与学习》一文,发表在同年5月的《思想理论教育导刊》上。文章着重介绍了《县委书记的榜样——焦裕禄》《人民呼唤焦裕禄》(该通讯也是由曾写《县委书记的榜样——焦裕禄》一文的新华社记者穆青、冯健、周原采写的,于1990年刊登在《人民日报》头版上)两篇通讯的内容;介绍和评述了1990年时任福州市委书记习近平所作的《念奴娇·追思焦裕禄》等。文章还写了习近平同志对焦裕禄精神的概括和阐释。文章最后我写道:"让我们牢记习近平同志的有关论述,在思政课教育教学实践中,厚植和厚学包括焦裕禄精神在内的中国共产党的革命精神,努力为中国特色社会主义事业做好铸魂育人的神圣工作。"

1966年夏,由于"文化大革命"开始,我和同学们在中学阶段的正常学习秩序被打乱了。1968年6月,我和同校的十多位同学，自愿报名到北大荒——黑龙江农垦区工作。我们的申请很快获批。

知青生活和加入中国共产党

1968年7月20日上午，我和学校的十多位同学以及其他学校的一批高中生或初中生，从北京站乘坐火车踏上去北大荒的征程。三天后，到达了落户的单位——沈阳军区黑龙江生产建设兵团三师（后改划为六师）二十五团采石连（原称黑龙江省富锦县七星农场采石队，1968年6月30日，沈阳军区党委根据同年中共中央"六一八"批示精神，成立沈阳军区黑龙江生产建设兵团）。我们的知青生活从此开始。在那片黑土地上，我生活、工作了五年多。

连队知青最初主要来自北京。其中先于我们半年多，即1967年12月自愿报名来这里工作的，是人大附中等中学的三十多位初中生和高中生。后来又有69级的北京知青来到连队。在此前后陆续有哈尔滨、牡丹江、上海等地的知青加入。连队成员除知青外，还有一批在这里工作多年的老职工，他们多是从山东、河南或四川来到这里的。全连职工约有150人。我们的连长和指导员都是山东人，并都曾在部队工作。1958年和1964年，他们先后与所在部队官兵一起转业到北大荒，参加开发和建设祖国东北边疆的工作。他们关心和爱护每一位知青。由于连长年龄比较大，遇有紧急任务，都是指导员带队出征。

知青生活五年多，其间有一年多我上山抡锤打石、挑石、运石，并兼做文书等。采石工作虽然艰苦、劳累并有一定的危险，但是由于连队重视安全教育，采取安全措施，总体还算平安。采石连能干，在团里是有名的。1968年秋，《人民中国》记者曾到我们连队采访拍照。后来，该刊1969年2月号上刊登了记者采拍的我们连队的多幅照片。在写这段经历时，我又翻看了兵团战友在《人民中国》杂志社翻拍的这期杂志的照片，往日采石工作的场景和一张张熟悉的面孔又浮现在我的眼前，特别是看着老连长和一位知青在采石工地驾驶轱辘车运石的照片，我感慨万千！

那时，我们连队经常接到紧急任务，如支援农业连队抢收麦子、抢收大豆，支援砖瓦连出窑挑砖等。在这方面，我记忆最深的是，1969年国庆节后，连队奉命到松花江富锦口岸从船上抢卸水泥和煤。连接船到岸边的"路"是一尺半宽的跳板。初上跳板时空手走都十分害怕，因为底下就是松花江水。在这种情况下，指导员和老职工反复强调安全要领，我们空手试走跳板几次后逐步适应。水泥每袋100斤，不能拆开，所以有人负责给我们上肩、下肩，我们一趟趟走过跳板，把一袋袋水泥扛上岸。煤是散放的，能扛百斤一袋的水泥，再扛可灵活掌握装袋分量的煤就无所谓了。我们连续干了约16个小时，中间吃饭、蓄力，稍事休息。由于太累，工作结束回到富锦县城招待所后，不少人顾不上把脸洗净就上炕睡着了……多少年后，每每回忆起这一幕，我们感到的还是自豪！因为那是一个切实以苦为荣的年代。

在连队采石一年多后，我被调到连队家属所在地的一所小

1970年,在黑龙江生产建设兵团

学,接任本地一位老教师的工作。在此,我和另外三位教师一起,担负起学校各年级五十多名学生的教学和管理工作。我们和多个单位的家属建立了密切联系,学生家长协助我们一起建设学校。也是在小学任教期间,经家属连两位老党员大姐的介绍,1973年1月,我加入中国共产党。两位老党员大姐,一位曾是拖拉机手,为人爽快、做事麻利、原则性强,管理家属连有一套好方法,对教育孩子也内行。另一位大姐是随爱人从部队转业一起来到这里的,爱人在另一个连队任指导员。这位大姐性情温和,善于做思想工作和化解矛盾,办事令人心服口服。两位老党员大姐立足家属连的工作,积极发挥党员的先锋模范作用,她们也是我学习的榜样。入党后,我积极参加党组织的活动,对工作比以往更尽心尽力了。

1973年,仝华(后排左三)与家属连几位大姐合影

1973年春，遵照国家的大学招生原则，经连队推荐和所在兵团及招生单位政审，并经招生单位在本地对我们进行笔试和面试，最终，我们来自不同连队的几位兵团战友分别被北京大学经济系、哲学系、历史学系等单位录取。我被历史学系录取。同年8月中旬，我告别生活、工作了五年多的黑龙江生产建设兵团，回到北京，准备迎接即将开始的大学学习生活。

我离开那里没几天，8月21日，"沈阳军区黑龙江生产建设兵团"纳入黑龙江省政府领导，改名"黑龙江生产建设兵团"；1976年2月25日兵团撤销，改编为黑龙江国营农场总局。其下属单位的名称也做了相应变更。

我离开那里四十五年后，2018年9月25日至28日，习近平总书记到东北三省考察，主持召开深入推进东北振兴座谈会。25日下午，他来到黑龙江农垦建三江管理局考察调研。建三江地处三江平原腹地，是我国重要的粮食生产基地。习近平首先来到该管理局所属的精准农业农机中心，听取发展现代化大农业、粮食生产、"三江连通"水资源综合利用等情况介绍。在这里他向工作人员详细了解农业物联网综合服务管理平台运行情况，并通过大屏幕察看农场、农机远程管理调度等情况。中央电视台报道这一消息和展现出那里的壮美画面后，我们兵团战友们的高兴和激动之情溢满了微信群。因为习近平同志首先到的这个地方就是七星农场，就是当年我们二十五团所在地，也是六师师部所在地。我们衷心祝愿那里越来越生机勃勃，蒸蒸日上。

在北京大学学习和工作

1973年8月下旬,我到北京大学历史学系报到,由此开始了在这里的学习生活。本科三年毕业后,我留校工作。此后四十多年,我在马克思主义学院(其名称曾随学校院系机构设置的变化而变化)从事教学和科研工作。其间,曾在职攻读法学硕士学位;曾在俄语系进修俄语。1992年4月至1993年2月,经学校派遣,我到俄罗斯莫斯科大学历史系进修。1999年9月至2009年7月,我任马克思主义学院副院长,主管思想政治理论课教学工作。2014年退休。对自己在北大学习、工作的经历和感受,我在为庆祝北京大学建校120周年所写的《回首往事,感念北大》一文中从三个方面做了述说。相同情况,不再赘述。因篇幅所限,在此,仅记录近几年中的点滴经历和感受。

2017年11月下旬,在举国上下认真学习党的十九大精神的热潮中,我和几位同志应邀到广东海丰县,先后参加了11月20日由中共海丰县委和海丰县人民政府举行的"不忘初心,牢记使命,共铸新时代革命老区新辉煌——纪念海陆丰苏维埃政权建立90周年学术研讨会",以及21日由中共汕尾市委、汕尾市人民政府和广东省委党史研究室联合举办的同一主题的座谈会。在座谈会上,我代表与会学者发言。在此前准备参会论文和到海丰后去多处实地参观的过程中,我被深深触动。回望中国共产党领导的早期革命斗争,1927年11月,在祖国南部粤东大地的惠州与汕

1992年，在莫斯科进修学习

头之间，中国第一个县级工农民主政权——海陆丰苏维埃政权诞生。以彭湃同志为杰出擎旗人的这一红色政权，以其与人民群众同呼吸、共命运、心连心的实际行动，赢得了人民群众对共产党的信任与拥护，使人民群众愿意接受共产党领导。这特别体现在：一是切实进行土地革命，解决农民迫切需要解决的土地问题。这是海陆丰苏维埃政权领导革命斗争最核心的内容。二是解除一切封建的契约债务关系。豪绅地主阶级过去用契约强迫农民出卖自己，同时对农民进行重利盘剥，这对他们是从未有过的打击。三是组织各乡赤卫军，编练工农革命军，"以做镇压一切反动势力及巩固政权之武力"。四是从多方面发扬人民民主和推进海陆丰的社会建设，激扬清正的社会风气。海陆丰苏维埃政权所做的这些工作，使该地广大人民群众真正明白，"只有共产党才是彻头彻尾为工农贫苦〔民众〕而奋斗，只有共产党才是真正领

导工农民众作英勇的斗争,只有共产党才是真正代表工农贫苦民众的利益,一切工农贫苦民众只有团结在共产党旗帜下,才能得到永久的胜利和解除一切的锁链"①。

党的十八大以来,进入中国特色社会主义新时代的中国共产党和各族人民,与当年海陆丰苏维埃政权和人民群众相比,所处的历史环境、所面临的任务都发生了巨大变化,但是,坚持中国共产党的领导,坚持党与人民群众的血肉联系,是海陆丰苏维埃政权留给我们的重要的红色基因之一。从海丰回来后,我撰写了《传承海陆丰苏维埃政权红色基因 建设新时代中国特色社会主义》一文,发表在《红色文化学刊》2017年第3期上。对海陆丰红色政权以及对各地红色政权革命斗争历史的追寻与研究,是鞭策我时刻牢记党的初心与使命的不竭动力之一。

2018年5月5日,是马克思诞辰200周年纪念日。在此之前,4月23日,中共中央政治局就《共产党宣言》及其时代意义举行第五次集体学习。习近平总书记在主持学习时强调,《共产党宣言》是一部科学洞见人类社会发展规律的经典著作,是一部充满斗争精神、批判精神、革命精神的经典著作,是一部秉持人民立场、为人民大众谋利益、为全人类谋解放的经典著作。马克思主义理论的科学性和革命性源于辩证唯物主义和历史唯物主义的科学世界观和方法论,为我们认识世界、改造世界提供了强大的思想武器,为世界社会主义指明了前进的正确方向。《共产党

---

① 汕尾市革命老根据地建设委员会办公室、中共海丰县委党史研究室、中共陆丰县委党史研究室编:《海陆丰革命根据地》,中共党史出版社1991年版,第45页。

宣言》是一个内容丰富的理论宝库，值得我们反复学习、深入研究，不断从中汲取思想营养。以习近平总书记重要论述为引领，在以往学习的基础上，我重读《共产党宣言》及其七篇序言，并写成《对〈共产党宣言〉七篇序言的研读》一文。我的主要收获之一是，进一步体会到恩格斯对作为《共产党宣言》核心的唯物史观基本思想的高度珍视，对马克思为创立科学共产主义思想所做的伟大历史贡献的由衷钦佩及不懈阐明与捍卫。此外，从中我也进一步感受到了《共产党宣言》在恩格斯心中的神圣。我的这篇文章后来发表在《毛泽东研究》2018 年第 4 期上。

同年 5 月 2 日，习近平总书记在北京大学考察时，专门来到马克思主义学院，与师生交谈并询问马藏研究进展等情况，他充分肯定了 2014 年 5 月以来学院秉持的"马院姓马，在马研马"的建院原则，使我们深受鼓舞。5 月 4 日上午，我与学院的多位同事一起，参加了在人民大会堂隆重举行的"纪念马克思诞辰 200 周年大会"，现场聆听了习近平总书记的重要讲话。其中，他强调："马克思主义不仅深刻改变了世界，也深刻改变了中国。"他结合中国近代史初期的情况指出：第二次鸦片战争期间，马克思撰写的十几篇关于中国的通讯，向世界揭露了西方列强侵略中国的真相，为中国人民伸张正义。马克思、恩格斯高度肯定中华文明对人类文明进步的贡献，科学预见了"中国社会主义"的出现，甚至为他们心中的新中国取了一个靓丽的名字——"中华共和国"。对此，虽然以往我也了解一些，但总体看，还很不够。纪念大会后，我用一段时间，重点研读了收入《马克思恩格斯文

集》第2卷（2009年版）中马克思、恩格斯分别写的有关中国问题的政论文章。此外，研读了《马克思恩格斯全集》第7卷（1959年版）中的《国际述评（一）》，就是在此文中，马克思和恩格斯为他们心中的新中国取了个靓丽的名字。上述文章涉及中国的内容主要有四个方面：一是深刻揭示西方列强侵略对中国封建社会解体产生的影响以及中国革命发生的原因，特别是西方列强对华侵略引发的深刻民族矛盾和中国封建王朝的腐朽性。二是强烈谴责西方列强以各种借口发动的"极端不义的战争"给中国人民带来的深重灾难。三是深刻揭露西方资本主义宣扬的所谓与中国进行"自由贸易"等的虚伪性、欺骗性。四是对中国人民反抗外来侵略和本国封建压迫的斗争，从最本质的方面予以肯定。

在中国特色社会主义进入新时代的今天，重温100多年前马克思、恩格斯对遥远中国的关注和论述，更使我感到中国先进分子在20世纪20年代即选择马克思主义作为中国革命指导思想的正确性，同时更加激励和鞭策我进一步努力学习马克思主义，不断提升自己的思想和政治水平，以做好还可能做的工作。在学习的基础上，我写成了《厚植"中国近现代史纲要"课的马克思主义教育功能——深入学习贯彻习近平新时代中国特色社会主义思想的思考》一文，发表在《思想理论教育》2018年第9期，中国人民大学书报资料复印中心《高校思想政治理论课教学研究》同年第6期全文转载。学习、提高只有起点，没有终点。我以此自勉。

2020年以来，在充分体现"百年未有之大变局"的异常错综复杂的国际形势下，以习近平同志为核心的党中央，以强大的政治定力和高超的领导智慧，率领全党和全国人民在抗击新冠肺炎疫情取得战略性胜利的基础上，继续向着党的十九大确定的战略目标奋勇而扎实地前进。我们有充分的理由相信：在中国共产党的正确领导下，中国特色社会主义事业一定会不断取得新的更加伟大的胜利。祝愿伟大的中国共产党在第二个百年中再创新的辉煌！

朱善璐

胸怀千秋伟业，恰是百年风华

朱善璐，中共党员，1953年生于辽宁沈阳，成长在黑龙江。北京大学马克思主义学院大钊讲席教授、中国李大钊研究会会长。1979年考入北京大学哲学系。曾任中共北京市委常委、教育工委书记，中共江苏省委常委、南京市委书记，中共江苏省委副书记，北京大学党委书记、校务委员会主任。中共十六大、十七大、十八大代表，十八届中央候补委员。

我是1978年加入中国共产党的，到现在已经四十三年了。作为一名比较老的党员，在建党100周年之际，真可谓是心潮起伏，感慨万千。因此，回顾一下自己在党的培养下走过的人生道路，特别是与党共同走过的难忘历程。

人生两次最重要的关键选择

我是在黑龙江这块土地上成长起来的。东北的黑土地伴随着我走过了童年、少年和青年的前半阶段。1979年，我考入北京大学，离开了家乡。但我对这块黑土地感情很深，永远忘不了家乡，忘不了我的老师，忘不了我的师傅、我的同学和同事，忘不了我的亲人朋友，忘不了读过书的学校、工作过的地方。我始终把这段时光记在心里，记得自己是党、国家和人民培养起来的一代青年的一分子。

1953年，我出生于辽宁沈阳，成长在黑龙江，正是"生在红旗下，长在新社会"，从小唱着"我们是共产主义接班人"长大的。五六十年代轰轰烈烈的历史时刻，我虽然年龄还不大，但都亲历了。经历了三年困难时期，自己去捡过白菜帮子；经历了学习雷锋精神的年代，感受到那个时候积极向上的社会风气；还经历了"四清"运动、"文化大革命"；等等。

1968年我初中毕业，校长找到我，让我留下来做教师。当时师资很缺，没有大学、中专毕业生，没有别的办法，学校只能从现有毕业生中选拔。于是我留下来教书，在家乡的学校教了一年多语文和政治课。

其间，全国的知识青年"上山下乡"，我和一批初中毕业生被安排进工厂，也叫"下厂"。我去当工人，参加新工厂的筹建。就在这个工厂，从建设到务工生产，我前后工作十年，当了七年工人，做过车间副主任、车间和厂团总支副书记，还当过"七二一"工人大学的教师。这十年工人经历，工作生活的磨炼，对我人生的选择有重要的意义，这十年吃过的苦为我今后的人生奠定了基础。

一方面是艰苦劳动的磨炼、严格的工作生产锻炼。那时建工厂是在荒地上白手起家,所有的一切要凭自己的一双手建造出来。不怕苦、不怕累是基本口号,革命加拼命,拼命干革命。当时的口号是"工业学大庆",以大庆铁人为榜样。我们扛水泥、挑砖头,扁担都不知挑坏了多少。我年龄小,有时候能工作到半夜,早晨起来接着干。工厂里无时无刻不是红旗飘飘,大喇叭放着昂扬的音乐,催人奋进,那真是一个激情燃烧的岁月。我们虽然累,但是感觉很有干劲。这段磨炼对我来说是宝贵的财富。

另一方面是学习,奠定了我的马克思主义信仰的系统基础。那时候我偏远的老家算是"文化荒漠",但幸运的是,县里有一批共产党员,包括老师、高中大哥大姐毕业生、工厂的领导等,给我带来了很大的影响。受他们影响,我开始自学读书。主要读两类书:一类涉及文化科学知识,特别是语文和历史;另一类是马克思列宁主义、毛泽东思想,读《毛泽东选集》《马克思恩格斯选集》和《列宁选集》。除了跟着组织学习"老三篇"(《纪念白求恩》《为人民服务》《愚公移山》)等,我主要是自学。那段时间,我一直没有停止自学,认为即使不考大学,也应该读书。我们的老师一直告诉我,早晚有一天大学还是会恢复考试,所以我一直在坚持自学,十年里没有中断。

前不久收拾家,我还找出 1976 年在新华书店买的《共产党宣言》,书皮都已经破旧了,但当时我用红笔写的心得体会笔记都还在上面。现在回过头来看,自己能坚持自学,而且中途不放弃,对我一生意义重大。我的马克思主义的基础知识,就是这段时间学习积累的,虽然肤浅,却奠定了基础。

在此基础上,1978年,我正式加入中国共产党。这是我经过多年的追求,经受了组织的考验,才被批准入党的。就个人的成长来说,那时我还比较年轻,对党的理解和认识相对肤浅。但有两点却是坚定的:一就是在信仰上,我对共产主义的信仰矢志不渝,对共产主义理想坚信不疑,这是二十多年党的教育和个人成长经历带给我的,我坚信共产主义理想。二是在情感上,我对党有着深厚而朴素的感情,认为共产党好、社会主义好、毛主席好,这些感情很坚定,经历了长时间的考验。1978年我庄严宣誓加入中国共产党,忍不住热泪盈眶。这是一片赤子之心,很单纯,但也很真诚,我愿意为实现共产主义奋斗终身。

我人生的另一个重大选择和转折是进入北大,过程也比较曲折。1977年,我已经是车间副主任,后来担任工厂团总支副书记,从车间调到厂部。那一年,国家恢复高考,我报名参加了考试,但当时家里和工厂都不同意我上大学,我也没有下决心上大学,只想着体验一次高考,于是报了名,参加了第一场的语文考试。第二场的政治考试有没有参加记不太清了,之后我就退出考试,没有考后面的科目。

没想到我的语文成绩还是挺好的,应该在全省是前几名的。省里招办注意到我的情况,经招办研究决定,鉴于我弃考了其他科目,总分虽然不高,但语文成绩比较优秀,决定予以"特殊录取",把我录取到萌芽学校。学校里三位任课老师来到我的工厂告诉我,只要我同意,录取通知书当场就发给我。但是我当时没

有同意。

1979年，我终于征得工厂和家里同意，再度高考。这次考试除了外语考得有点差，其他考试都比较顺利，成绩比较高，我是我们嫩江地区的文科状元。我没敢报北京大学，但是北大当时在黑龙江招生的梁老师发现了我的情况，给我们单位打电话说北大要录取我，问我愿不愿意。记得那时候我正在家里扒炕，得到消息后扔下正在干的活儿，兴奋地跑出去，摔了跟头都不知道，能够去北大上大学是我不敢想象的好事！

2016年年底，中组部领导宣布了中央决定，我卸任北大党委书记一职，由郝平同志任北京大学党委书记。宣布决定的大会上，我曾说道：我这一生有两个选择对我具有极其重要的意义。第一个选择是政治选择，我选择加入中国共产党，即政治信仰、政治理想、政治道路和政治组织的选择，就是选择把自己与国家民族命运紧密结合。第二个选择就是我的求学经历，这也是我人生中一个重大的转折性选择。能够来到北大，实现了我追求知识、追求真理的理想，它使我在自学的基础上实现了一次升华。这两个选择，一个是重大的政治选择，一个是重大的求学选择，对我非常重要，影响了我一生，我也终身不悔。所以我真诚感谢共产党，感谢伟大的时代，感谢北京大学，感谢所有帮助过我的人。

北大的"无字之书"

从1979年进入北京大学，到今年已经四十二年了。这四十二年可以分成三个阶段：前十七年我在北大读书和工作；中间有十五年的时间我离开了北京大学,在地方工作;后十年,我又回到北京大学。

回顾在北京大学的学习生涯,我最感谢的是两点。

第一是通过在北大的学习,我深化了对马克思主义理论的认识,打下了马克思主义哲学的理论基础,在我原来自学的基础上实现了升华。我对马克思主义的认识,对社会主义、共产主义的认识进入前所未有的一个新阶段。在北大哲学系的四年时间里,我系统学习了中国哲学史、西方哲学史、马克思主义哲学史。北大哲学系那时候星光闪耀,黄枬森先生讲马克思主义哲学史,张世英先生讲西方哲学史,冯友兰先生、张岱年先生讲中国古代哲学史。从史到论再到法,历史、理论、方法三个方面,我认真系统学习了马克思主义,这对我自身有极大的提升。79级全体同学一起经历了严格的学术培养和训练。北大不仅传授给我文化和知识,更给我树了一个思想的主心骨,那就是马克思主义这个"定海神针"。

第二是北大校园文化和精神对我的滋养。校园文化对我滋润影响也很深。我们校园活动很多,党的活动、社团活动、文化体育活动、学术交流活动、社会实践活动、社会调查活动都非常丰富,还有各种各样的机会参与党和国家的大事。这是有北大特点的全方位多角度的育人体系。

北大的文化传统有两层,既有蔡元培先生提出的"思想自由、兼容并包"的学术传统,又有李大钊先生等留下的革命传统、红色基因。我以前曾讲过,北大有"两把刀子":一是蔡元

培,二是李大钊。这"两把刀子"不能丢,缺一不可。特别是我们的革命传统、红色基因,北大是最早传播马克思主义的地方,也是中国共产党早期组织的重要活动基地。红楼的灯光是最早亮起来的,先有红楼播火,"十月怀胎",然后才有上海建党、南湖起航,才有后来的星火燎原。

北大的这个传统一直没有丢,也不能丢。在我进入北大学习工作以后,特别是20世纪80年代,我印象比较深刻的有几个事件。

一个是改革开放初期北大的变化,特别是喊出"团结起来,振兴中华"的口号。中共十一届三中全会以后,党的改革开放政策和党的基本路线确立,这对我们这一代人影响特别大。如果没有改革开放,就没有我们这一代人的成长发展。那时候同学们想的就是,抓紧时间读书,学好知识,"为中华崛起而读书"是我们真实的内心写照。1981年3月20日,中国男子排球队在争夺世界杯排球赛亚洲区预赛的关键一战中,以3∶2战胜韩国队,取得参加世界杯排球赛的资格。消息传来后,北大同学们沸腾了,冲出宿舍教室,自发地参加群众游行,大家浩浩荡荡,甚至把笤帚点燃做火炬,口号声和鼓声划破了夜空,同学们激动地喊出"团结起来,振兴中华"的口号,喊出了时代的先声。那时我也在学生游行的队伍里,嗓子都喊哑了,感受到大家昂扬的爱国热情。那个口号意义重大,响彻云霄。2018年习近平总书记到北大考察,与师生座谈时,还提到,"1981年北大学子在燕园一起喊出'团结起来,振兴中华'的响亮口号,今天我们仍然要叫响这个口号"。

第二个是红楼挂牌。1982年，北大学生会换届，我担任了新一届学生会主席。到了学生会以后，我做了一件事情，就是跟当时的学生干部商量，在沙滩红楼处挂一块牌子。院系调整后，北京大学搬离沙滩红楼，来到海淀燕园，到80年代，很多人不知道红楼以前是做什么的，五四大街每天车水马龙，很少有人想到这旁边的红楼曾有这样辉煌的历史。我和几个学生干部商量后，请示上级，希望以北大学生会的名义在红楼门前墙上挂一块牌子，介绍一下这里是北大红楼，曾经是毛泽东、李大钊学习工作过的地方。我们的提议获得学校党委、团委批准，向北京市汇报后，北大学生会和北京市学生联合会一起落款挂了这块牌子。虽然仅仅是挂一块牌子，但我们想要做的是提醒广大青年不要忘记红楼的传统，不要忘记五四精神。当时我们对李大钊、对五四精神的理解并没有很深刻，但是大家都有一个热烈的愿望，一个朴素的认识，一种精神寻根的需求。至今这块牌子还挂在红楼的大门边上。

1983年我毕业以后留校工作，担任校学生会秘书长和校团委副书记。其间最难忘的是1984年新中国成立35周年国庆阅兵活动。这次阅兵有特殊的意义，是在经历"文化大革命"之后，全面改革和现代化建设取得巨大成就的形势下举行的，是继1959年国庆后，二十五年来第一次盛大的国庆阅兵，也是中国改革开放的总设计师邓小平同志首次担任国庆阅兵首长。这次阅兵北大有三支队伍参加：一是学生仪仗队，需要走正步；二是群众游行方队，自由、活泼一些；三是当天晚上在天安门广场上参加联欢的

群众队伍。三支队伍由学校统一领导。当时任命武装部部长杨永义同志为仪仗队总指挥,我担任他的助手,做仪仗队的政委,负责思想政治工作。因为要走正步,要求非常严格。我们从来没有踢过正步啊!那时我们非常早就开始训练,2000多名同学提前很久就开始在学校的五四操场利用课余时间辛勤训练。到了暑假,天气炎热,但同学们全身心投入,付出了极大的辛劳和汗水。从动员到训练的整个过程,就是一次生动的爱国主义教育活动。

到了10月1日当天,我们凌晨出发,走路前往广场集结。阅兵式上,2000多名北大学子身穿蓝色的服装,象征海洋;手拿白色的和平鸽,象征着和平。我们手举和平鸽,随着口号,一边踢着正步,一边上下举动和平鸽。穿着蓝色的衣服踢着正步,看着像翻腾的大海;上下起伏的和平鸽,仿佛是在海面上翱翔。我们踢着整齐的正步走过天安门广场,后来受到表扬。群众游行方队和联欢队伍也都表现出色,群众游行方队还打出了"小平您好"的标语,生动亲切地表达了对邓小平同志的敬意,表达出对党中央的领导、对党的十一届三中全会以来的路线方针政策的衷心拥护。对我和那些参加国庆阅兵方队的同学来说,这次阅兵活动印象太深刻了,我认为这次阅兵对北大的学生,甚至对我们这一代青年可以说是一次深刻的爱国主义教育,一辈子都忘不了。后来我也参加过很多阅兵活动,印象最深的还是这次新中国成立35周年国庆阅兵。80年代在整个党和国家事业发展中是历史转折的年代,对北京大学也是一个特殊的年代。在改革开放初期,国内外环境复杂,维护稳定是党和国家大局所需,我们经受了很多考验。但是贯穿其中的，始终是"团结起来，振兴中华"的主线。这是北大学生"以天下为己任"的情怀的传承，这种情怀往前能追溯到李大钊、陈独秀、毛泽东等人探索救国救民道路的奋斗，薪火相传，后来到1981年喊出"团结起来，振兴中华"的口号，再到1984年参加国庆阅兵，打出"小平您好"的标语，本质上是一脉相承的。这次国庆庆典活动，最重要的新闻事件，就是北大打出了"小平您好"的标语。

回顾这段历程，北京大学真正影响我的，除了马克思主义哲学专业有字之书的教育，还有这里的文化、传统、精神。除了授业，传道是更重要的。北大对我的培养不仅通过老师讲授和课程传递，更多是通过"无字之书"。对北京大学来说，思想、文化和精神是最宝贵的地方，而它又是思想、文化和精神的高地和殿堂。北大的思想、文化和精神，有其"定海神针"和"主心骨"，那就是马克思主义的信仰和"爱国、进步、民主、科学"的优良传统，这一点我体会特别深，在北大这些年，经过党的教育和自己的思考，我深深感觉到北大思想、文化和精神的"魂"一直都在。

邓小平南方谈话后，新一轮改革发展的高潮到来。90年代的北大迎来了发展的新局面，这一时期北大发展的主线可以说是争创中国特色的世界一流大学。其间北大通过几次党代会确立了奋斗目标，为我们创建世界一流大学做好了前期准备，奠定了基础；到百年校庆时，党中央正式提出创建世界一流大学的口号，北大迎来了发展的新阶段。在此期间，我相继担任北大党委学生工作部部长、党委宣传部副部长、党委组织部部长、党委副书记

等职务。1996年,我离开北大,先后就任海淀区委副书记、书记,紧接着又在北京市教育工委、南京市委、江苏省委等机构任职。北大建校100周年庆祝活动时,我已到海淀区工作,承担外围保障服务工作。

2011年,我再次回到北大。在新的时代条件下,我们面临的是创建什么样的一流大学、如何创建一流大学。2012年,北大召开第十二次党代会,确定了世界一流大学的奋斗目标。我印象最深的就是2014年习近平总书记来北京大学考察。2014年是五四运动95周年,北大作为五四运动策源地,习总书记在5月4日当天视察北大,意义非凡。习近平总书记这次来北大与师生座谈,谈到了很多,他提出"广大青年对五四运动最好的纪念,就是在党的领导下,勇做走在时代前列的奋进者、开拓者、奉献者";他谈到了社会主义核心价值观的传承,鼓励青年勤学、修德、明辨、笃实。他还特别提到了世界一流大学,他指出:"党中央作出了建设世界一流大学的战略决策,我们要朝着这个目标坚定不移的前进。办好中国的世界一流大学,必须有中国特色。没有特色,跟在他人后面亦步亦趋,依样画葫芦,是不可能办成功的。"总书记说:"世界上不会有第二个哈佛、牛津、斯坦福、麻省理工、剑桥,但会有第一个北大、清华、浙大、复旦、南大等中国著名学府。我们要认真吸收世界上先进的办学治学经验,更要遵循教育规律,扎根中国大地办大学。""扎根中国大地办大学"成为我们创建世界一流大学的方向和遵循。创建世界一流大学、走在世界一流大学的前列,这是北大这些年奋斗的一个主线。这个任务是艰巨的,这些年来一代又一代北大人朝着这个目标接续奋斗。近几年我看到学校的各项事业正在稳步向前发展,相比我们工作的时候可谓大踏步前进。

2016年年底我卸任北大党委书记后,经组织同意我回到马克思主义学院担任一名教师。回想起来,我深深感谢北京大学,自己有幸能够在北大度过几十年时光,能够在北大求学、工作、服务,现在又回归教师岗位。能回归教师岗位是我心中又一个理想,我感到特别荣幸。感谢党组织,感谢北京大学给我这份信任和荣誉。

红色基因薪火相传

从行政岗位退下来后,我到学院担任教师,组织上给我另一个任务,就是让我担任中国李大钊研究会会长。我深感使命重大。李大钊是我们党的历史、中国近代史和思想史上一位特别重要的历史人物,李大钊研究是跟党史研究、近现代史研究和北大校史研究紧密相连的重要研究。

带着一颗赤子之心去奋斗,牢记初心和使命,这应该是李大钊精神的本质。我觉得我们最应该传承李大钊精神的有两点。一是传承他的初心和使命。李大钊先生的初心和使命是什么?就是一颗对祖国和人民的赤子之心。习近平总书记说:"他始终把自己的学识与拯救国家和民族的命运紧紧联系在一起。正是强烈的爱国之心和对社会、对人民的高度责任感,促使李大钊同志奋不

在纪念李大钊同志诞辰130周年学术研讨会上讲话

顾身、英勇战斗。"正如总书记所概括的,李大钊的初心就是对祖国和人民高度的责任感。他和那一代北大人面对灾难深重的中国人民、中华民族,深感忧虑,为此积极探索改造旧中国的道路和方法。这个路该怎么走?该选择什么主义和方向?在上下求索中他们才逐渐信仰马克思主义、建立中国共产党。怀忧国忧民之心,求救国救民之路,基本上就是那一代人的初心;救亡图存、复兴图强是他们承担的历史任务,这里包含着他们对祖国、对人民的赤子之心。

二是传承他的奋斗精神。习近平总书记说过,李大钊"身上体现出的时刻牵挂国家兴亡、时刻不忘人民疾苦并为之奋斗的精神和风范,永远值得我们敬仰和提倡"。"时刻牵挂国家兴亡、时刻不忘人民疾苦并为之奋斗",就是带着一颗赤子之心去奋斗,这是对李大钊精神最精准的概括。李大钊同志书写过"铁肩担道义,妙手著文章"的著名对联,这副对联是他光辉一生的真实写照。为了追求革命真理、追求民族独立和人民解放,他把个人生死置之度外,积极进取,急流勇进,不惜牺牲自己。1927年,年仅38岁的李大钊先生大义凛然,壮烈牺牲,实现了他说的"勇往奋进以赴之""痑精瘁力以成之""断头流血以从之"。他最后用自己的生命、用自己的头颅,坚守和践行了为人民谋幸福、为民族谋复兴、为世界谋大同的初心和使命。而北大就是这个初心的源头和红楼播火的起点。

李大钊精神是我们党的初心的重要源头。回顾我们中国共产党走过的这100年,我觉得用"艰难困苦,玉汝于成"来形容非常恰当。怀着一颗赤子之心,我们党成立了,然后坚守践行,不断发展,至今还在奋斗。试想一下,1921年在世界上有多少个政党?这些党派又有多少在世界风潮变幻中改变了初心,日渐湮灭?只有我们党不忘初心、牢记使命,经历了许多艰难挫折的磨炼,先从失败走到胜利,才有从胜利走向胜利,领导着中国人民一步步建立新中国、完成社会主义改造,开启改革开放新时期,现在又进入新时代,谱写了新的壮丽篇章。

中国共产党为什么"能"?马克思主义为什么"行"?中国特色社会主义为什么"好"?这是一篇大文章、一本大书,需要我们细细研究。不过大道至简,其中有几条特别重要:初心和使命、主义和方向、道路和奋斗。第一是初心和使命,为人民谋幸福、为民族谋复兴、为世界谋大同,无论路程多漫长,我们党初心坚定不移,赤子之心永远保持,这是我们胜利的根本保证。第二是主义和方向,也就是说要坚持正确的指导思想。马克思主义

是我们必须坚持的正确指导思想,有了理论,还需要和实践相结合,走马克思主义中国化的道路。第三是道路和奋斗。我们要找到一条路,也就是中国特色社会主义道路。这条路过去没走过,要靠我们创新和探索。坚守初心使命,明确主义和方向,坚定道路自信,我相信我们一定能再创佳绩,我充满信心。

我亲身经历过近半个世纪以来北大的成长和发展,经历了很多历史性事件,深刻体会到北大确实在与国家、民族和党的事业同奋进、共进步。北大与中国共产党的关系体现在两方面:首先是早期先驱创立和发展共产党;其次是在党创立后,党的所有事业中,北京大学始终走在前列,并且在不同时代不断地作出不同的贡献。从一个多世纪以前苍黄风雨中先驱志士点燃的红楼火种,到新中国成立之初百废待兴中高扬的旗帜;从四十多年前吹遍华夏大地改革春风中的焕然生机,到新时代创建世界一流大学,历史见证着北大与党和人民的事业同呼吸、共命运。

如果说有一所大学与中国共产党从源头上就血脉相连,最有代表性的那一定是我们可爱的母校——北京大学。中共一大前,在全国八个地区建立的党组织中,有六个地区的党组织负责人是北大师生和校友;全国58名党员中,北大师生和校友24人;1921年7月出席中共一大的13名代表中有北大师生和校友五人。北大,无疑是马克思主义在中国的发祥地。正如习近平总书记所讲的:"这是北大的骄傲,也是北大的光荣。"我们要深入研究北大与中国共产党的关系,北大人除了学好党史、国史,也应该学习和研究北大与马克思主义、中国共产党的历史。我们要回到历史中寻找方向,汲取力量。

纪念李大钊同志牺牲94周年祭扫活动

在中国共产党成立100周年这样一个重大历史节点上，我的心情是十分激动的。中国共产党是伟大的党，带领中国人民创造出改天换地、翻天覆地的人间奇迹；北大是所伟大的学校，百年前那一代进步师生为共产主义探索奋斗，红楼播火，培育初心，为这所大学打下红色基因的根基，成就了北大永远的光荣传统。红色基因薪火相传，光辉百年风华正茂，千秋伟业初心不改，这是我们党的历史的真实写照。北京大学作为红色基因最早开创和奠基的热土和阵地，理应把红色基因和我们党的精神谱系传承下去。"铁肩担道义，妙手著文章"，百年前李大钊、陈独秀、毛泽东与一代北大的共产主义先驱做到了，今天的北大人在新时代，在新的条件下，也一定会"铁肩"担起新时代重任，"妙手"做好新时代大文章，朝着民族复兴的伟大目标前进！我衷心祝福我们伟大的中国共产党永葆青春，也祝福光荣的北京大学再创辉煌！

（采访整理：陈凯）

乔振绪

老骥伏枥，永无止境

乔振绪，1930年生，山西太原人，北京大学外国语学院教授。1951年考入北京大学俄罗斯语言文学系学习，1955年进入研究生班学习，毕业后留校工作。在俄罗斯古典文学名著的翻译上成果显著，先后翻译了《复活》《战争与和平》《死魂灵》《乡村夜话》等。

教学与研究历程

我的业务能力的提高，离不开党组织的培养和帮助。1951年我考入北京大学俄罗斯语言文学系；1955年，系党组织和行政领导推介我成为苏联专家的研究生。当时从本科毕业生中选拔了15名作为专家的研究生，我是其中之一。在专家的亲自指导下，我学习的主攻方向是俄语语法，包括理论语法和实践语法。另有专家给我们开设了俄罗斯文学史课和文学选读课。我研究生论文的题目是《现代俄语中的无人称句》。两年的研究生学习为我走上教学岗位，完成各项教学任务和编写教科书的任务，打下了坚实的基础。

工作以后，我根据学校需要，认真完成编写教材和开设课程等工作任务。20世纪70年代初，我系大批招收部队的学员，旧的教材不能用了，需要编写适合部队学员学俄语的新教材。为了应对这样的局面，系里组建了教材组，由我任组长，当时从一年级到四年级的俄语实践课教材全部出自我们几人之手，我们同时还插编了一本《俄语战备教材》。

除了编教材的工作，我还承担了两个班的教学工作，我教的课有俄语实践课、语法课、笔头翻译课、口译课。在笔头翻译课中，我加上了听力训练，我从苏联的国际广播电台录下了很多苏联领导人的演说，先让同学听演说的录音，听过三四遍以后，再将演说笔头译成汉语，这样做的目的是训练学生听长篇大论的政治演说。口译课是征得系里的同意新开的一门课，为了开好这门课，使它不脱离当时的时事政治形势，我曾到新华社资料库收集材料。学生对这门课的反应还不错，认为这种口译的训练对他们将来的工作很有帮助。

此外，我还承接了系里交办的翻译任务和编俄语教科书的任务。70年代，军事科学院交给我系一本俄语军事著作，让我系找人翻译出来，系里把这本书交给我翻译。我参与翻译的第二本书是《科学共产主义初级教程》，共30多万字，由我和董青子、俞仁山三位同志翻译完成，我担任总校对。这本书的翻译工作是教育部下达给系里的任务。教育部为了提高我国高等院校政治课的

教学质量，决定将苏联高等院校政治课的教科书翻译过来做参考。这本书由高等教育出版社出版，我们的译本受到出版社的好评，得到的评价是准确流畅、适合大学生阅读。后来，中学由原来学俄语改为学英语，所以俄语系招上来的学生大部分是学英语的学生，系里决定编一套大学俄语基础教科书，这套书由董青子和我担任主编，我们用了两年多的时间编完这套书，这套书共三册，书名是《大学俄语》，由北京大学出版社出版。

80年代，为进一步提高教学质量，也为教师的提职称创造条件，我系大力倡导教师开展科研活动。我当时写了几篇语言方面的论文，这些文章有的在系里或教研室的科学讨论会上报告过，有的在刊物上发表过。我把《现代俄语中用 что 连接的附加副句》这篇文章寄到《中国俄语教学》杂志社，编辑部给我的回信说："你的文章有创意，我们准备全文发表。"文章发表在1984年第3期的《中国俄语教学》上。这篇文章已经发表三十多年了，至今还不时有人把它放到网上，供大家阅读。

俄罗斯访学点滴

1992年，我已经接近退休年龄，但系领导仍然派遣我赴俄罗斯进行学术交流访问，我下定决心绝不辜负组织和系领导对我的期望。在半年多的学访期间，我抓紧时间学习，我参访过的每一个纪念馆、每一个作家故居，都是一个知识的宝库，真是取之不尽、用之不竭。我在俄罗斯进行学术交流期间，参观和访问了23

处作家的纪念馆、纪念地和故居,包括普希金米哈伊洛夫斯克故居、普希金皇村中学纪念馆、普希金彼得堡故居、托尔斯泰莫斯科故居、托尔斯泰莫斯科博物馆、陀思妥耶夫斯基圣彼得堡故居、陀思妥耶夫斯基莫斯科故居、涅克拉索夫故居、高尔基莫斯科故居、果戈理莫斯科纪念馆、马雅可夫斯基莫斯科纪念馆等。每参访一处纪念馆,我都拍了资料片,录了讲解员的讲解词,拍的资料片共276幅,为录讲解员的讲解词共用了录音磁带15盘。以上这些图片资料和录音资料给我以后研究和翻译俄罗斯文学提供了极大的支持。

莫斯科大学留念

有一件展品我印象很深。1908年美国大发明家爱迪生把自己刚发明的录声器（相当于现在的录音机）赠送给托尔斯泰一台，这件事足以显出当时托尔斯泰在国际上的威望，托尔斯泰正是用这台录声器录下了自己的声音。这个录声器造型很独特，一个独腿铁架子上面支撑着一个木头匣子，匣子的两面各有两个圆孔，匣子的侧面印有爱迪生的名字，我把我拍的这个录声器的图片放在我译的《战争与和平》的附录中了。

托尔斯泰故居前

从俄罗斯学访回国后，我写了八篇文章，反映了我这次学访的点滴收获，这些文章发表在《光明日报》上，报社单为我的文章开辟了一个专栏，专栏的名称是《文学寻踪》，文章包括《托尔斯泰的书斋》（1993年9月20日）、《普希金和他的奶母》（1993年10月25日）、《高尔基故居》（1993年11月22日）、《从果戈理的雕像谈起》（1993年12月13日）、《向命运挑战的人》（1994年1月31日）、《叶赛宁故里之行》（1994年2月21日）、

《诗歌之星从这里升起》(1994年3月28日)、《播撒在心灵中的种子》(1994年5月16日)等。

翻译文学名著

退休后,我因有长期教授俄罗斯文学翻译课的经验,开始了俄罗斯经典文学的翻译工作,我陆续翻译出版了托尔斯泰的《复活》《战争与和平》、果戈理的《死魂灵》《乡村夜话》《彼得堡的故事》、奥斯特洛夫斯基的《钢铁是怎样炼成的》等著作。

与奥斯特洛夫斯基纪念馆的讲解员合影

我所翻译的作品中都有我写的序言,也就是我对该作品的评论文章。这些序言反映了我学习新时期中国特色社会主义文艺理论的收获,反映了我学访俄罗斯的收获,反映了我教授和研究俄罗斯文学的收获。

我为这些译著写序言时,概括了它们共有的三个问题。

第一个是妇女受压迫求解放的问题。托尔斯泰在《战争与和平》中塑造了索尼娅这个悲剧形象,在《安娜·卡列尼娜》中塑造了安娜·卡列尼娜这个受屈辱、受迫害的妇女形象,在《复活》中塑造了玛丝洛娃这个受欺凌、受冤屈的妇女形象。

第二个是反对腐败的问题。托尔斯泰在《战争与和平》中描写了罗斯托夫一家腐朽的寄生生活;在《复活》中抨击了司法的腐败,有钱的人只要花钱买通官府,官司就能打赢。果戈理在《死魂灵》中既抨击了乞乞科夫的贪腐行为,又抨击了他买卖死农奴的投机行为。

第三个问题,平民百姓是历史的主人。在《战争与和平》中,托尔斯泰指出,在这场反拿破仑侵略的斗争中,牺牲最大的是士兵,也就是穿上军装的农民,他们质朴,他们渴望战斗、渴望消灭敌人。吉洪是一名游击队员,是百姓的代表,他天不怕地不怕,使用的武器有火枪,还有长矛和斧子。民兵们走上战场,个个抱定了牺牲的决心,库图佐夫赞誉他们是"举世无双的好百姓"。

我翻译时很重视译文的质量,我对自己的译文提出两个要求:第一,译文正确、准确,没有译错的句子,没有用错的词语,没有病句。第二,译文通顺,可以口头朗读,译文中避免洋腔洋调。

我翻译的《复活》2012年由漓江出版社出版,该书的责任编辑在书的封面上写了一个译者简介,他在简介中用了"当代著名翻译家"这样的称呼,我回信说我只是个"译者",用"译者"这个称呼最恰当，他回信说：我审阅你的译稿时，认为你的译本是最好的，你就不必谦虚了。他坚持自己的意见。我编译了一本只有13万字的小册子《战争与和平（缩写本）》，这本书一出版很快就销售一空，形成一书难求的局面，在网上偶尔能买到。

  学无止境。今年是2021年，我91岁了，已经走上了人生重要的一段路，这段路走起来一定很艰难，一定有不少困难等着我去克服，但我有信心迈开大步继续向前走，我有党的指导，有系领导的助力。尽管年岁已高，但是我仍想为社会增添正能量，前面还有几本书等着我去翻译呢！我要继续努力，绝不气馁，绝不停歇，一定能完成预定的任务！

许智宏
草木结缘一生情

许智宏，中共党员，1942年生，江苏无锡人，北京大学生命科学学院教授，中国科学院院士，发展中国家科学院院士。1959年就读于北京大学生物学系植物学专业，1965年考上中国科学院上海植物生理研究所研究生，毕业后留在该所工作。1992—2003年任中国科学院副院长；1999—2008年任北京大学校长。长期从事植物发育生物学、植物细胞培养及其遗传操作、植物生物工程的研究。

玩出来的人生志趣

对于多姿多彩的生物世界，我一直充满好奇。这得益于我在小学和初中时的一位同学。他叫陈尧清，我们俩是最好的朋友、最好的玩伴。我上小学时几乎每天早上都找他一起去学校，放学后也常会到他家里玩一会儿再回家。陈尧清家有个不小的院子。那里面几乎是个百草园，种了好多树，桑树、枣树、杨树、梧桐树，也有各种各样的花，玫瑰、蔷薇、凤仙花等，还有蚕豆、毛豆、青菜等蔬菜。我们俩最喜欢在院子里玩。院里的那棵桑树有一人多高，有一年我们要来很多蚕宝宝，采桑叶喂它们，看蚕宝宝蜕皮、长大，然后结茧，在茧子中成蛹，最后又化成蚕蛾钻出，交配产卵，太神奇了。每过两三天，我都要去郊区的河滨里捞鱼虫喂金鱼。我家邻居中还有好几位年龄相近的小伙伴，我们常一起钓鱼、爬山、游太湖，我很喜欢广阔的田野。自然界总有好多东西吸引着我们，也给我们一种美的享受，让我们醉心于更宽广的大自然。记得新中国成立初期，经常放映苏联电影，我喜爱看反映苏联集体农庄生活的电影。看到人家驾驶着拖拉机行驶在一望无际的田野上，总想着有朝一日，我也能有机会开着拖拉机奔驰在广阔的原野上，多浪漫！

上初中时，我遇到了一位很好的生物老师，教我们动物学和植物学，也带我们做实验。我至今记得在解剖镜下观察蝴蝶翅膀上的鳞片和植物叶片的表皮。那是我初次接触到"微观"的生物世界。对我来说，中学时生物老师的启蒙激起了我对生物世界的好奇心，这肉眼见不到的生命世界神奇而精彩，充满了美妙的吸引力。

到了高中，我用业余时间阅读了不少生物学的书籍。我经常去无锡图书馆借书来看，有两类书成了我的最爱。一类是关于野外探险和世界环游的。正是在那时我看了达尔文的《物种起源》，印象很深。其实，那么小的年纪，哪能真正看得懂《物种起源》呢？可我看懂了一件事——达尔文曾经周游世界去采集标本。这

样的工作和生活太有趣了，它成为我所追求的理想。另一类让我感兴趣的是园艺学和园艺学家的书籍。我借过果树、园艺和花卉方面的书来读。在我看来，园艺学家真是了不起，能培养出那么多稀奇古怪的植物品种。如果我能当一名园艺学家，多好啊！在书籍的启发下，我也开始自己在家用盆子尝试种起不同的植物，包括花花草草。现在想来，真的是非常感谢我的母校无锡二中营造的宽松学习氛围，没有做不完的作业、考不完的试，可以有足够的课余时间去阅读我感兴趣的书籍。

1959年春天，我即将高中毕业，准备报考大学。因为太喜欢生物学和园艺了，我的第一志愿是北大生物学系，很顺利地考上了，从此走上了生命科学学习的道路。期待未来能更深入地探究生物世界的奥秘。

燕园的学术训练与社会实践

我进北大读书是在1959年秋天。当时正值三年困难时期，条件比较艰苦，但在北京，还是保证了每个大学生每月有32.5斤的口粮，只是没有油水，大学生又正是长身体的时候，特别是男同学，还是尝到了饥饿的滋味。生物学系的每个班都在蓝旗营分到一小块土地种菜，用来给本系的学生餐厅补充副食。生物学系师生甚至捞过未名湖的水草来吃，在下乡劳动时也曾割过碱蓬充饥。

尽管生活条件比较艰苦，但是学习很充实。那时北大的图书馆、阅览室依然天天满座。当时北大十分强调最好的老师给低年级的本科生上基础课。老师们教学特别认真，他们很少采用通用教材，喜欢自己编写教材，往往在课前才能把用手工刻印的油印讲义发给同学们。困难时期的纸多数是灰黄色的，质量很差。我至今仍保留着一些当时发的讲义，从讲义上可以看出老师为准备一堂课所付出的心血，他们总是力图把最新的研究成果加入教学内容。虽然老师们的风格不同，但他们做学问和教书的认真态度，对学生的严格要求，他们的言教身教，潜移默化地影响着我们，都使我深为感动，终生不忘。

除了在课堂中学习，我在课外也看了很多植物生物类的书籍。我看书的动力很简单——出于兴趣。我们班有个上海同学，我们俩很谈得来，时常津津有味地讨论某些专业问题。有时为了弄清楚一个作用机理，我们会找来英文原版的专业书看。我的几位老师也会介绍专业书给我。应该说，这些原版的专业书大大充实了我的专业知识。

随着在专业领域不断深入学习，我对植物发育和形态建成的机理产生了日渐浓厚的兴趣。一株植物体的茎顶端分生组织的细胞如何在发育过程中分化成不同的组织和器官？一个受精卵又是如何形成一个胚胎，随后长成一棵植物的？这是植物形态建成研究试图回答的问题。另一个吸引我的问题是，植物体内的激素那么微量，却能控制植物的生长、发育、开花，其中的机理是什么呢？我很希望在这两个问题之间找到一个连接点，把它作为自己的研究方向。

在科研能力的培养方面，北大对学生的实验训练是非常扎实的。五年级除了还有少量课程和实验外，主要是准备学年论文。学年论文相当于一篇文献综述，也是为毕业论文做准备。到了六年级，又花近一年时间做实验，写毕业论文。

植物教研室的李正理先生，当时正在用离体培养技术进行红松胚胎和草石蚕茎尖培养中的实验形态学的研究。他后来成了我学年论文和毕业论文的指导老师。当时他还有一位助教，也就是张新英老师，作为我的小导师。两位导师为了提高学生的论文写作水平付出了非常多的精力。由于我们大多同学在高中时都学的是俄语，英语是在北大四年级时作为第二外语才开始学的，老师担心我们的英文阅读理解能力不够，就找来一些重要的英文文献和综述给我，要求我不能只是看，还要笔译成中文给老师修改。特别是张新英老师，一遍一遍、一字一字地改，连错别字都一一圈出来，直到确认我理解清楚了。我现在还保留着几篇张老师给我批改的译文。修改学生自己写的论文时，老师也会对具体内容做出详细的批改，再在文末提出整体性的修改意见。那时学生也不简单。那个年代没有计算机，老师每批改一遍论文，学生都要对每条意见做相应修改。如果改得多，就要重新誊写一遍。有的同学要修改三四遍才能完成。毕业论文最后定稿后还要用仿宋字体手写出来，光是抄写就花了许多工夫。

在导师的悉心指导下，我完成了五年级的学年论文《裸子植物的胚胎培养》和六年级的毕业论文《人工合成的生长抑制剂马来酰肼对油松胚胎培养的影响》。多年以后，我又找出自己的本科毕业论文来读,触动很大。我之所以能够完成这篇论文,正是得益于北大给予我的扎实的知识结构、严格的实验训练,以及对我的研究和写作能力的培养。

本科期间我还在中科院北京植物园做过两次生产实习。

第一次是在果树组,我跟着老师学做苹果和梨的嫁接。从做嫁接到观察存活情况,需要两三周的时间。学习嫁接时我特别兴奋。记得我当时问老师:要研究砧木品种对接穗形成的果树的影响需要多长时间?老师告诉我,虽然嫁接两三周以后就能看出果树是否已存活,但一个砧木品种的效果好坏不是一两年能看出来的,从开始嫁接到果树成长、开花结实、衰老、停止结果,整个周期可能要花几十年甚至更久。那时候我才深深地意识到做果树嫁接影响的研究是多么不容易。一个研究人员可能一辈子都不一定能完成一个研究周期,这要经过几代人的努力。他们的专注和坚持真让人心生敬佩。那次生产实习,我还跟着研究抗寒葡萄培育的老师学习,在他们的指导下学做葡萄杂交。由于葡萄的花很小,很不好操作,加上北京的初夏,天气热得很,在大太阳下做杂交,常常满头大汗。直到几年前,我在宁夏考察中科院的农业项目,其中就有抗寒葡萄,方知当年植物园的老师用能抗$-40℃$的长白山野生葡萄和栽培葡萄杂交培育抗寒葡萄终于成功了!而从做杂交到培育成生产上可以用的新品种,前后五十多年,从中也可见科研的艰辛。

第二次是在花房里学习兰花的栽培和做不同种兰属植物叶片的比较解剖。带我的老师吴应祥先生是我国很有名的兰花专家。

他有一个助手,带我们几个实习的学生在花房里跟班,认识不同种兰花的特点,并取样做切片,以比较不同种兰花的叶片结构。观察解剖结构的切片技术我以前在实验课上就学过,这次实习相当于一次独立的应用实践了。每天路过不同的花房,都可以见到不同的植物及其旁边标注的中文名和拉丁文名,那次实习让我记住了很多园艺植物的拉丁文名。这不光在植物分类中很有用,在其他植物科学研究中也可以说是必备的基本功,这也成了我实习中的重要收获之一。

到了五年级,我和班上一些同学还在北京四季青公社参加了一段生产实习。下乡期间,我们跟着老农学习种茄子、西红柿、大蒜、辣椒等不同的蔬菜,利用这个机会填补实践经验的空缺。同学们被分到不同的组,学习不同作物的栽培。我主要学的是种黄瓜,观察它们生长发育的特点和规律。

我在北大读书六年,其中加起来应有一年左右的时间到农村、野外和植物园参加社会实践和生产实习。这些经历不乏艰辛,却使我受益无穷。在我看来,人无论在任何地方、任何环境中,都应该充分利用各种机会学习,收获成长。对人的长期发展而言,这种能力至关重要。我是学植物学的,在亲身实践中学习丰富了我对植物的认知。同样,也正是得益于下乡时的生活历练,后来几乎没有什么艰苦生活条件是我难以适应的。

1965年我结束了在燕园六年的本科学习,从北大获得了本科毕业证书。在北大收获的扎实的知识基础、严格的专业训练和丰富的社会实践经验,是我人生中无可替代的宝贵财富。在这些方面，我非常感激北大。如果说小学和中学给人更多的是兴趣和启蒙，大学则为我们奠定了坚实的知识基础，培养学生学习、思考、独当一面的工作能力，能去探索、去克服困难、解决问题。当学生走出校园，无论从事任何工作，这些基础和能力都能使人敢于去进一步拓展、学习和成长。

科学探索与行政管理

1965 年我本科毕业后，考上中科院上海植物生理研究所读研究生。由于"文化大革命"，我从入学到获得硕士文凭，其实只参加了一个学期的正规学习，那时除了工作总结外，也没有论文一说，真正的系统性研究都无从谈起。

1966 年寒假，我就跟着我的导师罗士韦先生下乡去了。下乡的地点在上海嘉定的马陆公社，夏天主要种水稻和棉花，冬天主要种小麦、大麦和油菜，所里有二十多个人在那儿蹲点。大家晚上住在一间大房间里，上下铺，白天去田里做不同的研究课题。罗老师身上很有老一代学者的风骨，遇到自己不知道的问题就坦率承认，还会指点学生去向知道的人请教。他态度开明，鼓励学生要善于从各种人身上学习。他就给我讲过："在植生所不仅我是你的老师，每个人都是你的老师。哪怕是洗瓶子的技术员，因为他比你洗得干净，你也要向他学习。你是学生，他们也有义务和责任回答你的问题。"这一点让我受益终身，也对罗老师非常钦佩。从 20 世纪 50 年代末开始，罗老师领导的植物激素研究室对赤霉素的生理作用进行过系统研究，促进了赤霉素在农业生产中的应用。为了理论研究联系实际，罗老师考虑在马陆做植物激素赤霉素促进作物生长发育以增产的大田试验。那个时候，赤霉素采用发酵已可大量生产，但比较贵。为了节约应用成本，就想"土法"上马，在马陆公社化工厂做大床开放式固体发酵生产赤霉素。化工厂派了两位年轻人跟我们一起做，罗老师也和我们一起操作劳动。由于我以前从没学过，比较陌生，遇到不懂的问题就向罗老师请教，有时罗老师也会让我去找过去做过此工作的老技术人员来马陆公社指导。当第一次从发酵物的水提取液中鉴定出赤霉素，并用生物测定看到生物活性时，我心里特别开心。

"文化大革命"开始后罗老师被召回所里，我一个人仍留在乡下继续工作。我们下乡后，当地公社领导还提出，希望我们帮他们建一个食用蘑菇菌种厂，以发展食用菌生产。对此我以前从来没学过，但那时年轻，敢想敢干。我就带着马陆化工厂的两位青年，经罗老师介绍到上海市农科院食用菌研究所向这方面的专家请教学习，一边看书学习，一边实践，在马陆公社办起了第一家蘑菇菌种厂。对我来说，这是一次磨炼，以前我从来没有独当一面地做过这些事。应该说，这也是一次成功的实践。

"文化大革命"期间，让我觉得庆幸的事情是，我一直没有完全停止专业学习。研究生毕业以后，我留在植生所工作。白天单位经常开会，没有多少闲暇时间，但晚上的时间可以自由支配。我去图书馆借一些期刊和书晚上回家看。八九平方米的家里没有写字台，只有一张吃饭的方桌，就成了我的办公桌。晚上我爱人和孩子睡觉早，为了不影响他们，我就拿一块毛巾遮在灯罩上让光线暗一点，一边看书，一边做笔记。现在我还留着"文化大革命"期间做的一沓挺厚的读书笔记。我之所以有动力坚持学习，让学习成为一种习惯，应该说，一是出于对科学研究的兴趣，希望了解国际上最新的研究进展，二是对未来有一种预期，相信中国不会一直那样下去。

1976年"文化大革命"结束后，科研秩序逐渐恢复，科学的春天终于来了！科学院也逐步通过举办国际会议和派出访问学者恢复和国际学术界的交流。我很幸运地参加了几项重要的国际学术交流活动。1979年，经罗老师推荐，我成为植生所去英国的第一个留学人员。1979年夏天，我到英国开始了两年的留学生活。回想起来，在英国两年的留学生活是我人生中非常难忘的一段经历。说实在的，在大学学习时，看到北大老师中有欧美留学回来的，还有不少是留苏的，觉得他们真了不起，但我们当时的大学生，从来没有想过自己会有机会出国学习深造。这两年的经历给我的一个强烈感触是，我们和国际上的断层太大了。我们当时的一批研究生没有受过系统的科学研究训练，在国内了解到的国际研究进展也比较受限和滞后，到国外才发现几乎一切都是新鲜的，要在短时间内填补这个断层相当不容易，唯一的办法就是努力工作，把丢掉的时间补回来。那时，每个周末我也至少有一整天待在实验室工作。应该说，我真正做出一些像样的研究还是从在英国开始。

1983年，许智宏与导师罗士韦教授合影

回国后，我主要从事和指导的科学探索主要在三个大的方面：花粉与原生质体培养，植物激素作用机理，以及植物形态建成方面的若干现象。

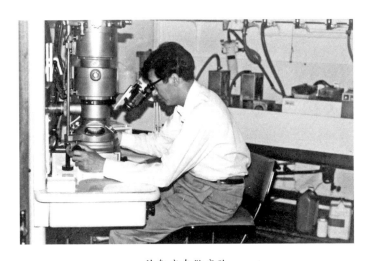

许智宏在做实验

此外，我先后担任中科院上海植生所副所长、所长，植物分子遗传国家重点实验室主任、学术委员会主任。担任中科院副院长十年，北京大学校长九年。

1999年11月，我出任北京大学校长。1998年5月北大刚经历过百年校庆，"985"工程启动，创建世界一流大学的目标极大地鼓舞了全校师生。在这一目标驱动下，我们开展了多方面工作。

培养人才是大学教育的核心使命。大学的教学改革，要使大学教育回归到教育的本意，培养学生完美的人格、高尚的品格。当然，大学要传承知识，形成新思想，推动社会经济发展和科技的发展，在这个过程中培养学生的综合素质和能力。当时，北京大学提出了"为国家和民族培养具有国际视野、在各行业起引领作用、具有创新精神和实践能力的高素质人才"的人才培养目标，这也成为指导北大教育教学改革的核心思想和基本原则。

为加强北大的基础学科建设，我们推动进行了学科整合和院系调整，同时也促进跨学科和交叉学科研究的发展。整合组建了信息科学技术学院、软件与微电子学院、城市与环境学院、环境科学与工程学院、艺术学院、教育学院、新闻与传播学院、政府管理学院、对外汉语教育学院等二级学院；重建中断了五十多年的北京大学工学院，进一步完善了北大的学科布局；从元培班到元培学院的建立，贯彻通识教育的理念。在不断加强基础学科的同时，我们建设了一批重要的科学前沿及交叉学科研究机构和平台，使北大承担国家重大研究项目的竞争力明显增强，产生了一批具有国际影响的科研成果。

北大作为综合性大学，与科研院所相比，有我们的独特优

势，也有需要向科研院所学习的地方。应该鼓励大学和科研院所合作，这样大学可以利用科研院所一流的设备，及时了解前沿的科技成果。同时鼓励科研院所的人员在大学里兼职，一方面可以把最新的科研成果及时传授给学生，另一方面也有助于吸引优秀的学生毕业后到科研院所去从事研究工作。正是在这样的背景下，通过与中科院的沟通和协商，促成北大化学学院与中科院化学所联合组建了北京分子科学国家研究基地（中心），天文系和天体物理研究所与国家天文台也建立了紧密合作关系。

教学条件改善也是我们工作的一个重点。当时面临的一个困难是我们学校的基本办学条件问题实在太多了，实验室拥挤、教室陈旧、办公室不足、学生的住宿条件太差。我们急需改善我们的办学条件，为师生提供良好的工作、学习和生活环境。从1999年到2008年的九年，北大在改善办学条件方面还是做了不少工作的。完成了一大批学生宿舍楼的改造、几幢教学楼的扩建和改造、一大批教学科研大楼的兴建或改造，还有奥运体育馆、农园餐厅，等等。为扩大发展空间，2003年1月初，北京市党政领导来校现场办公、听取意见。我们通过积极争取，给学校增加了约60公顷土地。其中，对于北大教学科研发展特别重要的是，终于批准原定用于在东门外建设北大科技园的土地，全部保留作为教学科研用地，这才有了我们今天的"成府园区"。

在我任期内，北大对教师人事制度改革进行了积极的尝试。我自认为是比较温和的改革派，但北大2003年开始的师资人事制度改革在校内和社会上还是引起了很大关注，甚至引发了争议。在寒假校领导的研讨会上经讨论决定推动这一改革。为此，成立了工作小组，并在抗击"非典"期间完成了改革框架文件的起草工作，由于"非典"期间不方便召开大型会议，采取了内部先书面征求院系领导意见的做法。随后，由于这一内部讨论的文件被贴到了校园网上，在校园网和社会媒体上引起了广泛的讨论，在校内外产生了巨大反响。学校领导高度重视各方面的意见，组织了一系列座谈会，直接听取教师建议，不断修改完善方案，五易其稿。然后各院系根据学校制定的原则，制订了各院系的实施方案，从2004年才开始正式实施。当时有媒体问我最后学校是不是后退了、妥协了，有的甚至认为北大的改革失败了。我当时就觉得不能这么认为，本来第一稿就是征求意见稿，在听取广大教师意见的过程中不断完善。比如也考虑了文理科的不同，因而给文理科制定了不同的聘期。人事改革的目的是要使每个人的积极性能得到更好的发挥，让大家更好地努力工作，最终促进人员流动，创造条件吸引优秀的年轻教师不断进来，使北大形成一支结构合理、有活力的教师队伍，这才是我们的初衷。应该说，至今北大的教师队伍无论在学缘结构、年龄等方面均已有了明显的改善。在北大之后，全国一大批高校也开始了师资人事制度的改革。

我是一个植物学家，更希望大学是个大花园，而我们每位教师都是在花园中辛勤耕耘的园丁。我深深地爱着北大，这是培养我成长的地方，我也十分喜爱我们的校园，所以在我从校长岗位上退下来后，想做的第一件事就是分别与生科院的顾红雅教授和吕植教授合作，在不少老师和同学的支持和参与下，主编出版了《燕园草木》和《燕园动物》两本书，希望我们更多的老师和同学热爱我们的校园。我一直觉得，北大就是一个大花园，我们的每个学生就如一颗种子，来到北大，在这里萌发、成长，长成花园中的各种植物。不管是参天大树，还是各种花木，乃至路边默默无闻的小草，它们都是大花园中重要的一员。大学的老师作为园丁的职责就应该是为同学们的成长提供最好的土壤和环境。大学培养出来的应是各种各样的人才，每个人应有自己的个性，而每所大学也应有自己的特色。这样的理念贯彻到北大的教育改革中，形成了"多样化、全方位"的教育理念，北大建立了更加丰富和多样化的教育体系，为学生提供了更多的选择。

许智宏等主编的《燕园草木》新书首发式

我担任过很多职务，这对我的科研工作肯定有很大的影响。但是既然做了，就尽自己的能力，把工作做好。即使在科学研究方面，我也一直觉得，希望应在比自己更年轻的人身上，我愿意做他们成长过程中的梯子和跳板。这也是为什么我会把更多的注意力放在学生身上，而不是只关注自己的研究。过去这些年，我更多的是从科研的组织、管理和决策层面来发挥自己的作用，根据科学发展的趋向，在最符合国家需要的领域把优秀的人组织起来，帮助他们争取国家和社会的支持，让他们能安心地工作。

此外，我觉得科学家在做好自己的科学研究的同时，应把科普事业作为自己应尽的社会责任和义务。正如习近平总书记所强调的："科技创新、科学普及是实现创新发展的两翼，要把科学普及放在与科技创新同等重要的位置。"没有全民科学素质的普遍提高，就难以建立起庞大的高素质创新大军，难以实现科技成果快速转化。我常利用到各地参加会议和考察的空隙，去各地的学校、科研机构，面向大中小学教师和学生、社会大众以及各级管理人员，围绕植物与人类的生活、生物多样性、生物技术与现代农业、中国农业发展面临的挑战与前景以及科学家的社会责任等主题，从生物学特别是植物学的专业出发，通过科普讲座、对话交流、媒体采访等形式，进行科普宣传，让大家了解生物多样性的重要性，了解保护野生资源的重要性，了解基础研究工作对生产实践的重要性。向公众普及植物知识，使大家更好地了解植物，以便更好地保护植物、科学合理地利用植物。2018 年，我获得上海科普教育创新奖奖励委员会颁发的"科普杰出人物奖"。我希望有更多的人能一起参加科普，让公众更多地了解大自然和植物，了解植物科学的进展，喜欢它们，让世界更美好。

从 1993 年开始，我从孙鸿烈院士手里接过中华人民共和国人与生物圈国家委员会主席职务，一直到 2021 年 4 月。我从小

就喜欢大自然，喜欢生活在大自然中的各种生物，最终选择了研究植物作为自己的理想和终身追求。现在这个工作正好让我深入野外，看到更加多姿多彩的大自然，无论是好的还是不好的，满足了我一直没有实现的梦想，也促使我思考人类面临的严峻的生态环境问题。生物多样性是人类赖以生存的基础，保护地球上的生物多样性，促进人与自然的和谐共生，是全球面临的重大挑战和共同责任。给后人留下一片原野，留下更多的绿水青山、更好的生存环境，我想这是所有在野外工作的科学家、老师和同学们的期望。

回看过去这七十多年，作为一名参与者，我也见证了我们国家科研和教育事业的发展。这一点我觉得很自豪。如今，我把更多的精力投入农业可持续发展、生态环境和生物多样性保护等方面。这是我参与做的一点社会工作。我也希望大家通过共同的努力，为我们的祖国多留一点蓝天、白云、草原和森林。

（内容参考：《中国大百科全书（第三版）》"百科学术大家"口述访谈项目文稿，采访、写作、整理：黄斯涅，协助整理：陈凯）

孙小礼

一汪溪水是平生

孙小礼，中共党员，1932年生，北京人，北京大学哲学系教授。1953年毕业于北京大学数学力学系，北京大学科学与社会研究中心首任主任，2000年离休。主要研究领域为科学方法论、科学思想史、科学与社会。

颠沛流离中求学

我们一家三代都与北大有着不解的缘分。外祖父顾栋臣曾参与创办京师译学馆，并先后担任译学馆、京师大学堂教习，主持过庚子赔款的留美考试。父亲孙百英14岁时考入译学馆，20岁时成为北大法律学门第一届学生。姨父陈翰笙，北大著名教授。我出生在沙滩——老北大一院（红楼）与三院（法学院）之间的北河沿42号。

我出生于1932年。那一年，是"九一八"事变的第二年，父亲所在的交通部从北平迁到南京，不到半岁的我也随之南下。

1937年,"卢沟桥事变"后,日军大举入侵。南京沦陷前夕,我又跟随家人从南京逃难到武汉,再从武汉逃到重庆。逃难给我留下了深刻的印象,好多天在船上,人又多又挤。

到了重庆,我们也未能远离战火。有一天,我和邻居家的小朋友在山坡上玩耍,日机突然来袭,我们来不及跑回家,只听一声巨响,震耳欲聋,一阵裹着泥土和石块的狂风把我们推倒在地,我们滚了出去。等我们从地上爬起来,才发现一颗炸弹在十来米处爆炸,地面已经被炸出一个大坑。那时日机常来轰炸,很多时候,我从山坡往下看,满目疮痍。

为了躲避日机的狂轰滥炸,我们一家人租了一条木船,逆嘉陵江而上。船夫用竹竿撑了整整一天,傍晚才到达重庆郊外的柏溪村,我们在当地地主王九老爷家租到了住房。不久,逃难的人越来越多。很快,王家大院便挤满了"下江人"(当地这样称呼从长江下游逃难来的人)。国难当头,处于大后方的柏溪也充满了浓浓的抗日气氛。过年的时候,年轻人高唱抗日歌曲,我们演过一出活报剧《放下你的鞭子》,"请父亲们不要把鞭子挥向女儿们,要挥向日本鬼子"。

由于战乱与连续的逃难,直到七岁,我还没上学,只能从哥哥买的抗战《民众识字课本》中认字,我最早学会写的字就是"打倒日本帝国主义"。1939年,中央大学柏溪分校办了一所附属小学——柏溪小学。母亲给我报名一年级,我终于有学上了。开学时,老师让大家按照年级排队进教室,我对年级没什么概念,不觉得自己必须上哪一个年级,便跟着一起来上学的邻居女孩走进了三年级教室。

拿到课本后，我愣住了。打开语文课本，认识的字很少；打开算术课本，已是文字计算题。好在当时是复式教学，三、四年级在同一个教室。老师教完三年级就去教四年级，趁着这个空儿，以前上过一、二年级的邻居悄悄教我。在朋友的帮助下，经过自己的努力，没多久，我就跟上了三年级的课程。

小学毕业后，我考上了重庆南开中学（私立）。私立学校的学费很贵，家里拿不出那么多钱。我看了高尔基的自传体小说《在人间》里写的高尔基小时候也没钱上中学，我也不想上学了，想像高尔基那样，以后当作家。母亲非常感动，她不愿意我小小年纪就失学，便四处借钱，终于凑齐了学费，在开学一个多星期以后，我终于能到南开中学报到了。学校女会计面对一大把零钱，皱眉道："你这钱怎么这样零零碎碎？"

从 JOY 到 УЛЯ

我在兄弟姐妹八人中，是最小的一个，各种难事轮不到我操心，整天都是快活的。大姐给我取了个意为欢乐的英文名字"Joy"。我很喜欢，在自己的书本上都签上了"Joy Sun"。抗战之后，我逐渐走上了革命的道路。

抗战胜利后，人们陆续从重庆迁回故乡。1946 年秋，我辗转到了杭州，入读浙江大学附属中学。在浙大附中，参加了"反饥饿、反内战、反迫害"的学生运动。后来，我从杭州转学到北平

贝满女中。1947年,浙江大学学生会主席、爱国青年于子三被害,这一惨案激起全国青年的公愤,北平各校学生数千人聚集在北京大学的民主广场举行追悼大会,要求公布于子三惨死真相,严惩刽子手。国民党政府派军警包围了民主广场,年轻的学生们便手挽着手,齐声高唱《团结就是力量》,在操场上绕场游行,向军警们表示抗议和示威,我也参加了这次活动。

这年深秋,贝满的几位同学约我到北大参加一个秘密读书会,带领我们读书的是汪自得和丁化贤。每周日早上,我准时去参加读书会。汪自得为我们准备了学习提纲。我记得提纲上列有原始社会、奴隶社会、封建社会、资本主义社会、共产主义社会。这些名词和内容,让我感到非常新鲜,是我过去未闻未见的,我很兴奋地表示一定要好好学习。北平解放后,我在一个会议上见到了久别的汪自得,听周围人都叫他项子明。我很惊讶,散会后去问他:"你不是汪自得吗?"他才告诉我,汪自得是他从事地下工作的化名。

1948年,白色恐怖日趋严重,读书会被迫停止。同年4月,丁化贤介绍我加入了"民主青年联盟"。同年10月,我被吸收为中国共产党党员。当时,我正在读《青年近卫军》,我把书中勇敢无畏的游击队员视为自己的榜样。作为一名革命战士,我要像他们那样随时准备为革命牺牲自己的生命。我涂掉了"Joy",换成俄文名字"УЛЯ"(乌丽亚,一个女青年游击队员的名字)。

1949年夏,我从北平贝满女中毕业。8月中旬的一天,北平团市委通知我说:中央有一项紧急政治任务,需要从高中毕业生中抽调 20 名党团员去参加工作,我是其中的党员之一。要我准备好被褥和必要的衣物,在 8 月 20 日中午 1 时到团市委门口集合,有车送我们到工作地点,是什么地方到那里就知道了。我从这位干部的谈话口吻中感觉到是要去一个神圣崇高的革命岗位,正有紧张的战斗任务在等待着我们。我准时到东单的团市委门口集合,20 个人陆续到齐,有 19 名男生,只有我 1 人是女生。我们上了一辆大卡车,卡车经过东交民巷、西交民巷,一直开到中南海的东门。进门后卡车沿着湖边的小道缓缓而行,最后停在了勤政殿。一位穿灰色制服的男同志招呼我们下车,把我们领进勤政殿的一个会议室。原来,这里是新政治协商会议筹备会秘书处。新政协还有一个月就要开会了,筹备工作非常紧张,人手不够,所以从大学生和高中毕业生中抽调一批党团员来补充秘书处的力量。

1949 年,青年孙小礼

在秘书处,我被分配到议事科,从事筹备政协开会的各种会务工作。所谓"议事",就是会议的各种事务。例如,制作会议代表名册、发会议通知书、安排会议代表报到、在各种大大小小的会议上做记录、大会投票时统计票数,以及会议上的各种临时性任务。会务工作琐碎而繁忙,常常要加夜班。

人民政协开会之前要组织好 600 多名代表的报到工作。具体分工时,让我分管中国共产党代表的报到。中国共产党的正式代

表 16 人，候补代表 2 人。陈云同志是第一个来报到的，我请他签了名。之后，刘少奇、周恩来等代表都先后来报到签名。9 月 17 日晚上，毛主席来签到。我提前到了签到处，等着毛主席来报到。那天许多人已先来到勤政殿，毛主席一进门就被他们围住了，大家一一与毛主席握手问好，过了好一会儿，毛主席才来到报到处，郭沫若、李济深、马寅初、乌兰夫等人跟着簇拥到他的身旁，说要看毛主席写字。这时四周灯光齐亮，好几个摄影机镜头已对准毛主席。待他一坐下来，我就大声地说："毛主席，请你在第一行写党派名称——中国共产党，在第二行写名字。"他笑了笑，说："好吧，我照你说的写。"他在第一行写了"中国共产党"，在第二行内写了"毛泽东"。后来有一天，宋庆龄同志来签到了，她用钢笔很工整地写下了自己的名字。9 月 22 日的《人民日报》上，有一整版刊登人民政协会议的照片，其中有宋庆龄到政协报到的照片，照片中有我站立在签到桌旁。我有幸被拍摄进了这个历史的镜头！

政协会议宋庆龄报到（中间为孙小礼）

中国人民政治协商会议第一届全体会议于9月21日晚7时在怀仁堂开幕。开会期间，我们的任务是每次会前在会场单双号两个入口处向代表们收签到卡，根据收到的签到卡来统计到会的代表人数，向领导报告。然后我们进入会场，分别站到最后一排座位后面的一个固定位置，当会议议案交大会举手表决时，我们要做数票工作，每人分管几行，从后往前走三次，边走边数：赞成的多少，反对的多少，弃权的多少。当主席团成员登上主席台后，政协筹备会常委会主任毛泽东就宣布中国人民政治协商会议开幕，军乐队奏起《中国人民解放军进行曲》，会场外鸣起礼炮。接着是毛泽东致开幕词，几乎是每讲一两句就要被热烈的掌声打断。

我常路过勤政殿里那个堆放国旗图案的房间，从全国各地以及海外不断寄来各种设计图案，图纸堆得很高很高。一个由马叙伦为组长，叶剑英、沈雁冰为副组长的16人工作小组，认真地对所有图案一一审看、比较、筛选，到大会前夕选出了若干幅图案提交会议全体代表讨论、挑选，为公正起见，对图案只编号而隐去设计者姓名。经过激烈争论，直到9月26日，国旗、国徽、国歌、国都、纪年方案审查委员会综合代表讨论意见，向大会提议采用经过修改的第32号图，即五星红旗作为国旗。在9月27日的大会上，这一提案在全场热烈掌声中获得一致举手通过。我至今还保存着一份当年印发的五星红旗图案。

这段时间里，周恩来总理的一次批评，我至今铭记在心。一天，周总理突然走进会议工作人员的办公室。他看到散落在桌上

和地上的回形针,拿起一个回形针对我们说:"不要乱扔,还可以继续用嘛,你们要注意节约。"这是对我们的严格要求和严厉批评。

9月30日大会下午3时开始,会议的议程主要是两项选举:第一项是选举中国人民政治协商会议全国委员会,是用举手的方式;第二项是选举中央人民政府的主席、副主席和委员,是以无记名投票的方式。代表们投完了票,在检票人员统计票数期间,全体代表到天安门广场参加人民英雄纪念碑奠基典礼,我也随代表们去了。纪念碑奠基典礼完毕,代表们回到会场听取选举结果。在全体代表热烈的欢呼声和鼓掌声中,毛泽东主席宣布中国人民政治协商会议全体会议的闭幕式开始,朱德副主席致简短的闭幕词后,大会在《义勇军进行曲》的代国歌声中庄严闭幕。在历时十天的政协会议中,我的感受是:中国人民当家作主了。

10月1日下午3时在天安门前举行开国庆典,作为工作人员,我们提前来到了天安门的城楼下。因为没有布置给我上天安门城楼的具体任务,所以我就一直站在城楼下的西侧,一手拿着庆祝中华人民共和国中央人民政府成立典礼程序表,一手拿着秘书处发给我们每个工作人员的一瓶汽水,未敢随便走动。我看着典礼的程序一项接一项地进行:中央人民政府主席宣布中华人民共和国中央人民政府成立;升国旗,奏国歌,鸣礼炮;中央人民政府主席宣读中央人民政府公告;阅兵;游行。我和议事科的同志们一起步行回中南海,也像是一支小小的游行队伍。天已黑了,我们刚走进中南海大门,只见五彩缤纷的烟花腾空而起，天空美极了，我们高兴极了，情不自禁地欢呼：中华人民共和国万岁！

七十多年过去了，那团结、欢腾的热烈场面，那忙碌、激动的日日夜夜，至今仍让我记忆犹新。

从数学到物理，再到哲学

由于中学时代就对数学有浓厚兴趣，又仰慕在清华的大数学家华罗庚，我报考了清华大学数学系。但是入学以后，感觉大学数学太抽象了，反倒是物理课引起了我的兴趣。我想转系，无奈当时学校规定一律不许转系。于是，我决心先学好数学，再学习物理，将来要做像居里夫人一样的科学家。

1952年，院系调整。我随着清华数学系来到北大。转到北大时，原本是清华理学院学生党支部书记的我，便继续担任了数学、物理两系的党支部书记。我当时一心想抓紧时间好好学习，但校党委要求学生党支部书记一律脱产，做专职干部。我自信能兼顾好工作和学习。其他支部书记都脱产了，唯有我这个数理支部书记一面工作，一面学习，生活加倍紧张。

大学毕业时，正值北大扩大招生，数学师资紧缺，所以我们全班都留校做了助教。我选择偏微分方程作为进修方向。当时物理系的郭敦仁先生正在教授数学物理方法课，偏微分方程是这门课的主要内容，他找到我说：你来我们物理系吧，这课正缺人。我一直有物理学情结，因此非常高兴，1955年便转到了物理系。

一年之后,开始登台讲这门课。

1958年,中央党校要办自然辩证法研究班,要求理科各系各抽一名党员教师去学习,物理系决定派我去。这成为我人生的一个重大转折点。此后,我从事自然辩证法研究,走上哲学的道路。1961年北大在哲学系成立自然辩证法教研组,任命我为组长。1964年,我被派往京郊农村参加"四清"运动,第一年在朝阳区双桥公社,第二年在门头沟清水公社。1969年,我被安排到江西鲤鱼洲,修大堤、种水稻。两年后回到北京,编入学校的"战备连",相继当盖房子和烧锅炉的工人。1972年春,结束了劳动生活,我被分到学校理科教改组工作,调研过一些课的教改经验,和几个系的老师们一起写过科学史文章,还和数学系一起编译过《马克思数学手稿》。

1976年"文化大革命"结束,我终于盼到了可以专心钻研学术的黄金时代。为了在自然科学领域里从理论上澄清是非、拨乱反正,1977年教育部决定由人民教育出版社组织力量编写高等院校自然辩证法教材。出版社要我来主持这项工作,我欣然同意,立即全力以赴。许多被压抑了十年之久的高校自然辩证法教师,纷纷与我联系,踊跃报名,要求参加编写工作。我主持了有40多人参加的编写会议,经过热烈讨论和争论,定书名为《自然辩证法讲义》,并拟出了初步的编写大纲。全书分为总论和分论,总论包括绪论、自然观、自然科学观和自然科学方法论,分论包括科学分类和各门科学的辩证法。经过紧张而繁忙的工作,《自然辩证法讲义》(总论)于1979年年底完稿,首印10万册,至

1989年连续加印13次,发行35万余册。分论的十个专题分册以及后添的一本《名词简释》,到1984年春也陆续出齐。这套书近120万字,作为我国自编的第一部自然辩证法教材和教学参考书,适应了当时高校教学工作的紧迫需要,也为自然辩证法的学科建设提供了一个理论框架。对我来说,五六年时间里的全部精力都奉献给这部书了。从提纲的不断调整,到各部分书稿的修改定稿,以及全书的审稿统稿,确实花费了极大的心血。

我还为自己选了两个研究方向:一是数学的哲学问题,一是科学方法论。为了追回被荒废了的岁月,我以当年在江西鲤鱼洲修大堤的那股拼劲,满怀信心地、日日夜夜地奋力拼搏着。

然而天有不测风云,我遭受了意外的厄运。1984年年初的一天,我在马路上走,遇到大风,左眼进了沙子,就在试图把左眼中的沙子揉出来时突然发现右眼看不见东西了。当晚,我到同仁医院急诊,大夫说:"这是眼底反复出血造成的,至少有三个月到半年了,怎么今天才来医院?如果早治,是有可能治好的。"当时右眼已是"黄斑盘状变性"晚期,左眼尚在早期。这对我真是一个特别沉重的打击。

休整了半年,我又投入工作中,我决心在一只眼睛的情况下,就用"看看,停停,少看"的办法阅读,用"写写,停停,再写"的方式写作。我继续讲课,招收研究生,撰写论文,参加国内外的学术会议,承担了繁重的教学和科研任务。

1985年,我研读了《蔡元培自述》等著作,对他一再强调的办学主张和理想"融通文理"印象深刻并深受启发。我认为现在文理界限分得太清楚，于是找到时任北大校长丁石孙，希望北大能继承蔡元培在北大倡导的文理结合的历史传统，培养交叉学科人才，这一想法得到丁校长的肯定。在校领导的支持下，北大于1986年4月正式成立了科学与社会研究中心，我被任命为主任。在中心的工作中，我把自然科学方法研究拓展到"自然科学研究方法与社会科学研究方法的比较研究"，把科学与哲学的相互关系研究扩展为"科学技术与当代社会发展研究"。我不仅组织文理科教师和校内外力量，主编出版了"北京大学科学与社会丛书"，还自己撰写了《文理交融——奔向21世纪的科学潮流》等书。

1993年，开会中的孙小礼

2000年，我离休了，但离而未休，继续做学术上的拓荒者，提出了新的课题"科学方法论的范畴研究"，试图运用哲学的范畴思维来概括、表达和提升人们研究自然和社会的共同经验。在几十年搜集和积累资料的基础上，我写成了《莱布尼茨与中国文化》一书。写《莱布尼茨与中国文化》一书的过程也不顺利。那时候，我已经学会用电脑了，在电脑上写作，写到一半电脑坏了，我用一只带病的眼睛写就的书稿全没了，这对我是不小的打击。但是想到金岳霖先生在抗日战争期间把几十万字的书稿丢失在防空洞里而只好重新写作的故事，我选择了从头再来，终于在2006年完成此书。

今年是中国共产党成立100周年，我衷心祝愿我们的党更加伟大！也衷心希望北京大学继承优良传统，再创新的辉煌！

（参考孙小礼：《第一届政协秘书处工作琐忆》，《炎黄春秋》2009年第9期）

杨永义

戎马倥偬话当年

杨永义，中共党员，1932年生，北京人。1948年入伍，1949年1月编入冀东军区十四分区独立营，同年6月编入中国人民解放军北京公安总队。1954年10月进入中国人民解放军军委通信学校学习，1956年毕业后分配至南京军区六十军一七九师独立通信营。1978年转业至北京大学，任武装部部长，1981年起兼任北京大学二机关党委书记，1995年离休。

保家卫国，军旅生涯

1932年8月我出生在北京通州。"卢沟桥事变"之后我们家搬到城里住。我上了几年小学后，因为家里不富裕，又回到乡下，就不上学了，一直在家里帮忙劳动，干点农活。

1945年，日本投降以后，党中央当时的战略决策是"向北发展，向南防御"，占领东北。有一支山东八路军向东北调动，路过我们家，在我们村住了一个星期，他们都住在老百姓家，我跟他们接触很多。当时我就对八路军有好印象，我的祖母、父亲也都说八路军好。我就想跟他们走，去当兵。八路军说，行军打仗都是走着，我年龄太小了。

到了1948年年末，辽沈战役已经结束，国民党军队在东北打了败仗。华北的国民党军队也缩在北平、天津几个大城市里。到了12月，共产党实际上已经解放了通州。那时候正在准备打平津战役，需要补充兵源，区政府要征兵，我立即报名，早就想参加八路军了。我们村包括我在内去了六个人。我们被大马车拉到镇里，给我发了一条皮带、一个皮套枪，这就算正式入伍了。没过几天，我们被编到县大队，过了1949年元旦，我到冀东军区十四分区独立营三连当战士。所以后来我算是1948年12月份正式参加革命工作，军龄则是从1949年1月份开始算。

1949年4月，独立营调到北京，我们连负责朝阳门大街那一片地区的警卫工作，维持秩序。那时候刚刚解放，而且北京是和平解放，留有很多特务，还挺乱的。一个月以后，我们又调回通州，主要任务是保卫军管会和军用仓库。后来，北京作为首都，成立了中国人民解放军北京公安总队，我们再次开到北京，编入北京公安总队。

那时候，我的警卫地点就在天坛。天坛那儿是一个警卫重点，一是因为天坛是名胜古迹，中央领导经常陪同外国朋友来参观，我们要保卫他们的安全；还有一个原因是当时天坛附近有个油库，而且离南苑机场比较近，是不能发生安全事故的。

1949年4月,杨永义(左)与同班战友合影

那段时间的警卫工作,有几件事令我印象比较深。

一个是开国大典。1949年10月1日,天安门前正在进行开国大典,我们作为警卫在天坛站岗,虽然看不到,但是喇叭的声音听得清清楚楚,我听到毛主席宣布中华人民共和国成立了,非常高兴,非常激动。

另一个是1949年年底北京市封闭妓院,这也是北京市历史上的一件大事。1949年11月21日,北京市第二届各界人民代表会议通过决议:立即封闭一切妓院。当时我们也参加了此次行动,被分配去朱家胡同——就是所谓的"八大胡同"之一。我们负责门卫站岗,工作组在里边登记,跟里面那些女性说,你们彻底翻身解放了,不再受这种欺辱了。然后把她们带到海淀这边的教养院。到了教养院,举办了诉苦大会,她们都诉旧社会的苦。之后工作人员就仔细询问,老家在哪儿、亲戚在哪儿,都弄清楚了,然后通知她们老家最亲的亲戚,有亲戚的给领走,没有的政府帮助再就业,比如安排去织袜子厂工作等。通过这段经历,我真实体会了"旧社会把人变成鬼,新社会把鬼变成人"这句话,真是一点儿不错。

之后我们就在北京前门外执勤了,主要是巡逻站岗。那时候执勤是很危险的,因为刚刚解放,情况比较复杂。我们站岗的时候都端着枪,上刺刀,里面都是实弹的。而且站岗执勤是"暗哨",就是说不是站在灯光下,而是站在角落,要防止有人放黑枪,还是很紧张的。除了站岗执勤,保卫首都,还参加一些生产建设。我们军人经常出劳动力去干活,比如挖北海的泥。那时候北海常年无人管理,已经泥沙淤积,几乎不能开船了。我们就去北海挖泥挑泥,很辛苦。

1950年2月我光荣加入中国共产党,至今已有七十多年了。谈起我和共产党的最初缘分,也挺有意思的。在我1949年1月正式参军的时候,部队里的党员身份还是保密的,我当时懵懵懂懂,只知道要把部队里的工作弄好,甚至不知道部队里还有共产党。我们班里的老班长是党的小组长,还有几个人是党员,他们经常在一块儿开会。我就问那些老兵:"老班长怎么老跟那几个

人那么密切?"他们说:"你不知道,那些老战士,他们是共产党员。"我又问:"党员跟咱们有什么不一样?"老兵说:"那不一样了。共产党领导部队,共产党员就是骨干。将革命进行到底,他们都是铁了心的。"我就说:"那我也想入党。我决心参军,也是铁了心的,没想过回去,不想开小差!"老兵们说:"那还不行,你工作要积极,立场要坚定,打起仗来要往前冲,平时要吃苦耐劳,起模范作用,这才能当党员呢。"我这才第一次知道了共产党。

之后我就按照老兵们说的这些标准要求自己。到了1950年2月,我清楚地记得,我们的排长,还有一位老战士,他们两人介绍我入党,当问到我愿不愿意入党时,我激动地说我愿意,我从没想过开小差。所以到现在我已经入党七十多年了,受党的教育也七十多年了。

因为我站岗、劳动表现挺积极,就提干了。我在团部当警通排长,警通就是警卫通信。后来,又让我到中国人民解放军军委通信学校学习。到了通信学校,除了学政治和时事以外,主要是学通信业务。从通信学校毕业以后,我到南京军区六十军一七九师当通信连长,后来又到独立营当政委。"文化大革命"时期,又到南京大学"支左"。

这段时间里,南京军区也是对台湾的前线,1958年台海危机时,我们从蚌埠被调到福建半年多。1961年,我们被调往福州闽江口,正对着马祖。就这样又住了多半年,我们撤了回来。

杨永义（后排右二）在南京军区当兵时与许世友上将合影

军事训练，磨炼意志

军旅生涯度过了近三十年，1978 年，我接受组织的安排，转业来到北大，任北大的武装部部长，后来任二机关的党委书记，一直到离休。

任武装部部长时，我的工作一是负责每年的学生军训，那时要把学生带到部队去军训；二是开办军事理论课，组织包括我在内的一些教师讲授军事理论课。后来，1989 年以后，应上级要求，学生军事训练和军事理论课由短期的变为长期的了，学生到军事学院进行为期一年的军政训练，直到 1992 年又恢复成短期军训。在军事学院，军训的计划安排是三分之一的时间学军事，三分之一的时间学政治，三分之一的时间学外语。军事训练是部

队最基本的要求,要上队列课和射击课等课程。

我印象最深的,是负责新中国成立35周年国庆检阅北京大学学生仪仗队的训练。我担任学校仪仗队的大队长、学校国庆检阅副总指挥。提起这次国庆检阅,或许北大人都会想起那个"小平您好"的条幅,那是由北大学生组成的游行队伍打出来的。我负责训练的是仪仗队。那次阅兵,北大出了三支队伍,一支是2000多人的游行队伍,一支是我负责的2000多人的仪仗队,晚上还有三四千人参加晚会,总共出了七八千人。游行队伍是没有队列的,但是我们仪仗队要求很高,必须走正步。放暑假之前,我们就开始训练,参加的学生第七、第八节课时在五四操场进行训练。放暑假后,八月中旬他们要提前返校,在操场上练习走方队、踢正步。

其中还有一个小插曲。正式阅兵那天,老师、学生们凌晨五点钟起床,五点半出发,按指定地点应在前门箭楼前下车、在国家博物馆北门前集结。但下车后发现人太多,根本进不了天安门广场,时间也不够。因为我熟悉地形,又有带队伍的经验,当即决定改变行进路线,向东进正义路南口,出北口,再向左绕到博物馆北门。我带领一个中队在前,其他中队跟进,跑步前进,按时到达了集结地点,各中队点名没有一个掉队的。这得益于我几十年前保卫首都的功底。我以前在北京城警卫,对天安门广场、前门附近非常熟悉。

分列式开始后,学生们抬着标语通过天安门前接受检阅,经过华表,我让学生站齐,方队队形摆正。然后我就喊"齐步走",

走了几步到劳动人民文化宫，我喊口号，学生踢正步到西华表。我们的表现非常优秀，北京市的指挥部还表扬了北大。

百年辉煌，薪火相传

今年是中国共产党成立 100 周年，再过几年，将迎来我们建军 100 周年。回想起来，我确实觉得我们共产党领导的人民军队这波澜壮阔的发展历程极不平凡，从无到有，从小到大。1927 年之前，我们共产党还没有掌握武装，结果蒋介石发动"四一二"反革命政变，我们损失惨重。后来，党吸取教训，明白要发展没有武装不行，总结出一条"枪杆子里面出政权"的经验。八一南昌起义一声枪响，共产党掌握了武装，从此诞生了人民军队。经过一番磨难，尽管我们发展了根据地，但是到了 1934 年，由于第五次围剿让我们损失巨大，不得不进行长征。到了陕北，共产党联系群众、发动群众、依靠群众，扩大人民武装。八路军、新四军不断壮大，成为抗日战争中的中流砥柱。经过十四年抗战，终于在 1945 年取得了胜利。1946 年国民党悍然发动内战，经过三年浴血奋战，我们建立了新中国。整个革命的过程当中，我们共产党员、人民战士流血牺牲、前赴后继，为取得革命事业的胜利付出了相当大的代价，红色政权真的来之不易。

新中国成立以后，人民军队任务仍然很重。新中国成立初期，国内有剿匪斗争，还有沿海岛屿需要解放，再有就是"抗美援朝"的重任。我后来所在的六十军也曾从四川被调到朝鲜，战

士们穿着南方单薄的衣服就到朝鲜去了，肩负着人民的重托、民族的期望，高举保卫和平、反抗侵略的正义旗帜，雄赳赳、气昂昂，跨过鸭绿江，发扬伟大的爱国主义精神和革命英雄主义精神，同朝鲜人民和军队一道，经过艰苦卓绝的浴血奋战，赢得了抗美援朝战争的伟大胜利，打好了这场立国之战。可想而知，新中国刚刚成立，国家对内要巩固政权，对外要抗美援朝，还要搞经济建设，这个任务是多么艰巨！如果没有共产党，没有党领导的人民军队，根本无法完成这些重任。

回顾过往，我们更要珍惜当今的和平时期，和平来之不易。习近平总书记曾讲过："维护和平是每个国家都应该肩负起来的责任。没有和平，冲突不断甚至战火纷飞，经济增长、民生改善、社会稳定、人员往来等都会沦为空谈……希望各国互尊互信、和睦相处，广泛开展跨国界、跨时空、跨文明的交往活动，共同维护比金子还珍贵的和平时光。"如今世界上仍有局部战争，我们中国现在利用这个宝贵的和平时期，就是要聚精会神发展经济，提高人民的生活水平，使国家尽快富强起来。落后就要挨打，国弱就受人欺，只有我们真正富强了，真正站起来、富起来、强起来了，我们才有更加安定的生活。

历史证明，没有共产党就没有新中国。现在，我们要建设新时代中国特色社会主义，也要靠共产党领导，要靠共产党带领人民群众去奋斗。我希望青年人能够积极向党组织靠拢，为建设新时代中国特色社会主义而奋斗。

我们走过光辉的100年，历尽艰辛，夺取了政权，又把国家发展成今天这样的盛世。下个 100 年，时代会发展，社会会进步，我希望我们伟大的中国共产党能够继续领导人民蹄疾步稳，迈步走向更加辉煌的明天。我们北大的青年朋友也要坚定地跟着党走，把北大的红色基因传承下去。

（采访整理：马一凡、朱逸轩、庄子梦）

杨铁生
人民医院，与党同行

杨铁生，中共党员，1951年生，北京人，北京大学人民医院主治医师。1978年毕业于北京医学院医疗系，毕业后分配到人民医院工作。擅长风湿病、免疫病、热带病与寄生虫病的诊断和治疗，以及临床免疫学、风湿病学及寄生虫学检验等。

光阴似箭，岁月如梭，中国共产党即将迎来百年华诞。在迎接党的100岁生日之际，我们每一个人的心情，除了感慨，更多的是感激。

100年来，中国共产党始于南湖的"一叶扁舟"，终于成长为"一艘巨舰"，唤醒了沉睡已久的东方雄狮，拨开了笼罩于千万仁人志士心头的迷雾，亮出了共产主义的伟大旗帜，点燃了神州大地上的革命之火。悠悠长夜终于亮起了一颗耀眼的启明星，它打破了黎明前的黑暗，指引着前进的方向。

在那灾难深重、血雨腥风的漫漫长夜，是中国共产党的诞生拨开了华夏大地的重重迷雾，激励着中华儿女，为了民族的自由独立，抛头颅、洒热血，将共产主义信念的火种撒向大地。万里河山因此而挺拔俊秀、雄浑壮丽，历史的长河因此而波澜壮阔、豪情万丈。

在北医党委和人民医院党委的领导下，人民医院经历了数次更名、数次变迁，在一代代"人民人"的努力之下不断发展壮大。回顾在北医及人民医院的经历，我见证了中国共产党的伟大以及北医及人民医院的成长发展历程，我为作为其中一分子而感到骄傲和自豪。

1978年，我被分配到人民医院检验科，从事热带病与寄生虫病的诊断治疗工作，并参与临床免疫学及寄生虫学检验室的建立。1986年又跟随贺联印教授、马本良教授等参与创建内科感染及免疫亚科，该科1990年改为风湿免疫科。目前人民医院的检验科和风湿免疫科已成为全国相关领域名列前茅的科室。

回顾往事，很多事件历历在目。这里对几十年的学习、本职工作以及支部工作做几点回顾，写一点体会，以此纪念中国共产党成立100周年。

参加新中国成立35周年国庆联欢晚会

1984年新中国成立35周年，当年的国庆大典是改革开放后的第一个国庆大典，我有幸参加了10月1日晚上在天安门广场举行的国庆群众联欢和焰火晚会。

1984年夏天，人民医院团委接到北医团委安排的任务，在我

院选拔年轻的党团员50人，与北医其他单位一起组成方队，参加10月1日晚上的国庆联欢会并跳集体舞。我作为年轻党员有幸与人民医院其他年轻同志被选中参加晚会。接到任务以后的几个月里，在医院党委的领导下，在医院团委的带领下，在老师的耐心辅导下，我们50位同志在白塔寺院区的食堂、在门诊楼上的平台、在篮球场上，认真学习跳集体舞。从烈日当空一直跳到夕阳西下，几乎没有人请假或者迟到早退。集体舞是许多人一起跳的一种舞，男生和女生手拉手，动作要整齐，还要摆出各种姿势。在我们这些人中，有的以前连交际舞都没跳过，没有一点舞蹈基础，学起来特别费劲。个人的舞蹈动作掌握了，还要练整个队伍的集体配合。大家珍惜难得的机会，刻苦练习，很快掌握了集体舞要领。我们把十几个舞蹈演练了无数遍，每一个动作都娴熟到家。

国庆节当天上午，我和我们医院很多同志在家中观看了国庆大阅兵和群众游行活动的现场直播。这是我国改革开放后的第一次阅兵，新中国成立后的第12次国庆阅兵。中央军委主席邓小平任阅兵首长，在阅兵总指挥秦基伟陪同下，乘敞篷红旗车检阅部队，在天安门城楼发表讲话。检阅时阅兵首长发出问候："同志们好——"受阅官兵答："首长好！"首长再次发出问候："同志们辛苦了——"受阅官兵答："为人民服务！"在以往的阅兵中，检阅者喊的大都是"中国共产党万岁""中华人民共和国万岁"这两句口号，小平同志首次喊出了问候性口号。

群众游行时北京大学的学生们在游行队伍行进中打出横幅

"小平您好"的画面瞬间传遍世界，成为共和国历史上珍贵的记忆。因为它第一次用最亲切的话语道出了那个年代人们的心声。自此，它也深深地刻在了人们的记忆里。

国庆节当天下午，我们早早来到医院，先在白塔寺院区门前合影留念，然后在团委书记的带领下向天安门广场进发。我们经过西四、西安门、府右街、六部口、新华门的几道警戒线，来到天安门广场中山公园一侧，与北医方队会合。到了晚上，广场一片灯火辉煌，万众欢腾。晚上7点整，联欢晚会拉开了帷幕！顷刻，整个会场上20万男女青年同时跳起了欢快的集体舞。色彩斑斓、奇幻多姿的夜空下，青年们围成了一个个舞圈，欢唱着，雀跃着。

金水桥前，数万名青年工人和高等院校的学生跳起了集体舞。在广场另一个联欢点，来自京郊的近两千名青年农民，男的身着西装、扎着领带，女的穿着艳丽的毛衫、花裙、高跟鞋，也在轻快地旋舞。

"轰隆隆！"晚上7点50分，节日的礼花腾空而起。在人们的欢呼声中，无数串乘着降落伞的"红火球"挂满节日的夜空。广场上空绽放出五彩缤纷的礼花，大家一起蹦呀、跳呀，尽情地欢呼着。随着悦耳的舞曲，大家跳起欢快的集体舞。

"蓝色的天空像大海一样，广阔的大路上尘土飞扬；穿森林过海洋来自各方，千万个青年人欢聚一堂。拉起手唱起歌跳起舞来，让我们唱一支友谊之歌……欢乐的歌声在回旋荡漾，歌颂着我们的幸福时光……"这首《青年友谊圆舞曲》是当时的集体舞

曲之一。曲子共有十多首,每当音乐响起时就跳,停止的时候就原地休息,大家或坐或站,仰头欣赏天空中绚烂的烟火。整整一个晚上都没人喊累,我们一曲接着一曲跳,个个跳得满头大汗。燃放礼花时,大家都停下来仰头观看。一束束五彩烟花升空,灯光和烟火映照在我们的一张张笑脸上。

那个晚上,我们跳了足有三四个小时,心里有说不出的舒畅。鲜艳的红旗、各色彩旗、各院校的校旗、各医院的院旗、各厂的厂旗在空中飘扬。那天晚上留在身上的硝烟味,多日都没有散去。国家迎来了改革的春天,人们的心情也像春天一般变得轻松快活。人们沉浸在欢乐的气氛中,那场景我至今难忘。光阴荏苒,岁月如梭。距我在天安门广场参加国庆活动已经三十七年,这三十七年是新中国不平凡的三十七年,是我们从到富起来到强起来的三十七年。

保持共产党员先进性,努力做好本职工作

我是1978年在北京医学院上大学期间加入中国共产党的,至今已经四十三年。作为多年的检验科副主任、支部书记,我对共产主义理想和信念坚定不移,积极参加医学院和医院党委组织的各项活动,以身作则,积极投身于医院的改革事业。

在不同领域、不同战线和不同工作岗位,对党员先进性的具体要求有不同的特点。但不论从事何种工作,不论岗位有何差

别，有一点是共同的，那就是：每名党员都必须时刻牢记自己是一名共产党员，在各自岗位上严格按照党章的要求去做，充分发挥先锋模范作用。作为医务工作者，我们要深入学习领会保持共产党员先进性的科学内涵和时代意义，用科学的理论指导实践，在工作中坚持理论与实践相结合的原则，全心全意为人民服务。医务人员、护理人员、医技人员、行政后勤人员等不同岗位的人员，各负其责，以病人的需要、患者的方便、一线科室的工作为出发点，搞好医疗服务，提高医疗质量。除了常规工作，我印象比较深的有两件事。

一件事是1982年人民医院发生的火灾。1982年4月11日夜晚，医院主楼失火，烧毁四层楼房屋36间，过火面积600余平方米，造成损失12万余元。值得庆幸的是，在医院党委及院领导的指挥下，在全体医护人员的齐心协力下，391名住院病人被安全转移。大火造成医院被迫停诊半年。主楼修复时，由于四楼病房过火后存在安全隐患，病房大楼被削掉一层，医院的工作场地进一步削减，只得将西四羊肉胡同学生宿舍改为临时门诊。我也参与了在羊肉胡同临时门诊的工作。在那里，医生、护士以及我们检验人员等各个岗位的"人民人"为患者提供服务。那个时候，在党委及各党支部的领导下，党员发挥先锋模范作用，大家共同努力，克服了许多困难，圆满完成了主楼修复期间的医疗任务。

另一件事是"学雷锋，迎亚运"。和平年代里的英雄雷锋，留给我们做人的箴言："人的生命是有限的，可是，为人民服务是无限的。我要把有限的生命投入到无限的为人民服务之中去。"他对待同志像春天般的温暖,对待工作像夏天般的火热。"雷锋精神"鼓舞着几辈人,教育了几代人。1990年,北京市第一次承办亚运会。当时全市各界人士都在为迎亚运做出自己的贡献。我院也举行了一系列活动,我们检验科也积极参与。我们在白塔寺院区靠门前的空地上,面向过往群众开展了验血型、测血色素、量血压、量体重、医学知识咨询等活动,以实际行动学雷锋、迎亚运。大家干劲十足,圆满地完成了任务。

学雷锋迎亚运(义务咨询服务)

作为一名中国共产党党员,要立足本职,脚踏实地,艰苦奋斗,开拓进取,在卫生事业的改革发展中,在突发事件和关键时刻的考验前,能够发挥先锋模范作用,要做到"关键时刻冲得上去、危难关头豁得出来"。

病毒无情人有情

2003年春天，SARS席卷而来，袭击了人民医院。病毒肆虐，病人呻吟，一场没有硝烟和战火的战争随之拉开了序幕，我们"人民人"面对无形的、未知的杀手，毫不退却，勇往直前，救死扶伤，与病魔进行了不屈不挠的斗争。一大批医护人员挺身而出、前赴后继，一大批党员冲锋陷阵浴血奋战，涌现出许多可歌可泣的英雄事迹。

SARS疫情是无情的，隔离区外的警戒线是严酷的，但人民医院的每一位工作人员的心是火热的。他们不顾个人安危，践行"健康所系，性命相托"的医学誓言；他们的行动彰显了无数白衣天使不顾个人安危、时刻为他人着想的大无畏精神和为人民服务的无私信念。

丁秀兰烈士的事迹至今仍然鼓舞着"人民人"为患者努力服务。当SARS来临，大批发热病人涌进急诊科就诊时，她毫无畏惧、义无反顾地冲到了前线，在明知多接触一次发热病人，就多一分被感染的危险的情况下，是医生的天职和共产党员的信念支撑着她。她认真询问病人病情、一丝不苟查体、不分昼夜工作……直到有一天，她发热了。当被诊断为SARS后，躺在隔离病房里的她一次次"撵"走前来巡视的医护人员："快走，别传染给你们！"在生与死的抉择面前，她毫不犹豫地把生的希望让给了别人。她是英雄，是全体共产党员的楷模。

  一直奋战在抗击 SARS 前线的检验科的王贺同志，是全体检验人员的骄傲和榜样，也是全体医务人员的光荣。与王贺同志一起工作的同事，常说的一句话是："老王是个好人。"的确，在工作中，王贺同志一直兢兢业业、勤勤恳恳，没有说过一句怨言。在抗击 SARS 的战斗中，他始终战斗在检验岗位的第一线。他虽深知 SARS 病人分泌物中病毒的含量，但为了其他人的安全，总是抢着化验。上了年纪的他，一直默默地在一线工作。2003 年 4 月 21 日，王贺同志不幸感染病毒，倒在了自己的工作岗位上。他在进入隔离病房时，仍记得告诉主任，02 菌株的值班已安排好了。4 月 23 日，王贺同志被转入地坛医院救治。由于年纪较大，再加上工作的劳累和多年的疾病，他的病情发展很快。王贺同志的病情变化时刻牵动着院领导和同志们的心，医院派出医疗小组进行抢救。而每天询问王贺同志病情的电话总有十余个，同志们不止一次嘱咐转告他：有什么不舒服，一定要及时找医护人员，不要怕麻烦别人。大家祈祷和盼望着他早日康复。

  尽管王贺同志做的是平凡的检验工作，但他有不平凡的责任感、不平凡的人格魅力，他是检验工作者的楷模，是一个在平凡的岗位上默默耕耘的医务工作者，是一名合格的共产党员。他从来都是那么谦虚、质朴，面对可怕的 SARS，他镇静自若、从容不迫，没有什么豪言壮语，只有坚定的眼神和匆忙的脚步。他可能从没想过自己有多么优秀，却在日常的一点一滴中，扎扎实实地做出了常人难以做出的选择和成绩。

  时隔十八年，回首反思，再看 2020 年的抗击新冠肺炎疫情的斗争，我们国家取得了战略性胜利。在这些战斗中，我们靠的是什么取得了这样的胜利？靠的就是共产党的先进性，就是党员的先锋模范作用。

我们的党是久经考验的党，在革命战争年代，经过多少次血与火的考验与磨炼，证明我们的党是先进的党；我们的党员抛头颅、洒热血，吃苦在前、享受在后，为了人民的美好生活而奋斗。在现代化建设中，我们仍然要发挥党员的模范带头作用，为社会主义建设贡献力量。

红旗飘飘，党旗猎猎，祖国欣欣向荣，经济蓬勃发展，人民安居乐业，中国的国际地位日益提高，中国人民正满怀喜悦和希望朝着现代化的宏伟目标迈进。"没有共产党就没有新中国。"历史证明了中国共产党的伟大。

吴泰然

传道授业解惑，积极参政议政

吴泰然，民革党员，1955年生，福建人，北京大学地球与空间科学学院教授。1978年就读北大地质学系，1992年中国地质大学博士后出站后到北京大学任教，主要从事大地构造学方面的研究和教学工作。

结缘北大，传道授业解惑

1975年我高中毕业，在地质队工作了大约两年后，1978年参加高考。当时刚刚恢复高考，号称"千军万马过独木桥"，参加考试的人很多，但录取的人很少，考上大学很困难。我很幸运，考上了北大。我第一志愿就报了北京大学地质学系，因为我在地质队干了两年，对地质比较熟悉。

回想起来，那个时候北大的学习氛围是非常浓厚的。"文化大革命"时期，大家没有学习的机会，现在可以在教室里专心听老师上课，大家都非常珍惜，学得很认真。老师上课也非常认真，都想把自己掌握的知识传授给学生。那时候同学对老师的要求也很高，普遍希望由著名教授或者从国外回来的老师来上课，因为我们国内学界有十年断层，所以大家认为从国外回来的老师掌握的知识会比较前沿。

当时大家如饥似渴地学习，比如图书馆的座位，早晨6点肯定是没有空位的。那时候学生利用图书馆不像现在主要去自习，而是去查阅资料。当然，也和现在的网络发达有关系，那时候的资料都需要在图书馆查。我在做博士论文的时候，每天花好长时间在图书馆，不像现在很方便，可以在网上查。我们北大图书馆的馆藏量当时在国内仅次于国家图书馆，各种资料都比较丰富。本来三教的教室大概到晚上11点就关灯了，后来在同学的强烈要求下变成了通宵自习室。

我在北大本科毕业以后，先到中科院去攻读研究生。那时候没有保送，全部都是考试。我当时心里觉得中科院的科研是最好的，就报考了中科院并且取得了第一名。毕业以后，我先出去工作两年，再回来北大读博士。此后又到中国地质大学做了两年的博士后，后来，就选择回北大任教。那时候博士后还是很稀缺的，北大也很欢迎博士后，而且我在北大读了本科，了解北大的学术氛围，所以我选择回到北大，这个选择是正确的。选择北大，我是没有后悔的，北大给了我很多的机会，也给了我很多的荣誉。

在北大任教以来，我先后六次被学生评为"最受学生爱戴的老师"。在教学过程中，我尽量把我所掌握的最前沿的知识都讲给学生，而且要深入浅出，让学生能够去理解它。我经常告诉我

的学生：现在上课都是把教学大纲每一节课的讲义发给你们。你们在我上课之前要先预习，我上课的时候你就把课堂变成一个答疑的地方。预习时不明白的问题，听老师讲解过如果还不明白，那就问老师。预习—听讲—提问，通过这三个步骤，这课就能够学好。这是我给他们讲的一个上课的道理。

学生怎么去掌握整门课程？我也给他们传授了我的经验，要把这门课当成一棵树，树有主干，树的分支是各个章节的脉络，叶子是每一个知识点。当学生把这棵树主干是什么、脉络是什么、每一个知识点是什么有机地结合起来，就会形成一个完整的课程的面貌。

我的课程后来实行了所谓的"小班制"，有讨论课。这对学生来讲是一种很好的授课方式。我一般给一个主题，让学生来讲，教师参与，这样能够拓宽知识面。这种课程对老师的要求更严格了，所以我要求自己把学科方向的基本内容全都掌握，这样才能够在讨论中给予学生引导。我是一直秉承老师要有一桶水，这样才可以传授给学生一碗水的理念。所以我一直在丰富自己各方面的知识，这也是作为一名老师的基本要求。也因此，我的课程一直都受到学生比较好的评价。

教材方面，我也参与编写。我的《普通地质学》教材在北大出版社出版，根据出版社的统计，中国和地质学相关的专业里边有相当大比例在用这个教材。

此外，从 2017 年开始，我参与了有关国际地球科学奥林匹克竞赛的工作，我担任总教练。我们参加了三次竞赛，共获得五块金牌、四块银牌。2017年情况比较好,那年总共只发了11块金牌,我们拿了三金一银,团体总分也是第一。

我一直认为,学生有问题,一定要去找导师。导师一定要给学生提供很好的科研环境。在带研究生的过程中,我告诉我的学生说,他们有什么问题,一定要来找我,不要自己迷茫。"吾尝终日而思矣,不如须臾之所学也;吾尝跂而望矣,不如登高之博见也。"因为有可能老师稍微指导一下,会比自己埋头探索很久更有用,学生的一些迷雾,可以通过和老师的交流来拨开。我常说:同学们有什么问题,一定要主动找老师。因为老师时间很紧张,不会一直去追着你们,所以你们要主动去找导师。作为导师,我们现在给学生提供的就是一个科研环境,想做什么研究,想要什么资源,只要导师能够支持的,我一定尽量给学生提供。

带着学生外出考察

当学生没有科研方向的时候，我认为主要还是导师的问题。我跟学生说：我保证我一定可以把你带到学科的前沿，而你有多大的发展，则需要靠你自己的能力。这是双向的，学生只依赖老师或者只是自己钻研，都很难做好科研。如果学生不思进取，那是他们自己的问题，但如果学生是努力的，却没有好的科研课题，那肯定是导师的问题。我想这个时候学校要做的事就是，看导师到底能不能给学生提供一些有效的指导或者有效的帮助，并且将其作为一个考核的标准。我认为对一个老师科研能力的考察标准不能太单调，把研究生培养作为科研能力的一项考核指标，可能会使更多的导师来关注学生的成长。

外出考察沙漠地质

对于北大来说，蔡元培老校长主张的"思想自由，兼容并包"是我们应该传承下去的一种精神。"思想自由"指的是，按部就班往前走或许会走到学术的前沿，但是想走到最顶端、最尖端，条件必然是思想上的自由。换句话说，没有那个灵光的一闪，是不可能达到那个高度的，这就需要发散性的、自由的思维方式。而与之相辅相成的，就是"兼容并包"，因为这种自由的思想或者是灵光一闪很可能被人看成一种异端或者错误的想法。只有处于兼容并包的环境中，才不会被人视为异端，才有可能最终有所突破。如果刚有这个思想，立刻让人给打压下去，结果就会一事无成。其实，我们可以从诺贝尔奖获奖者的研究过程中看到，并不是简单申请一个项目、发表几篇论文就能成功，而是需要专心、潜心去探究一个问题，揪住不放，久久为功，才有可能实现最后的突破。所以我觉得蔡元培校长能够提出这样一个办学的方针，不知是否后有来者，实属前无古人。最近几年我有时到中学里作报告，在介绍北大的时候，我也给学生介绍北大的这种传统，其他学校很难做到我们北大的"思想自由，兼容并包"。在这一点上，北大独一无二，这也是吸引我到北大来的一个方面，我想大家可能都会感觉到北大科研这种自由的氛围。

当然，我们现在在科研方面也存在一些问题，比如很多科研针对的都是"短平快"的问题。这不利于我们攻克长期的、重大的问题。越是重大、基础的课题，越需要长期的投入，可能三五年，甚至十年都没有什么产出，但是只要坚持下去，最后将会取得科学上的重大突破。因此，我们应该考虑有一些什么样的机制能够让人潜心做一些这样的研究。比如说，我们可以考虑现在国际上有哪些非常有意义的前沿问题，如果有老师愿意去研究，那么对研究这些问题的老师考核的时候不必用通常的考核办法，可以灵活考核。也许在这种情况下，才能让老师不担心"降级"，

真心愿意去突破前沿，啃硬骨头；就算出不了量化的成果，也可以通过学术委员会的评估来评测。

参加政协，积极参政议政

除了承担北大的教学、科研工作，我还是民主党派成员。我于1997年加入民革，后来慢慢在不断进步，成为民革中央委员会委员、民革北京市委会常委，2008年进入了北京市政协，2013年成为北京市政协常委。

政治协商是我们的一项优势制度，我深有体会。选票民主在票决的时候，如果是简单多数，多数人就可能侵犯了少数人的利益；如果要达到三分之二的选票，那么有时候很难通过本来应该尽快通过的提案。但是我们的政治协商制度，在民主协商的过程中，各界都可以充分发表自己的意见，把自己的诉求提出来。大家在充分讨论的过程中，追求利益最大化，寻求最大公约数，画出最大的同心圆。这是我们政协的一个优势所在。这也是我参加了十年政协工作最大的体会。而且我们政协有一个特点，如果某个提案是政府能够解决的"小事"，那么这件事会马上被解决掉，政府很快就会改进；如果提出的问题不是一时间能够解决的，而是导向性、方向性的事情，政府就会从这些方面去考虑问题。这样的制度发挥了不少积极作用。

在民革中，我提出的提案大多数是关于资源与环境方面的，因为专业背景，我认为自己在这方面还是有一些发言权的。比如在 2016 年，我当时给民革中央写了一个意向性的提案素材，关于京津冀协同发展中的能源问题。这个问题当年作为民革中央的一个调研项目，得到了包括习近平总书记在内的几个中共中央政治局常委的批示。

此外，我还写过一个很重要的关于页岩气的建议，由我和国家能源局的一位同事合写，提交到两会上。从 2011 年开始，我们政府开始提高页岩气的能源地位，这是一件很重要的事。以美国的经验来看，美国关注页岩气能源是比较早的，美国实现能源从进口到净出口的转变与此也有着很大的关系。而在我们提出来这个建议后，我国在页岩气方面也有了很大的发展，我们可以看到这几年四川省的成功案例。此外，北京城市污染等问题也是我关注的重点。

今年是中国共产党建党 100 周年。在党的领导下，中华民族实现了巨变，作为亲身经历者，我感慨很深。对这个时代的年轻人，我想说的是，你们处于这个大好的时代，有很多发展的机会，一定要不负韶华。在这么好的时代，有这么好的机会，年轻人就是要尽力，尽自己的最大努力，做出无愧于时代、无愧于人民的功绩。

（采访整理：汤月瞳、张帆）

吴德明

忆苦思甜话人生

吴德明，中共党员，1938年生，江苏人，北京大学信息科学技术学院教授。1955年考入北京大学物理系学习，1958年转到北京大学无线电电子学系学习，毕业后留校任教。研究涉及微波、声学和光纤通信等领域。曾任无线电电子学系微波教研室主任、北京大学区域光纤通信网与新型光通信系统国家重点实验室主任。

新旧对比识沧桑

1938年5月31日，我出生于江苏省溱潼镇。

那是一个动乱的年代。1937年"卢沟桥事变"后，日本悍然发动全面侵华战争，并很快波及我的故乡江苏。当时，我母亲正怀着我。为了避开日本人的残害，我们家也进入了逃难的行列。父母逃到了扬州郊区溱潼镇。那里是真正意义上的农村：我们住的是茅草房，房前隔一块空地就是一条大河。

我 4 岁离开溱潼回到扬州。不久我的父母带着我的二弟也回到扬州，租住在我的外祖母斜对面比较破旧、房租比较低的房子里。当时住房的对面有一所小学（毓贤街小学），我 5 岁时进入该校上学，读一年级。大约 8 岁左右我们家搬到史可法路（现名国庆路）一处住房。该处房子虽破旧，但面积比较大。我们家、我外祖母家和我母亲的妹妹家，三家合住在这一套房子里。房子的质量虽然不高，但三家住在一起也其乐融融，特别是三家的孩子（12 位表兄弟姐妹）都在一起玩、互相帮助，感到非常高兴，至今我们都是经常来往的亲戚。

解放战争后期，国民党兵败如山倒，整个社会动荡不安，极不安宁。除了当地的地痞流氓外，又加上国民党的残兵败将，都出来残害百姓。当时淮海战役刚结束，战败的国民党军队大量向南逃窜，其中一部分国民党败兵经过扬州。他们在扬州作恶多端，特别是一些伤员自恃对"党国"有功，更是为非作歹，使当地市民整天提心吊胆。一些伤员搞"碰瓷"，佯装被撞了，瘫在地上，讹诈人，索赔好多钱。还有一些败下阵来的士兵在扬州抢劫商店。这些事件搞得人心惶惶，我们家也一样。到了晚上，家中人就怕国民党士兵到家里抢东西、伤害人。因此，晚上家里就用一些比较重的家具顶在大门后，以防匪兵闯入。

这样过了一段时间，有一天早上我们起来开门出去，发现街上特别平静，一打听才知道扬州解放了。进城的解放军住在邮电局等公用地方，他们严格遵守三大纪律八项注意，一点都不扰民，这让我印象很深。

解放以后，扬州有了翻天覆地的变化，人民的生活也开始不断变化。当时，扬州已经有近2500年的建城历史，历史上扬州城非常繁荣，大运河的修建使扬州城的交通非常方便，促进了城市的繁荣。近代计划修建津浦铁路时，原本考虑到达扬州，但是遭到扬州盐商的反对，说铁路会破坏扬州的好风水，扬州会因此没落。由于当时盐商势力非常大，他们的意见竟然被接受了。最终铁路修到了浦口。结果扬州真的没落了，不是因为风水，而是因为交通，运河的水运竞争不过铁路运输。到解放前夕，扬州变得非常萧条。我知道当时扬州只有小发电厂、面粉厂、蛋品厂等十来个小厂，市场也不景气。

解放后，党和政府抓民生，促进经济发展。其中一个大动作就是举办城乡物资交流会，我记得那是1950年。这是一次空前的城乡物资交流会，扬州历史上从来没有过。交流会设在扬州著名景点瘦西湖附近。为了方便人们参观交流会，专门开设了一路免费的公共汽车，这是扬州历史上第一次有公共汽车。交流会规模特别大，我们这些小孩子也都愿意去，第一次乘公共汽车真是非常开心！还有，扬州附近乡镇人民带来的地方小吃，好吃并且很便宜。我印象最深的是第一次吃到现在很著名的小吃——黄桥烧饼。其实黄桥离扬州不远，可是由于交通问题，以前扬州没有卖过这种小吃。交流会促进了扬州的市场繁荣，使我们初步认识到共产党是为人民谋幸福的，因而共产党得到了广大人民的拥护。

另一件使我印象深刻的事是新中国成立后我国医药卫生事业

的发展。我从小就感受到当时医药卫生事业的落后，导致人均寿命偏低。新中国成立前，我国人民的平均寿命为35岁左右，2019年我国居民人均预期寿命达到77.3岁，赶上了一些发达国家。由于医疗卫生条件差，新中国成立前婴儿成活率很低。我有一位舅奶奶，她一辈子生了九个女儿，最终只活了一个。从我们家的情况也可以看到新中国成立前因缺医少药造成人民英年早逝的现象。我祖父30岁左右就去世了，那时我父亲刚出生不久，孤儿寡母陷入绝境。幸好我祖父的二弟出手帮助他们，直到我父亲成家立业。我祖父的三弟也早逝，他的家人也由祖父的二弟抚养。而祖父的二弟大概不到50岁也去世了。我祖父辈，活得最久的一位，才活了60多岁，我们称其为"家长"。他就是当时我知道最长寿的一位。与上一辈相比，我父亲一辈大都比较长寿。我父亲活到94岁，他的一个堂弟活到93岁，我的一位姑姑活到95岁。现在我们同事中80多岁的人很多，90多岁的人也不少。正是：过去人活七十古来稀，而现在，人活八九十岁不稀奇！

由于缺医少药，我们兄弟姐妹都受过疾病的折磨。扬州解放前，我们居住的城内没有公立医院，只有私人诊所。一位医生带几位护士，就可以开一个诊所，给人看病。这种私人诊所收费特别高，一般市民都看不起病。我记得我小时候感冒发烧了，就躺在床上，等自己痊愈。有时烧得很厉害，人有些糊涂了，看着蚊帐顶上，好像"放电影"一样。等高烧退了，"电影"也没了。

有一次我得了"脓疱疮"，病发初期不觉得有大问题，但是后来越来越严重，浑身都长了脓疱，很难受。我父母亲有些着

急,开始想办法给我治病。由于没有钱到正规医院看病,他们就想着用一些土办法给我治疗。我印象最深的两种都是闻所未闻的办法。第一种办法是喝猪胆汁。由于胆汁很苦,我喝的时候要在舌头上放一片大叶子,胆汁在叶子上倒进口中,试图隔开苦味。这种办法可能是认为胆汁属凉性,可以压下疮的火毒,但是实际上没有效果。第二种办法是活捉一只癞蛤蟆,整只放到水中煮,再喝煮好的水,结果也没有用。可能还用了其他一些土办法,我已记不清了。最终,父母看到这些土办法不但治不了病而且加剧了病情,无奈之下才下决心送我去附近诊所看病,到了诊所实际上大夫并没有开药,只给我打了一针,病就神奇般地好了。

我的大弟在大约三岁时得了伤寒症,也是没有钱看病,就一直拖着。他靠着自己的抵抗力挺了过来,但是人受了很大伤害,病好了以后,不能独立站在地上。母亲要忙家务,不能一直照顾他,最后想了一个办法,用家中的方凳反过来放在地上,方凳四条腿之间有木条相连。母亲把大弟放在中间,有木条围着,倒不下来,这样就安全了。

我母亲生了七个孩子,只存活了四个,夭折了三个。其中我的姐姐在我没有出生前就夭折了。她的详细情况我不清楚,只听说她是出麻疹后发高烧夭折的。另外夭折的两位都是我妹妹,她们的离去我是记得很清楚的,都是因为家穷、缺医少药在幼儿期就夭折了。我的二妹得的也是伤寒病,开始我父母因无钱看病采取拖延的办法,希望她慢慢好起来。其实我们住家的前面就有一个私人诊所,可是因为家中实在没有钱去不了。但是拖了几天二妹病情越来越严重，父母不得不考虑请前面诊所的医生来家看看。医生来了以后也没有打针、吃药，就给二妹导大便。第二天二妹就夭折了。我小妹的夭折更荒唐。她当时才一岁左右。那时是夏天，扬州特别热，房间里睡不了觉，一般老百姓都是露天睡，睡过半夜才进房间睡觉。母亲就在房间外面放了一张与北方的炕桌相似的小方桌，让小妹睡在上面，可以凉快一些。不幸的是，小妹在睡梦中翻到地下，由此开始发烧、昏迷不醒。最终也因为没有钱看病，采取了一些迷信方法，最后小妹烧了近一个星期，也不见好。这时父母才决定请一位土医生来看病。那是一位老太太，她的治疗方法是十个指头上扎针、放血。由于错过了最佳治疗时间，当时小妹指头扎针后没有一个指头出血，老太太也没有办法了。第二天小妹也走了。

贫穷和愚昧夺走了我的两个妹妹。虽然那时我还小，但当时的情景历历在目，想起来仍然很伤心，这些事都是解放前的事。

形成对比的是，1950年我母亲又生了一个孩子，即我的小弟。小弟出生后身体一直不好，常生病。解放后有了正规的公立医院，看病没有以前私人诊所那样贵，价格比较亲民。记得有一次小弟得病，发高烧，双手抽搐，翻白眼。我母亲心里非常紧张，不知所措。我那时13岁左右，已经懂事了，就陪着母亲带小弟去离我们家不远的扬州一所公立医院看病，小弟吃了一次药就好了，花钱不多，我们家也可以负担得起。至此，小弟有病也不用发愁了。现在小弟已经70岁了，身体健康，家庭幸福。我有时和小弟开玩笑说："如果没有解放，你得了病，没有钱看，

就求神拜佛,小命早就丢了。"

亲身经历的新旧社会对比,使我深刻体会到中国共产党的伟大。

幸运得以入北大

五岁时,我在当时住家对面的毓贤街小学上一年级。后来,我们家搬到扬州史可法路,我也转学到附近的一所懿德小学上学,直到小学毕业。这所小学规模不大,共有六个年级,每个年级一个班。它是一所教会学校。当时我们同学家庭经济条件都不好,我的好几个同学小学毕业后就没有再升学。

我参加了江苏省扬州中学的初中入学考试。当时扬中招生在扬州享有特权:全扬州市由扬中先招生,扬中录取后其他中学才能举行入学考试。所以扬中招收的学生一般比较优秀,当然入学考试也难以通过,录取率自然也比较低。我入学的那一年初中报名的人数有750人,录取只有200人。

1949年,我被录取为江苏省扬州中学初中部的学生。开始我的学习成绩中等水平,各科平均分总是在75分左右,但是数学成绩一直很突出。初中毕业时,我的学习成绩开始提高,达到83分以上。初中毕业前,考虑到家境贫寒,父母再供我上高中会很困难,所以我和父母亲商量准备报考扬州的一所中专。那时中专和师范都公费提供膳食,家中少一个吃饭的,日子就会好过些。但是我的这一愿望没有能够实现,因为我初中毕业的那年,扬市实行初中毕业生国家统一分配，不进行升学考试。这一规定在扬州也是空前绝后的。我被分配到普通高中，继续在扬州中学上高中，还有一批同学被分到山西太原上一年制的速成师范。现在想来，当时国家开始大发展，急需人才。而有些地方小学教育都很落后。江苏是教育比较发达的地区，我的同学是代表江苏支援其他省份的。虽然当时没有理解，但是我的同学都服从分配，愉快地到新学校上学去了。

我到高中以后，成绩不断提高，学习也更有信心了。但是对大学还是没有概念，因为解放前扬州没有高等学校。解放后从其他城市搬来一所农学院，称作苏北农学院。另有一所师范学院是从扬州中学逐渐发展起来的。在我还没有高中毕业时，扬中就有几位知名的数学老师，以他们为基础在扬中成立了大专性质的数学专修科。办了几年，以该专修科为基础成立了扬州师范专科学校（大专），后来又发展成为扬州师范学院。与此类似，扬州工专（中专级别）也因有几位出色的老师，成立了大专班，后来发展成为扬州工学院。多年前，在中国高等学校合并的热潮下，扬州的高校也合并成一所大学——扬州大学。

1955年，高中快毕业的时候，我们要考虑上大学的问题了。当时北大物理系派了一位老师（进北大以后才知道他就是无线电电子学系第一任系主任汪永铨教授）来扬中招生，挑选一些保送生。当时规定，被确定的保送生仍要参加高考，只是在录取上有些照顾。他还告诉我们：家庭经济困难的学生可以申请助学金作为吃饭费用和零用钱，也就是说经济上有国家帮助。知道这个消

息后我和我的父母无比兴奋,都放下心了,认为上大学有可能了。

最后那位老师确定八位同学作为北大的保送生,我是其中之一。最终我们八位保送生都通过考试,被北大物理系录取了。

电子物理科研路

当初北大招生老师透露,我们这批学生将分到原子能专业。因为党中央开始筹划制造原子弹,需要大批这方面的研究人才,决定在北大建立相关专业,培养相关人才。可是,到1958年,我们大学三年级分专业的时候,形势有了变化,我们八位同学中只有一人被分到与原子能有关的专业。

我选择了电子物理专业,研究方向是微波电子学。当时,微波在国际上是热门研究课题。无线电电子学系领导看到这一方向的前途,决定成立一个综合性的教研室,研究方向为微波,包括微波电子学和微波技术,学术带头人是徐承和教授和王楚教授。他们带领我们几位提前毕业的学生开始了微波电子学的研究。由于我们提前毕业,许多专业课都没有上,王楚教授就给我们上速成课。就这样我们提前开始工作。

为了发展我校微波电子学专业,学校聘请了一位微波电子学方面的苏联专家来指导我们。该专家擅长微波管中的O型返波管,他就给我们讲解这种微波管的原理、结构。开始我们还没有理解O型返波管的原理和结构的细节,只能照猫画虎试着干。幸好当时我们系有一个附属的机械加工厂，厂里有几位老师傅是50年代从上海请来的，技术非常高，能创造性地完成任务。在他们的帮助下，特别是在王经武师傅的操作下，制成了返波管的核心部件——交叉指型慢波结构。另一个工艺难题是返波管集电极的设计、制作和装配。由于返波管中电子束密度比较大，集电极接收电子束后会发热，如果设计不好，可能引起温度升高，甚至使管子损坏。我们选择了无氧铜制作集电极，解决了散热问题。但是由于返波管壳是玻璃制作的，无氧铜集电极要与玻璃管壳熔接在一起又是一个工艺难题。这个难题最后被我们系的高玉德师傅克服了。

最后还有一个难题需要解决。按照苏联专家的方案，慢波结构是交叉指型，电子枪应该发射两束扁平的、截面为窄矩形的电子束，分别在扁平的慢波结构两侧通过，并与慢波结构中的电磁场相互作用，将电子束的能量转换成电磁场的能量，最终在输出端输出。当时我们不会制作这样的电子枪，国内也买不到。为了解决这一难题，我们提出了一种新的方案，即电子枪只要发射一束扁平电子束，使其通过两列平行放置的扁平慢波结构之间的空隙来实现电子束的能量和电磁场能量的交换。1966年，该器件转到成都766厂（微波电子管生产厂）生产。产品质量非常好，特别是寿命超过苏联老师制作的器件的寿命。

"文化大革命"以后，很多科研项目停止了，只有少数军工项目继续进行。1969年，我参加了核潜艇工程中探雷器的研制。当时，该项工程是全国重点保证的工程。由于我们得到领导和各

相关单位的支持,我们研制的设备经过海试,取得了成功。1973年我们又接到一项国防科研项目,项目负责人分配我负责总体技术。由于是军用设备,相关技术国外对我国进行封锁,连有关的资料也查不到,因此只能靠科技创新。我们开展总体设计,从原理上确定测试方案,由此确定整个设备的水上和水下的测试和控制系统。经过科研组人员多年的共同努力,设备样机试制成功。在湖上试验中取得完美的结果,顺利完成任务。若干年后,我国南方一个军事科研单位的研究人员来我校访问,了解我们当年研究的设备情况,看到我们研制设备实测的水下弹道轨迹的结果后,赞叹不已!该项目曾获得船舶工业总公司(部级)科技进步二等奖。

改革开放以后国家各项工作步入正轨,科研事业也迎来了春天。80年代,国际上光纤通信研究蓬勃发展,许多从事光纤通信研究的人员都是从微波和光电子领域转行过来的。谢麟振教授在我系是从事光电子研究的,而我是从事微波研究的,我们合作正好比较容易适应光纤通信技术研究。所以当时系领导王楚教授找到谢麟振和我,提出我系的科研方向应该与时俱进,提议我们将研究方向转为光纤通信技术,我们接受了他的建议。接着我们开始筹建光通信实验室。我们的第一个研究成果是在谢麟振教授原有研究工作的基础上完成的"两个半导体激光器差频跟踪系统"。这正好是当时热门课题"相干光光纤通信系统"需要的核心技术,当时我们的这一技术在国内处于领先地位,为相干光光纤通信系统课题研究打下了良好的基础。由于这一研究的领先地位,我们被批准设立区域光纤通信网与新型光通信系统国家重点实验室。

国家重点实验室验收期间,吴德明接待资助实验室的世界银行代表团

后来由于相干光光纤通信技术的困难,特别是合适的器件还不成熟,我们将研究方向转为"波分复用光纤通信技术"。20世纪90年代初,由于发达国家对我国实行高技术禁运,我国能够进口的通信系统的传输容量最高只能达到 140 Mbit/s,相当于只能传送 2000 门左右的电话,显然它满足不了当时我国经济快速发展的需求。例如京广线,刚建成一条 140 Mbit/s 的线路,便感到这条线路不能满足实际的需求。因此国家立即规划铺设 30 芯光缆,其中每条纤芯可以传送一路速率 140 Mbit/s 的信息,这样才能满足当时的要求。但是成本很高,非常不合算。谢麟振教授和我们商量向国家提出采用一根纤芯,同时采用波分复用技术,在这一根光纤中传送多路波长,每一路波长携带 140 Mbit/s 的信息。这样可以用很低的成本实现大容量传输。我们向国家经贸委

和电子部提出这一方案后,两部委都表示了极大的支持,并分别拨款支持项目研究。国家经贸委还帮我们找了一家在深圳的公司和我们合作。

我们有了合作方就可在广东省进行市场调研。由于合作方是广东省的公司,对广东省比较熟悉,我们所到的广东省各个市邮电管理局都热情地接待了我们。每到一处,首先由我介绍波分复用技术,再讨论应用可能。通过协商我们双方达成协议:决定由北京大学在广州和深圳之间建设一个波分复用光纤通信系统,广东省邮电管理局提供两根纤芯,实现信息的双向传输。传输路径上使用光纤放大器,不设中继器。该系统单向传输容量为 10 Gbit/s,是当时国内单芯传输容量最大的系统,也是国内第一个波分复用光纤通信系统。该系统建成后,经过测试和半年的试用,证明系统性能非常好,半年内没有出现一个误码。广东省邮电管理局的陈总工程师后来访问我校时问我们,系统性能为什么这么好。我们回答说,这只是说明我们的系统达到了产品级的水

1998年,波分复用光纤通信系统开通典礼会上吴德明代表研制团队致辞

平。其实作为产品，并不需要这么低的误比特率，这样做可能会增加产品的成本。但是在产品制作前，广东省邮电管理局给我们的指标非常严格，我们在设计时给系统留了较多的余量。实际上，作为产品应该兼顾其性能和成本。该项研究曾获国家教委科技进步二等奖和国家科技进步三等奖。

  回忆我的少年时代和走入北大从事科研的历史，像一段忆苦思甜的故事。我认为有必要对现在的年轻人进行这方面的教育，使他们了解到：今天令全世界注目的国家各项成就、人民的幸福生活来之不易，是全国人民在共产党领导下战天斗地奋斗出来的。幸福的生活来之不易，应该继续努力，把我们国家建设得更好、更强！

张甲民
我的阿语人生

张甲民,中共党员,1935年生,江苏大丰人,北京大学外国语学院阿拉伯语系教授。1955年进入北京大学东语系阿拉伯语专业求学,1961年毕业后留校任教。出版《阿拉伯语基础教程》等多部教材、著作。

走进阿拉伯语的广阔世界

1955年,我考入北大阿拉伯语专业,开始了本科的学习。进入北大不长时间,周恩来总理就两度来北大,语重心长敦促大家要抓好基础学科,教学和研究两头都要抓好。我们感受到时代的紧迫感与民族的使命感。

我们的阿语学习,应该说是没经过太多周折,比较顺当地进入了状态。因为我们专业是一开局就有了一个值得信赖的教学团队,几位专业老师都曾在阿拉伯世界的顶尖学府攻读过数年;而马坚先生作为其中的佼佼者,早在归国前就完成了《论语》一书的阿语翻译并在开罗出版，为中阿文化交流留下浓重的一笔。我们深刻感受到，自己之所以能有今天的成绩，还是因为老师们让我们"踩"着他们肩膀，才能攀爬到当下这块台地的！

这些老师与有志投身阿语事业的青年人聚到一起，意气风发，风华正茂。走在北大偌大的校园里，哪里传出的声音洪亮，哪里就有我们的阿语课堂。清晨更有另一番风光，未名湖畔、小树林子、空旷的操场，有人扯开嗓门，甚至还带点沙哑，读着手里一两张的外语讲义，不用问，那一定是我们阿拉伯语专业的学生。

我们阿语的基础教学大致两年。除开语音教学，有近两年时间教学基本上都围绕着简单词语的构建这个内容进行，具体讲就是对词语的每个细部，即基本"构件"或最小"单体"的形态和功能都要有一个明确交代，做到构建形态清楚、功能定位准确、组合操作熟练，好为高年级两年"听""说""读""写""译"等基本理论和基本技能的全面拓展，提供一个良好的前提，以保障学生能顺利进入以句式表达为基本内涵的高一级教学进程。

20世纪50年代政治运动频繁，一些外系必选课程或自选课程，因时间关系而难于下足功夫，但是阿语本专业的专业课程，在大家共同的努力下，其稳定局面还是得到了较好的维持。

中东留学的岁月

1959年10月1日，中华人民共和国成立10周年大庆，为迎接阿拉伯国家众多代表团莅临，我们专业高年级学生但凡基础不差的，事前都报名参加了专业训练。我和班内其他同学一样，承接陪团大任，通过了一次大型活动的考验。接着，又接到校方通知，与本专业高年级十多人一起，同赴巴格达大学继续学习。而当时正是伊拉克和中国关系比较火热的时候，他们对中国人的敬重和友善程度简直可以用无以复加一词来形容。中国首任大使初到巴格达受欢迎的场面令人震撼，围观的人群欢呼蹦跳，竟扛起大使座驾，办起上街游行的仪式来。

在巴格达大学里，当我们第一次坐进阿拉伯语言学的大课堂，执教老师的迎接方式竟是让我们在百多号本地同学的注目下，讲读古典诗句。我们极为紧张，但从他的神色中可感受到一个古老民族对另一个古老民族的敬仰。当年像我们这样的年轻人在伊拉克长者眼里，不过是些大孩子。如文学院院长，每次看到我们路经他办公室前那个过道，都会热情招呼我们到他的办公室歇脚，还让人给我们端上两杯伊拉克黑咖啡。还有我们专修班的主讲老师，一位正处盛年的博士，特意安排一次家宴，把我们十多名中国学生统统请去，让我们"历史性"地体验了一次"盛情难却"的滋味：两张大条案小盘压大盘、大盘盖小盘，添来加去整整吃了三个小时还不让散席，直到大家捧腹喊叫"不行了，不行了",他这才依依不舍地送我们出门……六十多年前的伊拉克在我的心里非常美好,再看其数十年后的凄惨经历和残破影像,心里很不是滋味!

教学人生六十年

1961年,我回到北大,回北大报到之日,便是我教书育人的六十年阿语人生的起点。值得一提的是,即便是那时的伊拉克在我们眼中也已然是富国一个,不仅学费分文不取,而且生活津贴还绰绰有余;而回国面对的却是三年困难时期的深重影响和苏联背信弃义的双重打击。但在中央强有力的领导下,全国上下共克时艰,这对我们无疑是一种强大的动力。

北大毕业证件照

刚回来教学,一切都得自己动手:选取素材、编写讲义、课内安排、课外指导。老师是为学生服务的,但到底怎样服务,是一个难题。实践的延续和经验的累积让我们慢慢悟到,字、句的讲读和演练离不开语境的支撑。从实而论,才非天生,面对实际下功夫,教学经验就会不请自来。不用说,学生对老师的拥戴是和他们的获得感挂钩的。面对积极性单词和使用频率偏高的语句构架,我们往往给出一些相关文句,抽一到三个学生,同时上黑板就同一命题开展演练活动,完成后全班参与点评。采用这种办

法，既有利于激发学生的思维，也有利于师生揭示教学中可能存在的不足。

老师是学生的服务者，更是他们的引路人。说实在话，基础教学阶段，首先应当在"质"这个点上扎下去，而不是急于在"量"的上面做文章。篇幅大、知识点蜂拥而上未必就是好事。我们紧紧抓住了基本功这个立足点，就教学的量而言看似少了点，但关键问题应该说是都落到了实处。因此从1961年到1966年，我不仅成功教过几届校内本科班，而且先后教过朝鲜和越南两国送来的两个班共三期学生，为两国成功送去第一批阿拉伯语言人才。

我的主体工作是教学，但因1966年就开始的停课，后来《汉语阿拉伯语词典》编写工作的启动，以及改革开放后去喀土穆大学进修，竟让粉笔一搁就是十数年。待到从喀土穆返校，教研室决定让我在景云英的协同下，专事《阿拉伯语基础教程》的编创工作，直到1987年前后第四册主要内容基本成形，我才有机会回归自己的本职工作——教学，但地点暂时不在本校，而是在开罗艾因·夏姆斯大学语言学院，领衔客座教授，讲授中国语言文化，既从事基础语言训练，又承担高年级各科教学工作，排课最多时一天竟达七学时。与此同时，安排到我名下的硕士生和博士生也不下五位。两年客座教授任期结束，从此我回到北大，针对高年级学生开展应用型语言的阿语教学工作，十年时间送走多个毕业班，给自己留下了一个稳定的教学记录。

2000年，我入职北大整整40周年，终于拿到光荣的退休

"小红本"，长长地舒了一口气！心里说这回该让我做点"私"活了，意思是翻翻后期教案，说不定废纸堆里还能挖出点什么有用的东西！不想一名当年的学生和隔代的书友与翻译家竟受高朋之托，约我到他的信息公司去做点翻译工作。我做了三年，自觉对得起朋友，便重操旧业返回课堂。北大偶尔跑两趟，还有像北京语言大学和四川外国语大学这样的兄弟院校也常去教课。如此，一晃又是二十年，尽管年事往上走，但做事的惯性却不肯往下行。譬如在四川外国语大学阿语一年级期末考试之前，依据校方规定须停课复习，但我却逆风而行布置学生试写小作文——《我上了四川外国语大学》。谁写完交到我手中算作"正篇"，好让我根据他的内容另写一个"副篇"，而后交给他用心比较、反复研判，最后再请他登台做终极报告。

作为一个阿语界的老教师，学生的名字我能随口道出的不多了，但他们对我的称谓却始终在我的耳边回响，五十年前的称呼我"先生"，三十年前的称呼我"老师"，近期也有人开始称呼起我"爷爷"了！此乃为人师之乐，又添了一个时代的美称！

汇聚教学积累，开启教材自编

面对阿语教学，阿语教师首要的需求自然是阿语的教材。然而北大阿语专业从创建到20世纪80年代后期，在近四十年的教学进程中，除去马坚和马金鹏两位先生的阿拉伯语语法以外，阿拉伯语的精读和口语等教材因为内容与时政的变化关联紧密，都

是即时选取、少量制作，以满足近前教学的需求。教授一种语言而无稳定教材，工作难度不言而喻。

1981年，我在苏丹喀土穆大学三年的进修结束。回国后，北大阿语专业的老专家、叙利亚诗人奥贝德先生审阅了我带回的毕业论文——《绍基及其民族主义》，他与时任阿语教研室主任郭应德交换意见，认为《阿拉伯语基础教程》编写一事可交给我来主办。为此，我和多年从事低年级教学的主讲教师景云英通力合作，于三年多的时间内在总结自身教学积累的基础上，边编写、边试教，直至呈现了一个相对完整的结构体系，受到教研室实践经验丰富的刘麟瑞教授的充分肯定和大力荐举。

此书四册百余万字，作为国内阿语界首部正式出版的基础教材，有以下几大开创性特点：第一，句型开路，其指定部位可按教学要求灵活更替，以推动学生早日形成遣词构句的能力；第二，文本大多选自阿拉伯语原件或出自阿拉伯水平较高的期刊，其核心句段可反映句式构架与语法难度同步发展的要求，力求"由浅入深"和"由易到难"的基本法则能在阿语的教学中落到实处；第三，课次前后联系紧密，重点词语在后一课中的重复不少于五次，从而构成课本整体滚动向前的发展定式；第四，每册附有词汇总表，收入的单词按阿语词典结构排列，每一个单词之后都标示其所在课次的页码，以方便读者应用查找。通观全局，此书精读单词总量3600个，外加阅读单词1000个，纳入系统的大构架，为学者坚持"听""说""读""写""译"的技能训练提供有效支撑。20世纪70年代后期，围绕外语教学法的问题，不同语言学科都曾兴起过一阵研讨之风，在基础语言教学中把技能训练提到非常重要的高度。我们教材结构十大块的布局就是在这个大背景下产生的。我们的基础教程通常每一课都分成两大块，开头课文研读和句式研讨等不超过整体的40%，随后则是练、练、练，从不同角度出发设计形式多样的练习和作业，占整体篇幅不下60%，以保证教材的理论和实践始终处于一个协同运行的状态。

说到运作，还需再次强调语音教学的重要性。这本书编者之一景云英为此做过专题研究，其前十余年的学识积累都放进了这部教材与同行共享。语言学者的天职决定了他们不能没有语音美的追求。大家比较关注的语音难点都解决得比较好，而不少并不太难但被认为关系不大的点，反倒长期没有得到很好的解决。而这些所谓的细节如果都能妥善处理的话，那么我们的朗读、我们的写作就可能给人以更加美好的印象。

向北京奥运会献礼

2007年和2008年之交，院领导提前打招呼，由叶朗和朱良志两位教授合著的《中国文化读本》在2008年北京奥林匹克运动会期间，将作为国礼赠送给出席开幕式的国宾，院里决定阿拉伯文字的翻译工作交由我来完成。真到了这份差事落到自己肩头，就不能不感到它那沉甸甸的分量。

我在阿拉伯世界生活过不短的时间，深切感受到阿拉伯人对中国人的历史深情。他们对老子这位伟大哲人敬重有加。至于孔

子,则更有人把他尊为"中国先知",此外还有"学问远在中国也当求之"一语,不管它是否出自先知之口,但它已在阿拉伯世界流传了千年之久。这里我们看到的不是什么文化冲突论,而是阿拉伯人自古以来对中国文化的敬重。因此,我感到肩上责任很重,要信、达、雅地传递中国文化的智慧。

我儿时读过、背过《论语》,但由于年龄和历练的关系,不可能确切领会其深层寓意。而今通过两种语言的反复推敲,我才逐渐登堂入室,走近孔子的"仁"与"礼"等穿越时空的历史教诲,其核心所在都可集中于一点:一个大写的"爱"字!作为译者我心潮起伏,有时是压抑着内心的哽噎来推进这份工作的。我想中华之所以能存续和发展到今天,就是因为我们自始至终都紧守和发扬着这份伟大的爱!由此我更想到,当下我在键盘上执行的使命,其意义绝非仅限于一次世界运动会的礼物,而是传递着我们一个世纪的决定——将我们这份大爱献给全世界!作为一个阿语学者,此时此地我要做的就是借用阿拉伯人的语言外壳让中国文化的真谛完成一次忠实无讹的迁徙。因责任重大,我曾犹豫是否接手,但是我还是做出承诺,八个月后奉上译文成稿!言必信、信必果,至少我完成了对自己的一次历史性超越。

参与编写《汉语阿拉伯语词典》

20世纪50年代中后期,全国人民掀起社会主义建设的高潮。我们阿拉伯语专业的第一部工具书《阿拉伯语汉语词典》的编写工作，在宏大的历史背景中宣告启动。工作由马坚先生领衔，以苏联《阿俄辞典》为参照，广泛收纳阿拉伯语条目，包括众多与国情密切关联的条目和例语。马先生作为老一代阿语学者的代表，谨遵学术规范，接过众多副手和学生制作的纸质稿样，夜以继日地反复考证，伏案修改，付出了他人生最为宝贵的时间。当年，我们在元老辈面前作为初级班的劳力参与其事，虽然只做了一些微不足道的帮衬工作，却真真切切地领略到老一代精益求精的学者风范。

等到我们这一代在"文化大革命"中后期动手编写我们的第二部词典《汉语阿拉伯语词典》时，当年的那种精神领悟是一种不可或缺的时代支撑。这里需要提起的是，在那些特别的时日提出编写《汉语阿拉伯语词典》的动议是有一种强烈的历史责任感的。通常人们会因一事限期在即而有一种对时间的紧迫感。可"文化大革命"中后期，我们心中的紧迫感是源于宝贵的时间一天天滑去而我们却难于抓住它的那种感受。我考虑再三还是请求领导批准我们上马一部创纪录的工具书《汉语阿拉伯语词典》，何况我们的好友叙利亚著名诗人奥贝德先生就在我们身边。于是，我们启动了专业开创以来的第二大项目——规模达十万条目的大中型词典。该词典的汉语条目，在自我整理的基础上，又收进了《英汉大词典》的一大部分汉语条目。这类汉语条目英释文字的阿文转译由奥贝德先生承担。这部双语词典，两种语言十万条，条条对应到位，工程量极为庞大。教研室全体成员在近十年时间内，就条目的阿语释义，精雕细琢、反复推敲，力争做出准确的判断，为本词典的学术信度添上了历史的一笔。

作为词典组的副组长，我不仅参与了一审，也参与了复审的部分工作，是参与这项工作最多的成员之一。实践证明，这部《汉语阿拉伯语词典》的出版，对中国与阿拉伯国家全方位的交流以及国内阿拉伯语的教学，发挥了重要的历史作用。其首版面市的时间是1989年10月，此后二十多年正是国家改革开放更上一层楼的年月，而本词典早就出现了绝版断货的窘迫状态，直到2013年的急就章——本词典的修订版面世，这种局面才得到缓解。我在这里用了"急就章"一语，原因是自首版面世以来，教师中对这部词典编写工作最为熟悉的也就是我本人了。世事轮回，这部词典的编修工作也就大多落到了本人的肩头。紧赶慢赶，可屋漏偏逢连夜雨，当编修工作进入最后阶段时，却发生了肩负程序输入的工作人员因病无法到岗的情况。面对特别情况，我院系领导成员付志明不顾白天教学与行政的辛劳，一连两个月不到后半夜绝不放手，补足了阿文输入关键时刻的空缺。我作为本词典的一个老编者，此时此刻想到的是我们阿语专业优良的传统依然在这一代阿语人身上发扬传承！

语言之家的人生默契

我和我的爱人景云英上学时是在一个专业，她比我晚一年，因为有了伊拉克留学这个契机我们才开始有了更多了解。而彼此接近的起点，我记忆犹新，应该是在伊拉克留学时，巴格达中国农展会那个文艺专场。当时她进进出出到前台当阿语主持,我稳坐后台为她准备节目的阿语文稿,演出非常成功,结束时已是后半夜,伊方把我们送回留学生的暑期住处,那是使馆为我们全体留学生预留的一栋别墅。送我们的车是辆军用吉普,一路上两个乘客没有交流,连演出的事也只字未提,现在看来那显然是双方一种微妙关联的开始。

在那个时代,无论对内还是对外,青年男女之间的公开交往都不甚相宜。很久以后,一个适当机遇我和她搭上了话。我不会忘记,地点是文学院院办路边的那个石凳。背对路上行人,我们静静坐了许久,情感这事有时并不一定意味着言语;在我个人看来,那是一种与时光共存的牵挂,特别是当年那个时代。这是我们人生默契的开始。

回国返校后,我们第一考虑的是工作,"约法三章",到事业初见端倪再讲其他,我们的终身大事推迟了三年,直到她从朝鲜教学回京过暑假这个空当才办的,从此她成了我们这小小家庭的"擎天柱"!与此同时,她还要长期保持校内"基础教学主讲"的荣誉。这样一位职业女性,我若不懂得她的不易,那就绝不是一个好伴侣。时光催人老,大家多有祝福,但同时也想知道我们是如何处理性格上可能存在的冲突的。确实,我们性格差异相当明显,一个粗放、一个细腻,换句话是各有所长,当然这也意味着各有所短。长和短、粗与细,捏到一块才是一个气象万千的人家,这就像我们诗文中的长短句或者阿拉伯诗歌里的韵律构架。在那些语言、文学的精髓里,长音与短音或是动符与静符,委婉曲折、不失韵味的排列，才能构成动人魂魄的感情构架。我和她六十年的磨合就是这样的一种构架。教学我们在一起拼打，教程编写和辞书编修我们又在一起，甚至睡梦中可能因想到某个字词而翻身下床搅扰了对方！真的是心有所愧，这样的人生不可能完全如一些人想象的那么美好，但我们从未有过一丝一毫的后悔。

2018年，张甲民、景云英参加北京大学金婚庆典

学一门专业，爱一门专业，已经是爷爷辈、奶奶辈的我们仍然在对自己说："学习阿拉伯语是一辈子的事！"回想起我进入北大不久，和一位同乡的学友相遇。此人显然对我投入东方语言一事不以为然，一出口便是："干吗学文啊？学理工不行吗？"那个

年代，国家要富强，主要靠工业，靠的是理工。我无意辩解，只是轻描淡写地回了句："反正学以致用就可以了！"不过说实在的，要我把早就埋进心底的专业情节一下抹掉还真不那么容易。我来到这个世界时，国家正处于多灾多难的时代，民众的苦和国家的乱，连三岁的孩童也难免其害。因此自进高中那年起，就和大多同伴一样，确定了考工、学工的大方向，而且首选还是事关国家安危的军工院校。可时过境迁，想不到我会进入阿语专业学习，一个原本可能的理工男，走在语言学的大道上。如今回头看，我作为一名语言学者，几十年来走过了国内、国外不少地方，促进了中阿文化交流和友谊发展，对外传播了中国文化，为中国世界地位的提升尽了一个公民应尽的义务。此时此刻，我想对当年那个同乡学友说：振兴中华你我都站在国家的最前沿，我们的目标没有丝毫的差异！

陈佳洱

攀科学之峰，圆报国之梦

陈佳洱，中共党员，1934年生，上海人，北京大学物理学院技术物理系教授，中国科学院院士，发展中国家科学院院士。1954年毕业于东北人民大学（现吉林大学）物理系，1955年来到北京大学技术物理系任教，1996—1999年任北京大学校长。长期致力于粒子加速器的研究与教学。

年少树立爱国志、科学梦

1934年我出生在上海，几年后上海就被日本侵略者占领了。那时我上小学，经过日本人的岗哨都要行90度鞠躬礼，所以自那时起我就感受到只有国家变得强大，才能不受屈辱，并立志长大以后要为祖国奉献自己。

当时教我们的老师也很爱国，那时日本人不让我们学自己的教科书，要学伪政权编的卖国的教科书。老师就让我们把原来的教科书用笔抄下来，只要日本的学监不在，老师就讲我们自己的教科书，教我们文言文、《论语》等。日本人还要让我们学日语，我们都很敷衍。老师和同学都一样，希望民族能够振兴起来。

我的父亲陈伯吹，是著名儿童文学作家、儿童文学理论家，也是一位爱国者。20世纪30年代，随着民族危亡的加剧，他拿起手中的笔，写下了一系列战斗性很强的作品，如《华家的儿子》《火线上的孩子们》，号召全国的少年儿童坚强起来，不做亡国奴，要做一个顶天立地的中国人。我小时候就是念他这些书长大的，所以从小有一颗爱国的心。

开始我们住在租界，日本人没敢对我们怎么样，后来太平洋战争爆发后，日本占领租界，我们就不那么安全了。因为父亲参与抗日活动，写下了一篇篇揭发日本侵略罪行、鼓舞民众奋起反抗的文章，他的安全受到了威胁，为此他不得不离开"孤岛"上海，去了重庆。

那时候，我的母亲生病住院，那个医院现在叫复旦大学附属华山医院。日本人为了抓我父亲，就带着我的外婆到医院里抓我母亲，我的外婆为了保护我母亲，刚到医院楼下，她就故意大声嚷嚷，因此我母亲知道日本人来了，就从二层窗户跳了下去。跳下去后她受伤吐血了，日本人一看这样的情况，把她关在神经科，因为医院的神经科都有铁栅栏，防止病人逃走。有个护士是地下党员，悄悄地问我妈妈日本人为什么来抓她，母亲给她写了"爱国罪"三个字。护士看到字条，便让医院里爱国的医生、护士都来保护我妈妈。一到日本人来的时候,就在她的痰盂里倒点红药水,说她吐血了,是肺结核,非常严重。日本人听了这个很害怕,因为那时肺结核是不治之症,而且传染性很强。在那个黑暗的年代,这些默默无闻的爱国者用这种方式保护了我的母亲。

那时候形势很紧张,我还记得我半夜醒来的时候,外婆流着眼泪在给我妈妈做寿衣,因为妈妈随时可能被日本人杀害。出生在这样的家庭里,我一心想着振兴中华,希望我们的国家强大起来。

抗战胜利以后,我父亲把我送到他的一个好朋友创办的位育中学去念书。学校之所以叫位育中学,是源于《中庸》里面讲的"天地位焉,万物育焉",校歌的最后两句是"生长、创造"。现在上海还有位育路和位育中学。当时这个学校里的老师都是搞科学的,我的班主任是清华的高才生,代数老师是美国回来的博士,生物老师是复旦生物系的讲师,所以学校里科学氛围浓厚,培养出了一批科学人才。

因为浓厚的科学氛围,学校每年校庆时都会把一些教学仪器和发明成果搬出来进行展览。有一年校庆,我记得有个比我高一年级的同学自己做了一个广播机,可以用来无线广播,我回到家里一收听,一下子就对无线电有了浓厚的兴趣。随后我就跟几个同学创办了"创造社",专门用来出版一个名叫《创造》的油印杂志。杂志里除了刊登无线电相关内容外,还有一些科普的知识,我们还翻译一些国外的科普文章登在这个杂志上,那时候这个杂志具有一定的影响力。也就是从那个时候起,我开始喜欢上无线电,从单管机到再生的单管机,一直到外插式收音机,都是我自己在家做出来的。

那个时候,对我影响最深的是居里夫人。我上中学时,父亲带我去看电影《居里夫人》。这部电影很使我感动,特别是看完电影之后,父亲跟我讲:"你要像居里夫人那样,对社会有贡献,你这一生就没有白活。"我就去借了《居里夫人传》,里面有一段话,说居里夫人有"奉献所有,而一无所取的特别圣洁的灵魂",这句话使我深受触动。所以中学的时候我就以居里夫人为榜样,我想像居里夫人一样,对国家、对人类有所贡献。特别是居里夫人发现了镭以后,大家建议她马上申请专利,可以成为百万富翁。结果居里夫人却说:"我的发现属于我的祖国,属于全人类。"我一直拿居里夫人做我的榜样。

当时我们中学实行两种学制,一种是五年制叫甲班,还一种是六年制称作乙班。我当时被选在甲班,所以只念了五年,1945年上学,1950年毕业。毕业的时候,我心仪的大学一个是上海交大,因为离得近;第二个是北大,因为北大那时候名气很大,特别是五四运动对当时的中学生影响很大。但是和我父亲一起工作的几个老地下党员说应该让孩子到老解放区锻炼锻炼。那时我父亲非常信任他的朋友,就让我报考老解放区的大学。当时老解放区只有两所大学,其中一个是大连大学。最后我就没有去北大,报考了大连大学工学院的电机系,因为当时我想新中国成立了,我们的首要任务是发展工业,"电"又是我比较感兴趣的。

"又红又专"的大学时光

到了电机系以后,后来被称作"光学之父"的王大珩刚从英国回国,他向校长建议,应该创办一个应用物理系,因为搞工学的如果没有物理的眼光,科学素养会受到很大的影响。校长就批准由王大珩来牵头建系,此时我正上大学一年级,整个一年级当时大概有300人,最后选了包括我在内的30个人到物理系学习。

王大珩老师有个特点,就是他对实验特别重视,而且要求很严。我记得那时候做普通物理实验,我们还没到,他就在实验室门口等了。每一个学生进实验室之前,都要经过他的口试。他会问:今天你来做什么实验?为什么要做这个实验?实验报告准备怎么写?准备采哪些数据?在实验过程中他也要巡视看我们的实验操作对不对,同时他也很欢迎大家对实验提改进建议。由于我对物理实验特别感兴趣,同学们就推选我为物理实验的课代表,因此每次实验课之前,我都会预先做好实验准备。此外,王老师每次不仅要对学生口试,还要对实验之后所有的实验数据进行打分,最后根据同学们的口试情况、实验操作、实验报告的情况给出分数,因此在他那儿想要得五分很不容易。这样我们班就有个不成文的规定,谁在王老师那里得五分,谁就请大家吃花生米。我记得那学期只有我请大家吃了三次花生米,因为我是物理实验课代表,需要带头把实验做好,此外我还和老师提了实验的相关建议。

当时大连大学还很注重对学生的思想政治教育，我记得学校党委宣传部部长每个月都组织学生听形势报告，包括政治形势、经济形势，由他亲自给大家讲解，同时也组织大家看一些革命题材的电影，这些都激励着我们。当时因为我在这方面比较活跃，也不断追求进步，被党支部聘为"党的宣传员"，我父亲也被他的单位聘为"党的宣传员"，我们俩写信通讯的时候还要比一比谁先入党。在我被调到东北人民大学前，大连大学的党委组织部部长亲自领导我们进行思想改造运动并检查，由于我在思想改造运动中都是带头的，因此大连大学把这些材料一同转到东北人民大学，并把我积极申请入党等情况也转到了东北人民大学党委，所以我在1952年就被批准入党，当时正好18岁。当然在入党之前，党支部书记组织我们学习了毛主席的《为人民服务》《纪念白求恩》等文献。

我之所以积极入党，很重要的原因是儿时的报国梦在慢慢发芽成长。当时，有很多"抗美援朝"期间的感人故事，像《谁是最可爱的人》，还有黄继光、邱少云等英雄事迹，对我触动很大。特别是当时学校鼓励我们阅读苏联的书，其中有一本书，叫《马特洛索夫》，他可以说是苏联的黄继光，用自己的身体堵住了敌人的枪眼，用年轻的生命换取了整个战斗的胜利。他有一句话："一个人的存在，要使别人生活得更美好才有价值。"他的这句话成为我的座右铭，我立志要让社会因为我的存在而更美好。

我是在1952年全国院系调整的时候被调到东北人民大学的，

那时候东北人民大学的物理系师资力量非常强。其中对我影响最大的,也是我一辈子的恩师,就是朱光亚先生。朱先生讲课我们最喜欢听,他是西南联大的学生,到美国学习,在密歇根大学读的博士。朱先生非常爱国,新中国成立后他毅然回国。而且他的学问功底非常好,做什么事情都非常认真,上课板书写得也非常好。每次讲课,他都不是简单地推导一下数学证明,而是把当时的研究过程像讲故事一样讲给我们听,所以我们非常喜欢听他讲课。当时他讲原子物理,讲到什么是量子的时候,他就把普朗克是怎么提出量子理论的,像讲故事一样讲给我们听。他每讲一次课,都要花一个礼拜来备课。那时候我们还有辅导课,可以去向老师请教自己不懂的知识点,老师也可以向我们提问。每一次辅导课朱先生都要把我们请教的问题及要点记下来,然后反过来问我们,一定要帮我们把问题弄懂弄透。再加上朱先生在朝鲜停战谈判上立功获得过军功章,所以在我们学生眼里他就是英雄。在做毕业论文时,我请朱先生做我的导师。我记得我做论文的时候,朱老师要求非常严格,每个礼拜都要我把查阅文献的笔记交给他。他一项一项看,哪些立意不准确,他就用红线画出来,随后当面帮我纠正。最后在朱先生的指导下,我成功做出了我国第一个测量 β 射线的核子计数管。

我其实很想去北大学习,当时我们的系主任老说东北人民大学物理系是要赶超北大的,他这么一说,我就知道北大肯定更厉害,否则为什么要赶超?毕业进行大考的时候,只出了一道题,看似很简单,但我多了个心眼,从几个方面来回答这道题,比较全面，最后全班就我一个五分。老师找我谈话，让我留下来当助教。我是党员，要服从组织安排。我留在东北人民大学以后，始终跟着老师专心做学问，不断培养自己的科学素养。

走上核物理研究道路

这时候，党中央决定我们也要建立并发展原子能工业，也要有原子弹。为了培养核物理人才，周总理专门批示教育部，在北大建立原子能人才培养基地，依托中科院近代物理研究所建立一个物理研究室。研究室创建之初什么都没有，所以就在钱三强先生的近代物理研究所办公，钱先生把自己的办公室腾出来用于筹备、建设北京大学物理研究室。除了办公的地方，钱先生又把化学所的一层腾出来给北大，用于做实验、讲课，让学生有工作和学习的地方。

参与筹建物理研究室的还有朱光亚先生，朱先生在朝鲜谈判之前，就是北大物理系的副教授，后调到东北人民大学物理系，29岁就是正教授了，非常了不起。朱先生为中国两弹事业做出了极大的贡献。后来，朱先生到北大，随即也把我调到北大，加入了原子能事业。我刚来的时候才21岁。

调到北大以后，我的任务主要有两项：

一项是招生，到复旦、武大，当然包括北大等学校，把新生招来。当时中央说什么，大家都会坚决执行，所以无论我到哪个学校，只要拿出文件，学校都会推荐最好的学生给我。记得1955

年招生，第一批招的 99 人里面，后来出了 6 位院士，说明当时的学生质量还是很高的。

另一个任务就是协助筹备原子核物理实验室。除了探测器、计数管之外，我没有受过原子核物理实验的专业训练，后来朱先生手把手指导了我八个月，实验室正式建成。后面做实验的时候，何泽慧院士也亲自指导过我，而且有些实验都是依靠中科院的支持才能做出来，中科院和高校结合得很紧密，做所有事情都是全国一盘棋，这也是当时提倡的"大协同"。

原子能事业尤其是原子物理教学与科研工作离不开加速器等大型设施的支持，为此胡济民先生带队到苏联去考察加速器。苏联教育部建议我们引进较为便宜的加速器，所以当时我们就买了一台 25 MeV（兆电子伏）的电子感应加速器。设备运到北京后，组织上派我去做加速器教研室的主任，主要负责调试工作。我们当时非常努力，也没有辜负组织的期望，很快就把加速器调试出来了。但到真正做实验的时候，才发现这台加速器做不了核物理实验，因为能量够不到光核反应巨共振的峰值，满足不了实验要求。所以那时候我就带头带领一些老师学生照猫画虎，自己做出了一台 30 MeV 的电子感应加速器。

当时正好召开第二次全国青年社会主义建设积极分子大会，因为我带头做了这个加速器，就被选为积极分子代表参加了此次大会，并获得了奖章。之后，教育部还把我们的电子感应加速器作为代表性成果，在当时的北京钢铁学院进行展示。一天我在值班的时候，刘少奇和王光美来参观视察，王光美同志是学物理的，求学于辅仁大学，对物理装置非常感兴趣，就问我这台加速器的原理是什么，结构是什么。我讲述后，她再转述解释给刘少奇听，刘少奇也听得津津有味。

1958年，因研制我国第一台30 MeV的电子感应加速器，
陈佳洱（二排左三）被选为青年社会主义建设积极分子

60年代，我公派赴英国留学，继续学习核物理，是新中国第一批公派去资本主义国家留学的人。回国后，正当我踌躇满志想大干一场时，"文化大革命"爆发了，研究工作不得不中断了。再后来，我到陕西汉中，在秦岭脚下进行劳动。但是我始终没有放弃对加速器的探索攻关。当时上海方面想要做新的加速器，所以他们专门派了一个代表团，到汉中来让我给他们讲课。当时我年纪轻，记性也好，虽然没有参考书，但我能够把在英国学的东西都回忆起来，写成讲稿，给他们讲授。他们收获很大，也很感

激,特别向汉中分校革委会表达了对我的感谢,随后革委会汇报到上级。清华大学也想做加速器,得知这一消息后就把我叫到北京,和清华几位老师一起讨论新的加速器研制方案。但是,新方案中的加速器太大,不宜在汉中研发研制。为此我请求在北京多待几天,查文献做些调查。结果我发现德国法兰克福大学有篇论文提出了一种新的加速器,叫螺旋波导加速器。这样的加速器很小巧,结构也很简单,方便研制。经汇报批准后,我回到了汉中,开始依靠汉中的条件研制螺旋波导加速器。大概花费了一年的时间,螺旋波导加速器做出来了,做出来以后首先要试验到底能不能加速,我就做了一个小的螺旋波导计数器,而且我提出了束流脉冲化的二维理论。随后到北师大进行实验,结果理论和实验结果完全一致,证明了这台加速器和束流脉冲化的二维理论都是成功的。后面这项研究成果获得了北京市科技进步二等奖。

1977年,中央决定召开全国科学大会,并决定要做全国的科学规划。中央让钱三强先生负责整个原子核科学技术的规划,钱先生就把我从汉中调回北京。我也参加了全国科学大会。那场科学大会是我一辈子都忘不了的,会上邓小平同志讲出了我们的心声,他讲到科学技术是第一生产力,又讲到科学技术人员是脑力劳动者,是劳动人民的一部分,我听了以后非常感动,情不自禁地流下眼泪,我觉得我的政治生命恢复了,我的科学生涯也恢复了,可以开始新的征程了。

| 陈佳洱：攀科学之峰，圆报国之梦 |

1978年3月18日中央召开全国科学大会，陈佳洱（右一）作为代表参会

强化学科建设，传承北大之风

在教学科研的同时，1984年我被任命为北京大学副校长；1996年8月起担任北京大学校长。任命以后我的压力很大，我觉得要对得起北京大学这四个字，只能往前走，不能有任何有损于北京大学这几个字的事情发生。

所以上任北京大学校长后，我抓的第一项工作就是学科建设，那时候我每个礼拜都跟各院系一起研究北大跟世界一流大学的差距到底在哪儿。当时我认为学科建设及人才培养里面最关键的是，要有兼备科学及人文素养的德高望重的教师。为了促进学科的交融，加速学科建设，我们建议校学术委员会成立学部，成立了人文学部、社会科学学部、理学部、信息与工程学部，后来还成立了医学部。当时国家正在推进院校合并,经两院校协商,以学科交叉融合为落脚点,最终建立医学部。

第二,必须坚持并加强自己的文化和传统。我曾有机会陪同斯坦福大学校长一起拜会朱镕基总理。朱总理问斯坦福大学校长:"斯坦福大学在世界那么有名,硅谷也是你们学校缔造出来的,为什么在美国才排名第四?"斯坦福大学校长回答:"请总理把这个排名忘了吧。我们斯坦福大学有自己的文化,有自己的传统,不管排名第几,我们斯坦福大学就是斯坦福大学。"这句话让我深切感受到文化与传统是一个大学的灵魂。"爱国、进步、民主、科学""勤奋、严谨、求实、创新""思想自由,兼容并包",还有"团结起来,振兴中华",这些都是北大的文化,也是北大的传统,需要一直传承下去。

1981年,陈佳洱与英国专家劳森(Lawson)座谈

第三，我觉得老师对学生的影响非常大，因为我自己有亲身体会，朱光亚老师、王大珩老师对我的影响非常深，所以我提出所有的基础课程一定要一流的老师来教。我自己也坚持讲课，自己讲课才能和老师有共同语言，才能理解他们的需求。

这一时期，印象最深的还是北京大学"百年校庆"。当时，我记得距离百年校庆只有两三个月了，正好哈佛大学校长来访问，我陪着他去见江泽民总书记。我借机向江泽民总书记提出邀请：马上就是北大百年校庆，请他来参加。他让我们回去写一个报告，我们就写了北大的历史，以及北大要建社会主义世界一流大学的愿景。

4月26日，校庆前夕，江泽民总书记来北大视察。他一下车，第一句话就说：按照我们扬州人的规矩，做寿之前要"暖寿"，今天我是"暖寿"来的。会上他正式提出要创办世界一流大学。为此，会后我们就跟清华订了一个协议，携手建设世界一流大学，协议里规定学分互认、教授互聘、资源共享、后勤共建等。

之后，北大和清华联合向国务院报告，请求拨付建设世界一流大学资金。一共确定了十所高校，我们还专门成立了创建世界一流大学的联谊会。再后来，有了"985"工程，我们学校的资金就增加了，学校发展也有了新的局面。

从那时候起到现在，北京大学在创建世界一流大学的征途上已经走了二十多年。在中国共产党成立百年之际，习近平总书记提出的第一个百年目标即全面建成小康社会如期实现，第二个百

年目标是要把我国建成社会主义现代化强国。北京大学也要紧跟从大国变成强国的脚步,真正建设成为世界一流大学,而且是要在文化、科学、技术方面起到引领作用的世界一流大学,这才符合社会主义现代化强国的要求。

(采访整理:陈凯、王昕阳、宋德英、刘益涵)

周其凤

飞鸿踏雪泥,老凤发清音

周其凤,中共党员,1947年生,湖南浏阳人,北京大学化学与分子工程学院教授,中国科学院院士。1965年入北京大学化学系学习,1970年留校工作,主要从事高分子合成化学和液晶高分子的研究。先后担任国务院学位委员会办公室主任、教育部学位管理与研究生教育司司长、"211"工程部际协调小组办公室主任、"985"工程办公室主任、吉林大学校长、北京大学校长等职。2018—2019年担任国际纯粹与应用化学联合会主席,成为该组织自1919年成立以来担任领导职务的首位中国人。

赤脚路,赤子心

1947年11月,我出生于湖南浏阳山区一个贫困家庭。童年时挨饿受冻为常事。生病了没钱看医生,就求菩萨保佑,以寺庙香灰泡茶为药。房屋破旧,勉强能遮风避雨,门是关不严的。记

得有一次,清晨醒来发现床上多了一张蛇蜕!我感念这蛇的乖巧与灵静,竟能和我和平共处一夜:我睡我的觉,它蜕它的皮,互不干扰,相安无事。

1953年9月,未满六岁的我谎称已经七岁而坚决要求上学。年龄不到,老师当然不相信我。我连着两天去报名,坚称已满七岁要求上学,不答应我就不走。终于被录取了——当时我家乡还没有身份证一说,年龄大小全凭自己声明。许多年后回想,觉得这或许是我一生最"英明"的决定,因为如果没有当时的坚持,就赶不上"文化大革命"前的最后一次高考了。

孔子云:"吾少也贱,故多能鄙事。"这"少贱"我与圣人有得一比,但在学习与做事方面就与孔圣人有着天壤之别了。我虽然上了学,但学习成绩平平。老师对学生在学习成绩方面的要求并不高,妈妈也不问我学得如何,更多关心的是我放学回家时是否背回了家里正等着用的猪草或者柴火。

学费不高,但是我家也经常缴不起。学校非常体贴我们这些穷人家的孩子,允许先上学后缴费。记得有一回,学期快结束了我还没补缴,老师就让带话回家尽快缴费。家里确实没钱,我看到灶台上有把铜壶,抓起铜壶边哭边跑想拿去抵学费。妈妈当然不答应,见状拔腿就追。那时妈妈还年轻,我哪里跑得过她。跑到村口眼看就要被追上了,我急得没法,赌气把壶扔到了村口水塘里。妈妈抱住我,我们娘俩哭了好久。

我的初中阶段正逢国家三年困难时期,学校的教学工作有所放松。我的成绩也不好,尤其是作文,差到毕业考试不及格的程度，经补考及格才准予毕业。中考运气不错，考上了当地最好的浏阳一中，有幸成为胡耀邦、杨勇的校友。高中第一学期我的成绩仍然不好，作文还是有不及格的时候。不过到了第二学期，我好像突然开窍了、懂事了，有点像佛教讲的"顿悟"，不仅学习成绩突飞猛进，更明白了父母的艰辛。于是，我想申请退学，因为家里实在太穷了。我是家里的长子，已经十五岁了，应该回去为父母分担责任。令我一生感恩不尽的是，当时浏阳一中的党支部书记兼校长胡国运老师收到我的退学申请并调查了解清楚了我的情况后，劝我不要退学，提出由学校每年出30元钱供我完成高二、高三两年的学业。试想：要是没有当年浏阳一中如此的关心呵护和教育，哪有如今的我啊！

1965年我幸运地考上了北京大学。我满怀喜悦，光着双脚，挑着行李从浏阳泮春张家塝（如今的石柱峰村）走了两天走到了省城长沙，再从省城搭乘火车去往我心中的圣地北京！去往北京大学！行李的一头是被子——妈妈听说北京很冷，请人弹了一床足有13斤重的厚被子给我带着；另一头是头天花了1元钱从邻居家买的一只旧的杉木箱子，里面装着几件半新衣服和一双妈妈花了几个晚上一针一线赶制出来的布鞋。到了长沙，凭着浏阳一中开的介绍信到湖南省招生委员会申请到了一半路费。坐慢车，从长沙到武昌，再到郑州，最后到北京，花了三天时间来到伟大祖国的首都。当时激动、幸福和感恩的心情我至今难以忘怀。

到北大报到后，第一要解决的是生计问题。当时北京地区大学生的伙食费标准是每人每月15.5元。学校为家庭困难的学生

做好了预案：缴不起伙食费的学生可以先从学校借一个月饭票。我借到了一个月的饭票，明白学校一定会照顾到每个学生的实际困难，心里非常踏实。开学后第一次班会最重要的内容，也是我铭刻在心、永生不忘的事情，就是助学金评定。我以有饭吃为原则，申请了每月15.5元的补助，但评定的结果是每月给我19.5元，即吃饭之外还有4元钱零用，用于购买文具、牙膏之类。不怕读者笑话，来北大之前我可没刷过牙呢！

我的上述经历大致反映了那个时期我国普通民众的生活状况，也在一定程度上体现了中国共产党和共产党所领导的人民政府以及各级领导干部对人民群众的关心和爱护。我出生在一个非常贫困的家庭，我父亲是爷爷用两担稻谷从另一个同样贫苦的家庭换过来的。他小时候没机会读书，长大了就给人家做长工直到新中国成立。我的少年时代，新中国成立不久，国力较弱，老百姓的生活相当清苦。中国共产党和人民政府始终以"为人民服务"为宗旨，带领人民艰苦奋斗，使人民的江山日益巩固强盛、人民的生活也越来越幸福。我发自内心地感恩共产党。没有共产党就没有新中国，就没有我后来的一切。怀着回报党恩的赤子之心，我在1971年庄严宣誓加入了中国共产党，努力以共产党员的标准要求自己，为党的事业做出贡献。

理道问学，人文化成

化学是我的专业，然而化学并不是我中学时代最喜爱的学科。中学生喜爱什么课程，大抵与课程的教学水平有关，而对于化学这样一门实验性很强的课程，学生的兴趣来自实验的条件和内容。我所就读的中学根本没有开展任何化学实验的条件。我最喜欢的课程是数学，其次是物理。当年报考北大的第一志愿就是物理，第二是数学，第三才是化学。被化学系录取是因为数学考得不够好，物理系和数学系都没有录取我，我从此与化学结下了不解之缘。多年后我当选中国科学院化学部院士，应《中学生数理化》杂志之约我写了个短文，题目就是《记得那时，我并不喜欢化学》。可见，人的兴趣是可以改变的。"不喜欢"的背后经常是"不了解"。随着学习的深入和对化学越来越多的了解，我对化学的兴趣也逐渐浓厚起来。

非常遗憾的是，我的大学念了不到一年便因为"文化大革命"而中断了。大学课程学得不完整、不系统和知识体系的碎片化，对我日后科研工作的深入发展造成了比较不利的影响。值得庆幸的是，那段不能在北大课堂上课的日子给了我到化学工厂学习锻炼的难得的机会。那时候凭着一纸介绍信就可以参观工厂，我因此得以跑遍北京市所有大大小小的化学工厂，和工人师傅们一起工作，参加他们的讨论，和他们聊天，一起在厂灯下捡拾被工人师傅称为"油壳郎"的昆虫，烤熟了做夜宵……我不仅和工人师傅交了朋友，也学习到了工人师傅的品质，学到了大量的化学化工知识和技术。这段经历为我后来参加校办工厂特别是"聚砜车间"的建设，乃至对我多年后在美国攻读博士学位期间成功通过博士生资格考试和撰写博士论文，甚至对我的人生，都起到了意想不到的重要作用。

感谢北京大学,在"文化大革命"结束后给了我们这批人"回炉"学习大学课程的机会。1978 年,我考上了北大化学系高分子专业的研究生。导师是冯新德先生。1980 年 1 月底,我被国家公派到美国马萨诸塞大学阿默斯特分校高分子科学与工程系插班学习。那是一段非常艰苦的日子。我到校后首先要补考 TOEFL 和 GRE(那时在中国还没有这两种考试,但到美国读研究生又必须首先通过这两种考试),这花费了我不少时间。我又是插班生,比同班同学少修了半年课程,可仍需要和他们同堂参加博士生资格考试(Cumulative Examination,有的学校称为 Qualifying Examination)。我英文最差,这显而易见,不仅听课困难,考试成绩更加难堪——关于我不知道"shish kebab"(烤肉串)和"salami"(一种意大利香肠)为何物的故事成了当时系里大家佐餐的美谈,而于我则是一场灾难(那场考试的出题老师之一以这两种食物来指代两种类型的高分子结构形态,我不认得这两个词,也没见过这两种食物,自然回答不了)。当然还有许多其他形式的不利因素,不一一赘述。

前两次博士生资格考试我都没有通过,第三次考试正好有一道偏工程的大题,因为我在北京的化工厂工作过,对实践应用可以说是轻车熟路,我竟然考了第一名。此后,我慢慢进入状态,后面就渐入佳境了。就这样,我在美国求学的前期,日子非常难过,但最终完成得很好。我 1980 年 2 月入学,1981 年 9 月获得硕士学位,1982 年 9 月顺利通过了博士论文答辩,完成了博士学位的所有要求(学位授予仪式是在 1983 年 5 月),成为所在系历史上获得博士学位最快的一个学生。我常开玩笑说，我之所以最快，是因为我钱最少。花钱是要费时间的：钱多，花钱的时间也多；钱少一点儿，下馆子、看电影的时间就会少一点儿，进图书馆和实验室的时间就可以多一点儿。任何事情，适度为佳。钱也如此。我是公费出国读书的，国家给我的生活费是每月360美元。考虑到每月要交房租（当时我们三个中国人共住一个单卧室公寓房，每人的月租也要150美元左右），还要吃饭，还要买书，的确不算富裕。可要知道，当时国内普通工人一个月工资不过三四十元人民币，一级教授最多也不过三百多元人民币，而我这可是一个月360美元呀！党和国家、人民为了培养我们这些留学生，是付出了很高的成本的！我有什么理由不拼命学习，有什么理由不努力争取早日学成、早日报效祖国！

1983年初我回到了北京大学化学系，聚精会神于教学与科研工作。经过多年的努力探索，终于在液晶高分子这个新兴的材料科学领域做出了一些原创性的重要成果，得到国际同行的充分认可和赞誉。1990年我升任北大教授，1995年任北大研究生院常务副院长，1999年当选中国科学院院士。2001年，我赴任国务院学位委员会办公室主任兼教育部学位管理与研究生教育司司长、"211"工程部际协调小组办公室主任、"985"工程办公室主任等职。2004年我调任吉林大学校长，2008年回到北大担任校长职务直至2013年春天卸任。践行了我永远听党的话，永远跟党走，永远服从党和祖国安排的入党初心。

工作不断变动，但是我对化学的热情始终未减。化学是物质

周其凤在进行科研

科学,研究物质变化的规律,并根据人类生存和发展的需要设计并创造新物质。在长期的学习观察中,我逐步体会到,化学不仅能够变废为宝、点石成金,学习化学还有助于开拓人的精神境界、提升人的文化素养。2019年,我写了一篇题为《人文化成》的小文章,发表在《大学化学》杂志上。"人文化成"是个哲学概念,认为通过人文可以教化天下。我在这里"偷换概念"借题发挥,认为"人文"也可以通过"化学"来养成,或者说"化学"有助于人文的养成。我举了一些例子来说明我的观点。比如,对"杂质"的认识有助于理解"兼容并包",有助于启发对"尊重少数"的自觉;对"位错""向错"等"错"的认识有助于加深对"美"的理解;等等。我还提出了"错者,美之始也;无错无美"的命题。一家之言,供有心者批评;同时希望借此启发思想,促进人文学科与自然科学的相互尊重,相互关切,相互借鉴,共同发展。

2013年卸任北大校长后,我开始了数年时间的"国际义工"生涯。在2015年于韩国釜山召开的国际纯粹与应用化学联合会(International Union of Pure and Applied Chemistry,IUPAC)大会

参观北大赛克勒博物馆

上,我当选为该组织的副主席即候任主席,2018年正式就任主席职务,任期两年,成为该组织自1919年成立以来的首位华人主席。我有幸以IUPAC主席的身份领导并参与了该组织的百年诞辰和联合国"国际化学元素周期表年"等重大国际庆祝活动,活动取得了巨大成功,也提升了中国在国际学术组织中的影响力。

参加中国化学会第31届学术年会

我今年 74 岁了,还有或长或短的一段路要走。回顾以往,我不以出身低贱为耻,自尊自强,一步一个脚印,在教书育人、科学研究、行政管理、社会公益、国际合作等方面都做出了些许贡献。细细想来,这都是党教育培养的结果。没有共产党就没有新中国,也没有我的家庭的解放。没有共产党,没有新中国,我这个昔日长工的儿子又怎么能够有机会进学堂,上大学,读博士,当教授,成为大学校长,当选国际组织的主席!我永远感恩中国共产党!永远感恩我伟大的祖国!我要高呼:"万岁,中国共产党!万岁,我的祖国!"

(采访整理:陈凯、李帅、明正、赵澄阳)

庞长春
执工匠之心，凝敬业之魂

庞长春，中共党员，1936年生，辽宁人，北京大学基建工程部教授级高级工程师。1960年从哈尔滨工业大学建筑工程系毕业，分配到北京大学基建工程处，从事基本建设管理及建筑设计工作。

在北大的三十六年

1960年9月，我从哈尔滨工业大学建筑工程系工业与民用建筑专业毕业后，被分配到北大基建工程处工作。我依稀记得当时的基建处由数排红砖小平房组成，就坐落于如今的太平洋大厦所在处。

被分配到北大基建处之后，我的第一个任务就是建设规模达35万平方米、总投资超过5000万元的昌平200号理科分校。为了圆满完成这项大工程，我每周乘火车，从清华园火车站上车，到南口下车，再走上一个多小时，才可到达200号工地，开始一

整天的施工管理工作，不舍昼夜。后来，国家提出"调整、巩固、充实、提高"方针，1962 年，200 号工程暂停施工。此时，我和团队共建设教学楼、学生宿舍、食堂以及配套设施达五万多平方米。

1965 年我又被派往陕西汉中进行三线建设，参与北大 653 分校的建设管理工作。我的女儿当时只有两岁，我无法亲自照顾女儿，只好把远在东北的孩子奶奶请来北京帮忙照看。1966 年"文化大革命"开始后，建设工作几乎全线停止，于是 1967 年 8 月我随同周培源校长回到北京。此时汉中分校已经建起了无线电楼、靠山的技物系楼、学生宿舍、食堂以及配套设施等。

几年后，北大在江西鲤鱼洲开办"五七干校"。1969 年 9 月，我带着刚满六岁的女儿乘火车前往南昌火车站，解放牌卡车把我们接到了鲤鱼洲。因为我是建筑专业出身，所以在鲤鱼洲，我每天扛着经纬仪，开始了建草棚的超平放线工作。起初，鲤鱼洲没有多少房子，简单搭建了很多草棚，我们就住在草棚内，条件较为艰苦，后来经过我们的辛勤工作，盖了很多干打垒平房，为 12 月大批来鲤鱼洲的老师们创造了较好的住房条件。直到 1971 年，根据中央的命令，我们才离开鲤鱼洲，回到北京大学。就在撤出前几天，我们一起坐在一辆大卡车上，游历革命圣地井冈山，受到了一次记忆深刻的革命传统教育。回到学校后，适逢大建防空洞的时期，我也立即加入了这项工程建设。

此后，北京大学开始建设新图书馆。为了尽快修建我校的图书馆，我们每天往返设计院帮助设计，画图长达两个多月，前前后后多次修改，夜以继日，马不停蹄，终于使得这座有350多万册藏书、2400个阅览座位的全国高校第一大图书馆顺利建成，为教学科研创造了条件，北大图书馆也成为中国乃至亚洲高校图书馆的重要代表。

北大建筑设计室成立后，我便自然而然成为其中一员，直至退休时，我们团队共完成校内外不同使用功能、不同规模的项目五十余项。其中有些项目，我一人负责完成两个专业的设计，有些仅承担结构专业任务。先后完成了新建项目、改造项目、增层项目、人防工程项目、抗震加固项目、特殊实验室项目（如钴源实验室、恒温恒湿实验室）、民用住宅以及公用建筑等各类多功能项目设计任务。

体育活动中心的设计和建设

北京大学体育活动中心是我设计过的难度最大、最具挑战性，也是让我最有成就感的一项工程。此项工程是在一些技术条件不具备的情况下完成的，它的多项设计在当时的体育建筑中是很大的创新。

1988年，为迎接1990年即将在北京大学召开的北京市第八届运动会高校组田径赛暨北京市高校第28届运动会，国家教委以"风雨操场"为名，批给北京大学共160万元投资建设基金，4000平方米面积的建筑用地。这个项目是当年国家教委批给北大项目中规模最大最为复杂的项目，北京大学从上至下都严谨对

待。同时，北京大学体育教研室提出了很高的功能需求，要有面向五四运动场的看台，有室内100米跑道及沙坑，有可打篮球、排球、羽毛球、网球和练体操等项目的大空间房子，有室内游泳池，有电教室及阶梯教室，等等。在80年代，放眼全国还没有一个已建成的场馆可以借鉴，只有清华大学建起了只带看台的风雨操场，但远远不足以供团队参考。如此高难度的项目摆在面前怎么办？

作为工程主持人的我是一名共产党员，我暗暗思忖，心知只能向前，不能退缩，在项目建设的过程中只能克服困难，战胜困难。因此，我绞尽脑汁，多方了解各项体育运动的特点，与体教老师密切配合，倾听意见要求，进行详细调查研究，做出多个建筑方案以备选择，最终得到了体育教研室的一致认同。

但是，这时又一个问题摆在眼前，大空间大面积的建筑要做框架结构才能实现，计算一品框架手算要用一周时间。由于该建筑方案使用功能多样，平面布局复杂，因此，其框架类型也复杂繁多，有九种不同类型的框架，需要九周才能计算完。情势所迫，我只好找出了北京工业大学袁耀明老师不久前研发出来的计算软件，学以致用，对带有斜杆的框架进行了结构计算，节省了许多时间。我一人承担了两个专业的工作量，当时又没有计算机绘图软件，我只能手绘建筑、结构施工图，加班加点，夜以继日赶工。回忆起当时那十足的干劲，我总会内心汹涌澎湃，那段日子里总共手绘不同大小尺寸的建筑、结构施工图101张，最终在水电专业同事的密切配合下，完成了这项艰巨的设计任务。

本次设计受到很多限制：建筑用地小；投资少；建筑面积固定；使用功能要求多；室外看台必须与原有运动场密切配合；室外百米跑道终点不能改变；原有锅炉房不能马上拆除；建筑用地西高东低相差 90 厘米……限制条件众多，局限性很大。加上体育建筑要求大空间、大面积、大跨度，因此，在全国高校还没有先例可借鉴的条件下，为把各种不同使用要求组合在一起，既保证平面布局合理，又符合体育建筑艺术造型等的构想，我在体育活动中心的工程设计中，进行了一些探索和大胆创新，筚路蓝缕，最终取得了成功。

当时，我国的建设方针是：适用、安全、经济、美观。在这条原则的基础上，我经过反复推敲思考，克服没有可借鉴的体育场馆的困境，完成了一个具有独创性的工程设计。该工程设计中，包含有 2000 多个座位的面向五四运动场的主席台及看台；含有一个可用于各种球类教学与训练的多功能训练馆；有 25 米长，6 条泳道，池深 1.6 米的游泳池；有室内 100 米跑道及沙坑；有体育教学用的阶梯教室（312 个座位），以及电教室、资料室、办公室；等等。整个设计过程，我特别注重充分利用空间这一点，在楼梯下设置了附属用房。因此，体育活动中心就成为一座平面布局合理、功能齐全、建筑造型简洁明快、气势雄伟、风格独特的具有创新特色的体育建筑。而且由于在结构设计中对屋面网球场荷载留有扩充余地，为 1998 年增层建设打下基础，这座创新型的体育活动中心真正成为北京大学体育教学、体育科研和体育管理中心。

1988年，体育活动中心的建设项目完成立项，同年6月完成设计，9月开工，总占地面积3574平方米，建筑面积4557平方米，建筑物全长138.5米，总宽度30.6米，实际可使用面积7000平方米，1989年年底竣工交付使用。

刚建成时的体育活动中心

施工期间我密切配合施工管理科的同志，经常前往现场，随时随地解决施工问题，共同保证了工程质量与工程进度，也保证了北京市高校运动会顺利在我校召开。当时放眼全国，还没有出现一个这样多功能的体育建筑，因此，它成为首创的多功能体育活动中心。这个中心的建成，是新中国成立以来我校建设的第一个室内体育馆。由于平面布局合理，具有大面积、大空间的特点，使用灵活性高，可以在室内进行多种体育教学与训练，解决了冬季的教学与训练困难问题，深受师生们欢迎。

体育活动中心具备许多开创性的特点。在空间方面，体育活动中心布局紧凑，充分利用了平面和空间，室内100米跑道的屋顶上做看台，训练馆屋顶上做两个网球场，因此成为充分利用面积的典型。同时，在视觉方面，建筑造型美观大方，有运动感，装修色调和谐，为我校校园增加一景。建成后，全国各地的体育界人士和负责基建工作的人士，纷纷前往我校参观学习，总结设计经验，这是我十分自豪的一件事情。

为总结建设经验，体育活动中心建成后，我撰写了一篇题为《北京大学体育活动中心》的文稿，发表在《建筑学报》1990年第11期上。该文稿被审稿的建筑专家评价为：解决了目前我国长期未解决的高校体育场馆建设中的重大问题，对推动高校学生、教职工体育锻炼、提高身体素质具有深远意义。这项工程可以说是一项独创，在同类建筑设计中也属罕见，具有非常重要的推广应用价值。

由于体育活动中心工程设计实践的亲身经历，我脑中充满了有关高等学校如何建设风雨操场的想法，于是我又撰写了一篇题为《高等学校风雨操场设计探讨》的文章，发表在《建筑学报》1992年第8期，提出了简易型、通用型和多功能型三种类型的设计，九种平面布局的方案，目的是为有需要建设体育场馆的院校提供参考。

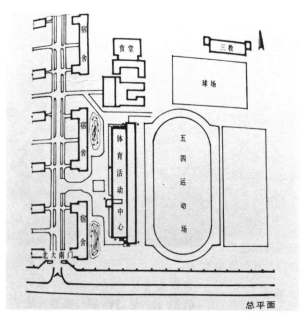

活动中心总平面图

体育活动中心的建成是 80 年代末全国高校在体育场馆建设的一个独创,也是 20 世纪全国高校体育场馆设计的重要突破。因此,吸引了各界人士前来参观、学习、借鉴,同时也给北大在任何季节条件下都能进行体育教学和训练创造了条件,这极大地改善了北大体育教学的办学条件。"完全人格,首在体育。"过去,北大在历次的高校运动会上都不占鳌头,中心建成后,1990 年 5 月,北京市高校第 28 届运动会在我校召开,北大一举囊括双冠,赢得了男女团体冠军的荣誉。这之后,吸引了许多著名运动员考入北大,更加提高了北大的体育水平和综合实力。中心的建成,除了为北大教职工、学生开展体育运动提供了场地之外,也为附近无运动场地的学校、企业、事业单位提供了国家标准的场地、健身房,为全民健身做出了不小贡献。

因此，我总结起来，中心的设计，在当时有四个方面的创新：一是建筑的面积小，却实现了体育设施的多功能用途；二是利用百米跑道的屋顶做看台在当时是没有先例的；三是利用训练馆屋顶做两个网球场地在当时极为少见，为后来增加一层创造了条件，设计具有超前性；四是充分利用平面和空间，人流无交叉，各项使用功能不干扰，既保证了使用需求，又节省了大量投资。

活动中心的建成是全国高校工程设计历史上的重要创新，该工程被评为1991年度国家教委"优秀工程设计表扬奖"。由此，国家教委将北京大学建筑设计室也由丙级晋升为乙级（设计所），提升了北大建筑设计室的设计资质。

紧跟时代步伐，退休不褪色

在职期间，我除了按时完成我的设计工作之外，还曾给北大夜校、地质地理学系新成立的规划专业、力学与工程科学系等的学生讲授"房屋建筑学"课程。因此我常笑谈，自己真是"哪里需要就往哪里搬，哪里需要就完成哪里的任务"。

退休后，起初，我被聘为北京煜金桥通信建设监理咨询有限责任公司顾问，曾到四川为CDMA网络选址、审查设计图纸、选基站等。之后，我又被冶金部中冶建筑研究总院远达监理公司聘为总监理工程师。这段时间我负责监理了三个项目，并都率领团队圆满完成任务。

　　由于年岁关系，2004 年，我又重新拾起了教学工作，先后在北京圆明园学院、北京现代管理大学讲授房屋建筑学、建筑工程制图、钢筋混凝土及砌体结构、建筑材料、钢筋混凝土结构设计等五门课程，我奉行理论与实践相结合的教学理念，经常带领学生到施工现场边参观边讲解，达到了理想中的教学效果。我始终认为，读万卷书、行万里路，因此我利用出国旅游的机会，拍摄各国著名建筑照片，并将照片整理分类在课堂上展示，这样有助于拓宽学生的知识面，有利于学生理解教学内容，这种教学方式很受同学们欢迎。我热爱教学事业，为培养年轻人成为国家人才，辛苦点我是无悔的，我是一名共产党员，这是我的职责所在，也是我的追求。在这七八年的教学实践中，我培养出来的同学，有的现在还继续联系，保持着良好的关系。因此，我也曾被现代管理大学评为 2008—2009 年度课堂教学十佳教师。

　　随着网络时代的到来，我也不甘落后，紧跟时代步伐，继续学习。我下定决心，年轻人会的，我也一定要学会，每个新事物出现，我总要试一试，这是我的性格所致。我拥有一颗强大的好奇心，愿意接受新事物，肯于学习，不懂就问，谦虚包容——"活到老，学到老"是我的座右铭，一直指导着我的人生。感谢国家，感谢党，在党的培养教育下，我养成了做事认真、踏实谦虚、学以致用的优良品格，紧跟社会发展步伐、终身学习，并于 2018 年获得北京大学"老有所为学习之星"荣誉称号。

　　五洲寰宇，换了人间。回忆我来到北大的六十年，弹指一挥间，一直都在忙忙碌碌中度过，哪里需要我，我就去哪里；叫我做什么，我就做什么。我见证了我们国家各个时期的发展变化，深深地体会到，"没有共产党就没有新中国""只有共产党才能救中国"是千真万确的。

为了弘扬中华文化，我坚持在网络上学习中国古典书法，以我学习中国古典文化的感言结束我在北大六十年的生活故事，庆祝党的 100 岁生日。

八十五岁学书法，听听写写落不下；
认真作业听点评，学习效果真不差；
书法老白不服输，紧赶青年笑哈哈；
学书百天在耐力，坚持必有成果佳；
虽然不想成名家，也要明白古文化。

郑莉莉
党旗下前行的征程

郑莉莉，中共党员，1936年生，上海人，北京大学信息管理系教授。1959年开始在北京大学任教。兼任中国图书馆学会学术委员会委员、儿童图书馆专业委员会副主任、教育部基础教育课程教材发展中心中小学阅读图书评审专家组成员。出版著作、译作十余部，在国内外发表论文、译文数十篇。

童年漫忆

伟大的中国共产党自1921年7月诞生之日起，就为民族独立、人民解放事业英勇奋斗，从唤醒民众、领导武装起义、建立革命根据地、走上长征路、抗日战争、解放战争到建立新中国、抗美援朝等，辉煌的征程中，无数革命先烈、共产党人前赴后继、流血牺牲，进行了不屈不挠的斗争。在社会主义建设、实现四个现代化、推行改革开放、建设社会主义国家的豪迈历程中，一代代共产党人坚持不懈地进行艰苦卓绝的斗争，领导中国人民顽强拼搏，使贫穷落后的中国发生了翻天覆地的变化。作为党的儿女，为建党100周年的伟大成就而热烈欢呼！

我们在党的哺育下成长，无限感激党的教育和培养。生活在这个伟大的时代，始终感受到国家飞速的进步和发展带给我们的幸福感和自豪感。

我的童年是在灾难深重的旧社会度过的。父亲在上海数人合办的一所不大的小学校里当了几年校长，我们姐弟就在这所学校读书。

童年的记忆里，抗日战争全面爆发，警报声响，赶紧灭灯吹蜡，摸黑躲藏。一天，一枚炸弹被丢在学校门前，恐惧万分的全校师生躲避在校园内，不敢动弹。万幸的是炮弹没有爆炸，一直等到排除了危险我们才放学回家。

此后，我们全家就逃难投奔到安徽芜湖的叔叔家，住进了茅草房。生活贫困，靠父亲当小商店会计的工资，难以养活一家老小。终于逃不脱骨肉分离的命运。记得那年冬天，妈妈刚刚生下第五个孩子，在月子期间，她就坐在床上哭泣，那是撕心裂肺的哭声。爸爸妈妈抱着孩子，在她身上寻找特殊的印记，忍痛把这个婴儿送进美国在当地办的慈善机构——育婴堂。我哭着喊着跟在抱着婴儿的爸爸后面，想着哪天我就去领这个小妹妹回家。紧闭的大门里走出一个修女模样的人，把孩子抱进去了，送出来空空的包裹婴儿的被单。后来，我听说，家里又商定再把第四个孩子送给人家，只是因故才留了下来。

追忆往事,灾难、眼泪,生活里布满了阴霾,街上到处都可以看到乞讨的乞丐,穿着破衣烂衫的逃难者,当时无数家庭都有一本血泪史啊!

黑暗中度日,痛苦难熬,我们心情十分沉重。班里有强烈求知欲的女同学,在"女孩子认几个字就可以了"的贫困家庭里,被迫辍学。联想到自己随时可能遭到同样的命运,我也充满了危机感。

我在芜湖简易师范学校读书时,遇到一位代课老师,姓吴,是地下党员,他教大家跳秧歌舞,唱"山那边哟好地方"(原词是解放区哟好地方),给学生营造了新颖有生气的氛围。吴老师的举动引起了其他人的猜疑,芜湖解放后就在我们身边的教师和同学中间,揪出了几个国民党特务。可见无数地下党员在隐蔽的战线上,冒着被反革命势力威胁、迫害,甚至坐牢、杀头的危险,仍在黑夜里为人们点亮一线光明,在群众中播撒革命的火种。是共产党员以舍生忘死的革命精神,唤醒民众翻身求解放的觉悟。

解放的炮火摧毁了旧中国,中国共产党领导千百万被奴役的人民挣脱旧社会的枷锁,获得了新生,走上了建设幸福生活的道路。新中国成立以后我才有了继续求学、读书、深造的机会,从此改变了个人的命运。

留苏岁月

新中国成立初期,中国共产党要在一穷二白、千疮百孔的烂摊子上建立一个崭新的中国,担负如此艰巨的重任,需要有极大的勇气和胆识,也必须具有智慧和策略。在政治、经济、文化、教育各条战线上培养大量的人才,是国家建设的一项重要任务。

为此,中央决定派遣大批留学生到苏联学习。我有幸成为被派遣的留苏生的一员。经过政治审查、体检和考试,各门成绩都合格后,在外国语学院留苏预备部集中学习一年俄语,我们便启程赴苏学习。1955年的秋天,我们告别祖国,坐了七天七夜国际列车,到达莫斯科。

20世纪50年代,郑莉莉(前排左四)在苏联留学期间参加联欢会

莫斯科是苏联美丽的首都,莫斯科河在城市穿行而过。雄伟的红场上一群年轻人挽着臂膀,唱着优美动听的歌曲,赞美苏维埃和平的生活,令人羡慕。

尤其令我印象深刻的是,第一次坐通往地下的电梯,到了豁亮的地铁站。当时,感到一切是那么神奇,简直像进入了童话世界。第一次感觉到高楼林立的地面之下,如此深邃的地方,居然可以坐在明亮的地铁车厢里,快速穿行到城市的各个角落,去往距离莫斯科中心遥远的地方。我由衷赞美苏联这个世界上第一个

社会主义国家有如此发达的交通工具,期盼着什么时候我的祖国也可以拥有这样便捷的交通工具。

岁月飞逝,时光荏苒,进入了20世纪60年代,我们国家终于也建起了自己的地铁。值得提起的是,60年代初,中苏关系破裂,援助中国的苏联专家撤离,他们带走了大部分工程图纸,造成了工程建设中的种种困难。在这个前所未有的复杂的建设过程中,我国的建设者们在这些困难面前,不畏惧、不退缩,勇于担当,集体中涌现出许多敢于拼搏的闯将,尤其是中国工程院院士施仲衡——当年留苏学习地铁专业的第一人,在攻克难关中发挥了重要的作用。他利用专业知识和相关资料,与专业技术人员一起艰苦奋战,使得北京地铁一期工程继续推进,终于成就了伟大的事业。1965年,北京地铁一期工程动工,这是中国第一条地铁。随着全国城市化的进程,地铁建设迅速发展。现在我国许多大城市,如上海、广州、沈阳、重庆、西安等地都建起了地铁。截至2018年6月,我国城市轨道交通的投入运营总里程已经超过5000公里,成为世界之最。在城市里,地铁四通八达,满载着人民的希望,通向幸福的未来。

随着国际形势的变化,1991年苏联解体。半个多世纪过去了,中国与俄罗斯两个国家重新携手,友好往来,现在两国的友好关系处于历史上的最好时期。北京城建设计发展集团还承接了莫斯科地铁的部分设计工程。两国的合作将会取得优异的成果,两国人民的友谊源远流长。

亲历巨变

我于1959年毕业回国,服从教育部的分配,愉快地走进北京大学图书馆学系(现信息管理系)工作。

北大是中国最早传播马列主义的主要阵地之一,是一所具有光荣革命传统的大学,五四运动、"一二·九"运动等爱国学生运动都是在这里首先爆发而燃遍全国的。北大历史上有众多革命烈士,为推翻旧世界建立新中国忘我奋战,历经磨难,在与内外敌人的英勇斗争中,高举战斗的旗帜倒在了血泊中。北大树立了信仰的丰碑,革命精神代代相传,这种精神时刻给予人启迪和教育,鼓舞人们增强前行的勇气和战胜困难的决心。在党的教育下,我校广大师生继承北大光荣革命传统,不忘初心,在建设社会主义国家的道路上,不断进取,为创建世界一流的新北大努力拼搏!

北大图书馆是李大钊、毛泽东工作过的地方,他们在这里传播马列主义的革命思想,点燃了与反动势力抗衡斗争的火焰。1970年我在这里加入了中国共产党,誓为党的教育事业奋斗终生!

正是在这充满激情的年代,我们信息管理系在党的领导下,取得了长足的进步,发生了巨大的变化。1947年仅仅是附设在中文系的图书馆学专修科,新中国成立后才独立建系。为了适应社会科学、自然科学蓬勃发展,图书情报机构剧增的状况,系里每

年招收30—60名本科生远不能满足社会的需求。我系便采用多种形式办学,除招收在校生外,又在北大最早开办函授教育,从1956年开始几十年间在全国几十个城市中设立了函授站,共招收学员14000多人。

我系的教师勤奋地在校进行教学、科研,认真地教书育人,编写出一大批新教材,撰写了大量的著作、译作;同时,不辞劳苦地奔波到全国各地的几十个函授站授课,还经常应邀到各种专业培训班讲课,为社会培养了大批在职干部。现在我系依然以夜大、远程教育等形式扩大招生范围,使广大青年和在职的工作人员也能受到专业教育。

几十年来,我系已有7000多名学生毕业离校,为祖国建设贡献力量。现在我系已有图书馆学、情报学、信息管理与信息系统、编辑出版学等专业,设立了图书馆学教研室、情报学教研室、图书馆发展研究室、文献与出版研究室、信息系统研究室、信息组织与信息设计研究室、情报分析研究室、信息行为研究室等组织机构。成为培养本科生、硕士生、博士生的国内知名图书情报教学、科研单位。我系正在为大数据、大智慧时代培养创新型、复合型人才贡献力量。

20世纪80年代以来,信息技术的飞速发展掀起了全球性信息革命新浪潮。中国紧紧跟上技术革命的潮流,整个社会生机勃发,进入了一个新的发展阶段,有了翻天覆地的巨变。经过几十年的努力拼搏,我国人民在迎头赶上,在超越,中国在诸多领域已经跨入世界先进行列。

记得从20世纪50年代开始,我国各方面的工作,政治、经济、文化、教育、军事等各条战线,包括图书情报教育事业,都"一边倒"按照苏联的模式搞建设,全面向苏联学习,我们始终跟随其后。50年代我在苏联学习时,感到我国和苏联相比各方面都差距甚大。但1988年我作为访问学者再次到苏联进修时,清楚地记得列宁格勒国立文化学院校方领导接待我时的第一次谈话就对我国的建设成就高度赞扬:"现在科学技术的发展、计算机在图书馆的运用,中国走在了前头。你们已经超过我们了。我们国家必须很好地向中国学习!"这是多么大的变化,我无比激动、振奋!

1988年,作为访问学者再次去苏联进修,红场留影

还有一件让我深受教育的事。记得我刚到苏联,被分配到莫斯科国立图书馆学院学习。当年,苏联的图书馆事业非常发达。在学习期间,我们去参观了各种类型的图书馆,给我留下了最深刻印象的是参观盲人图书馆。那所图书馆尽管规模不大,但可以

方便盲人阅读,让他们可以利用图书资料,这令我感到非常吃惊,简直不可思议。我想,这在我们国家完全是一片空白,什么时候让中国的视障人这个特殊群体也能走进图书馆,那可真是遥远的梦想。然而,这个梦想竟然真真切切地在我国实现了。2011年6月就在北京城南陶然亭公园旁,矗立了一座盲人图书馆——中国盲文图书馆。整座大楼里,不仅设立了图书馆,还有中国盲文出版社。这是一座规模可观、设备齐全的图书馆,具有各学科的供盲人读者用手指触摸进行阅读的盲文图书,还有提供给盲童学习外语的外文图书,通过声音帮助儿童认识各种事物,进而掌握语法规律;这里有专供盲人读者阅读的几十台电子计算机,他们照样可以上网搜索,掌握丰富的科学知识,感知变化莫测的世界。盲人读者配合阅读,定期在大楼的影院里欣赏影片。图书馆里设有专门的展览馆,介绍党和国家有关政策以及我国盲人教育事业的发展。还有供盲人读者触摸的文化、科技等各种类型的展览。另外还有显示读者学习成果的专题展览,展出巨幅书法、绘画、手工艺术品等各种作品。水平相当高,真是令人赞叹不已。这里是全国盲人图书馆的中心,也是国际交流中心,经常召开国内外与盲人图书馆有关的专业会议。盲人读者以小组活动的形式阅读《诗经》《周易》等经典著作,有几种小组是学习外国语言的,还有文化艺术的小组学习美术、音乐。这些视力障碍读者的学习热情非常高涨,这也充分说明中国保障了视障人享受民主生活的权利。

百年感怀

100年来，是伟大的中国共产党唤醒了人民大众的觉悟，中华民族站立了起来，挺起了胸膛。在改天换地改造世界的热潮中，自强不息，英雄辈出，创造出惊天动地的奇迹。中国时时都在完成振奋人心的工程，处处都在传递胜利的捷报。

在壮美的天安门广场、在城乡无数的广场和宽阔的大道上，男女老幼满怀激情地高唱"我和我的祖国""我爱你中国"，嘹亮的歌声响彻中国的广袤大地，唱响人民心中满满的获得感、幸福感和安全感。

今天中国人民"可上九天揽月，可下五洋捉鳖"。为国增威的"两弹一星"上天了，中国的探月器不但到达了月球的正面，而且是世界上首次实现在月球背面着陆。中国有了自己的航母，研发了隐形第五代制空战斗机歼-20，生产了自己的定位系统"北斗"。

中国的高铁，已经是世界名牌。现在高铁和高速公路的运营里程均居世界第一。我国的核电站、无人机等，都处于全球领先的地位，太阳能发电技术也是我们的强项。

更令世人惊叹、敬佩的是，中国广大农村雷厉风行地打响脱贫攻坚战。党的十八大以来，全国累计选派300多万县级以上机关、国有企事业单位干部参加驻村帮扶，197.4万乡镇扶贫干部和数百万村干部奋战在脱贫一线，终于使千百万贫困落后的村庄走上致富的康庄大道。这是历史上绝无仅有的壮举！

这一桩桩一件件事都是中国共产党领导全国人民战天斗地实

现全面奔小康的伟大战绩,更显示了执政党的智慧和勇气。

2020年,面对突然袭来的新冠肺炎疫情,在这场生死角逐的战斗中,中国共产党充分体现出其号召力、凝聚力。面对这场没有硝烟的战争,党中央积极组织群众,火速从全国各地调集医护人员支援武汉,全国动员,打全民战争,在浩大的声势中控制住了疫情。

中国提出的"一带一路"倡议,获得越来越多国家和地区的认同,成为连接世界各国的纽带,促进各国的经济发展,推动构建人类命运共同体。中国在国际上发挥着越来越重要的作用。

中国能取得伟大胜利的根本原因,是中国人民在历次挑战艰难险阻的革命斗争中,在热火朝天的建设浪潮中,深刻地认识到"没有共产党就没有新中国"的革命真谛。所以全国人民坚定地跟党走,团结在党的旗帜下,浴血奋战,不怕牺牲,努力拼搏,夺取胜利。

中国共产党能取得如此崇高的威望,重要的原因是我们有心系人民的领袖。在习近平新时代中国特色社会主义思想的指引下,中国正在走向"强起来"。在庆祝中华人民共和国成立70周年大会上,习近平总书记有力地发出时代的最强音:"没有任何力量能够撼动我们伟大祖国的地位,没有任何力量能够阻挡中国人民和中华民族的前进步伐。"

在庆祝建党100周年的今天,我们要更紧密地团结在党的旗帜下,为实现中华民族的伟大复兴,建立繁荣昌盛的社会主义现代化强国而不懈奋斗!

赵柏林

探索大气的奥秘

赵柏林，九三学社社员，1929年生，辽宁辽中县人，北京大学物理学院教授，中国科学院院士。1952年毕业于清华大学气象系，1991年当选为中国科学院学部委员（院士）。进行了人类首次乘气球入云测量云中电荷，研制多频微波辐射计系列，建立光学遥感气溶胶和二氧化氮的新方法，建成低空大气遥感系统在海洋进行观测。

亡国奴的屈辱生活

1929年，我出生在辽宁省辽中县。那个时候我家是农民，按现在来说，算是富农，因为我们种自己的地，农忙的时候还会雇人来帮忙，家里还做点开豆腐房之类的小买卖。

然而，短暂几年后，东北陷入日本的魔掌，我们家也陷入苦难。1931年九一八事变不久，日本就占领东北了。我的父亲当时正在沈阳念书，逃难去了北平投靠我的外祖父。后来1933年，我们全家都到了北平。我的父亲当时在辅仁大学读数学系，后来也因为北平的兵荒马乱读不下去，转去了在南京的学校。而我们家其他人则留在北平。

1937年，全面抗战爆发，北平也沦陷了。我的妈妈带着我和我的妹妹跑到汉口投靠舅舅和外祖父。1938年，父亲毕业了，在一个制泥厂里当会计。南京陷落后他迁到陪都重庆。我大概八九岁时，我们家也搬到重庆。至今我还记得，那时候日军天天轰炸重庆，重庆天天响警报，民众只好躲进防空洞。我们小学都已经腾出来给难民住宿。日军大轰炸下的那种生活现在的人无法想象，真是悲惨极了！天有不测风云，生活的打击来了，1939年，父亲病逝在重庆。无奈之下，母亲带着我们从重庆流亡，经昆明一直到越南河内。后来，舅舅资助了我们一点经费，我们就从越南回来，坐船到天津，最终又回到北平投奔我外祖父。

然而，当时的北平处在汪精卫、王克敏等汉奸的统治下。这个时候我在第三中学读书，第三中学唯一的特点就是便宜，学费低。在北平过了三年，我母亲也因贫病交加去世了。当时我也就是十二三岁的样子，父母双亡，留下我孤身一人带着我的三个妹妹。这个时候，在北平也待不下去了，我就把妹妹送到东北老家去了。后来我去了两次东北，亲眼看到东北伪满洲国的人民生活在水深火热中，当时华北这边日本统治还没东北那么残暴，东北人民真的是太艰难了。不要说自由了，连基本的生活都没有。我真切感受到亡国奴的日子真是太悲惨了。

后来战乱纷扰，外祖父又把我的妹妹们接到北平。可是生活也没着落,我只好把两个小妹妹送到慈幼院。

我的少年时代,可以说是家破人亡,颠沛流离,从东北,到北平,再到汉口、越南河内,再到天津、北平,无一安宁之日,经历了日本的轰炸与侵略,沦陷区汪伪政权、伪满洲国的残暴统治。亡国奴的屈辱生活,给我留下惨痛的记忆,使我深刻明白了:没有国哪有家?没有家哪有自己的幸福生活?要建设强大的祖国,才能保障人民安定的生活,这是我后来治学科研的强大精神动力。

走上气象研究之路

1945年,抗战胜利,我于北京师范大学附中读高中。我读书比较努力,因为我觉得上学的机会对我来说很难得。当时我喜欢学数学,碰着数学题我就爱钻研。老师的教导、鼓励使我视野顿开,探求真理,偶有所得。当时老师讲到拉格朗日内插法,说他自己也不知道这个公式是怎么推导出来的,但是知道用它是没有错的。后来我就不断地琢磨,最终把拉格朗日插值多项式给推导出来了。我对四次方程解法提出新的见解,受到老师韩清波、吴越阡的赞扬,他们认为这是创新。除了纳入教学内

1945年初中毕业

容外，还通过教育部推荐为在墨西哥举办的联合国教科文中学生展览会的展品。当时还没有复印技术，我的论文都得靠人工手抄，我们学校好多人都帮我抄，后来碰上我的高中同学，他们还跟我说：我当时还给你抄过论文呢！

1948年，我考上清华，并获得学校的奖学金。后来，由于家境困难，我还是想要退学，去潞河中学当中学教员，以便养家糊口。此时，我得到李宪之、谢义炳教授的帮助，在清华大学谋得半时助理一职，就这样我半工半读完成学业。

在清华我就读的是气象专业，之所以要选择气象专业，说来话长。当时国民政府迫切地要发展民航，而发展民航需要地情信息，主要就是气象。当时大气学科不发达，飞机经常出事故，王若飞烈士、叶挺烈士，还有国民党的戴笠都是坐飞机出事故的，这些都是因为缺乏地情信息。这些地情信息美国不会提供给我们，只能靠我们自己来测量，因此这个行业对人才的需求量非常大，待遇也比较好。其实本来我想学物理，但是物理老师跟我说：你不要学物理，物理在中国现在是不会发展的，物理需要有很大的投入，而国民政府是不会投入的。但是气象不发展也得发展，因为必须发展民航！总的来说气象专业就业机会多，我便去了气象专业。

乘气球测量云中电荷

1952年，因为院系调整，清华气象系全部并入北大物理系，我作为助教也一并来到燕园。

1954年,在谢义炳教授的力荐下,我成为苏联动力气象专家阿基诺维奇的学生。我是10个进修生中唯一的大气物理学者,我的背景是最差的,我别无选择,只有加倍勤奋,才能赶超别人。经过两年努力,我以优异的成绩完成了论文,受到专家们的表扬,成为新中国第一个参加副博士论文答辩的研究生。

1957年我去苏联留学。刚到苏联的时候,我去的是莫斯科大学,当时正好赵九章先生在苏联访问,他说我在莫斯科大学不会学到什么东西,把我介绍到苏联科学院去。于是,我赴苏联科学院应用地球物理所进修,苏联科学院因为我是赵九章先生推荐的,很重视我,给了我一个项目——乘气球到云中测电。在费德洛夫院士的指导下,我以"云中的电荷"为题开展研究。这个项目给我50000卢布,当时1卢布相当于8元人民币,所以这笔钱大概相当于40万元人民币。

我们四个人——机长、领航员、报务员,还有一个科学家,也就是我——乘坐氢气球进入云中。我在上边主要的工作就是在云中取样,测云中水滴的电量有多少。这个气球从莫斯科出发一直飞到乌拉尔,大概有1000多公里,飞行两次,总共历时20多个小时。我们坐气球飞至1000—3500米的高空,进入云中,进行云中电荷的测量,取得一批电荷资料。

这个实验从现在看确实是很土了,而且相当危险。气球是氢气球,起飞就是靠往地下扔沙袋,重量轻了,气球就上去了;想要下降就一拉开关,把氢气放出来一些。这个技术在今天看来是非常落后的。气球上到3000多米时,正是我们气象所说的西风急流——其实领航员的控制力很小,实际上我们就是沿着西风气流向东飞,所以真的有很大的风险,面临很多不可控因素。到了乌拉尔以后,开始慢慢放气、降落,结果降落的时候遇上一阵强风,我就从筐里摔出去了,头也摔破了。

20 世纪 50 年代留学苏联时留影

虽然今天看来技术很土,但是在云里边直接观测云电荷这样一件事,在当年是从来没有过的,我们算是开了先河。这是人类有史以来首次乘气球测量自然云中的电,我写成论文,在苏联科学院的院报上发表了。苏联后来就把这件事向世界气象组织报告了,世界气象组织的公告(bullet)里公布了这项科研成果,受到国内外的关注。公告被中国人看到，大家十分疑惑：公告里怎么有一个中国人呢？因为当时国家科研能力不强，世界公告上有中国人的科研成果是比较罕见的。

气象研究新征程

1959年我从苏联回国后，就在北大气象专业教云降水物理。

1969年以后，我进入了一个新领域——微波遥感。1969年年底，空军一位同志来北京大学找我，询问有没有办法解决无气球探空的问题。无球探空是什么意思呢？军事上要炮击，必须得进行气象修正，弄清楚高空气象条件，炮才能打准，所以必须有一个气象资料。常规的高空探测都是放气球升空测量，但气球升空就会被敌方发现。当时正在抗美援越，气球一旦出现，美国飞机会来轰炸，造成巨大损失。因此军方就问我们能否实现无球探空。

据我推测微波遥感有这种可能性，当时世界上也只有这种猜测而已。用微波进行遥感，这是我的预感。但是，当时我对微波遥感知之甚少，我也预计到它的难度，经过慎重的考虑，我还是毅然接受这一挑战，下决心要奋斗、拼搏，使之成功。我就按照这个思路做了一个方案，空军很赞同，支持我成立了项目。用一年时间我完成了理论推算，并通过了同行专家评审。1972年，经过我领导的研究小组与专业仪器厂工人的共同努力，终于研制成功5 mm波段的微波辐射计，这在当时引起了轰动，它与美国同等研究成果几乎同时期发表。以后我们又陆续研制了5—30 mm波段五个频率的微波辐射计系列，使得这一研究成果跨入世界先进行列。

这项成果于1986年获得国家教委科技进步奖一等奖，1987年获得国家科技进步奖一等奖。为什么能得到这个奖？早在抗美援朝时期，西方资本主义阵营签订了"巴统协议"，对中国进行贸易和技术禁运，波长短于2 cm波段的微波都是禁运的，而我做的项目里边用到的就是5 mm、8 mm、1.35 cm的微波，它们全都是禁运的。这些微波技术中国过去也没有，我们项目一切都是从头开始。我的这个仪器上，没有一个部分是国外进口的，相关资料也是我自己找到的。因此这个项目可以得到国家科技进步奖。

80年代，日本振兴协会请我到日本去讲学，我在讲学的时候提到这个项目，日本学者很惊讶：在日本，一个大学要完成这样的项目，是很不容易的。后来他们主动邀请我参加世界气象组织国际卫星云气候计划的西北太平洋云辐射计划。当时我们带着自己研制的仪器到日本去做实验，从事云辐射对气候变化影响的研究，三次在日本奄美大岛及潮岬进行海洋大气观测，获得成功。

1992年在日本名古屋召开国际海洋、云与气候研讨会。西北太平洋云辐射计划推动了中日云辐射、气候研究合作，在国际上受到重视和好评。这一事例在日本被NHK摄成电视录像，日本报刊上报道了18次；在国内举行了大型报告会，国内主要报刊皆做了报道，并被评为国家自然科学基金资助优秀项目。

1994年又开始了淮河能量与水分循环的实验研究，该实验以中国为主，由我来负责。国内大概有20个单位参加，日本参加的单位也很多。因此我们说淮河实验是一个世界性的项目。该项目使气象预报与水文预报结合起来，提高了降水预报，特别是淮河梅雨预报的水平。此外，该项目的实验研究成果及资料，报送世界气候研究计划（WCRP），也供中国气候研究使用。2006年，该项目获教育部科技进步一等奖。

深怀感恩之情

我现在已经九十多岁了，回顾九十多年的历程，在新中国成立前，我经受了颠沛流离的磨难，之后才逐渐有了发展。1949年一直到现在七十多年来，我都是在共产党的领导下成长，党和国家给我了很多机会，改变了我的人生，包括我家人的人生。我两个妹妹从慈幼院出来，后来也读了大学，有了幸福的人生，这在解放前都是不可想象的。因此，我深深感谢党，感谢新中国。

此外，我也特别感谢北京大学。北大一个非常好的地方就在于，它会给你各种机会并且支持你。就拿我自己来说，我跟苏联人有过合作，跟美国人合作过，跟日本人也合作过，正是因为北大这个平台，我才能有这样丰富的交流资源和合作机会，因此我很受益于北大。我跟日本合作二十年，比如名古屋大学武田教授跟我合作，他说："我跟北大这样的排名第一的大学合作很光荣，日本名古屋大学在日本怎么也排不到第一位，可能只能排到第四、第五。"所以北大的这个平台特别宝贵。北大的环境也特别好，给我创造了很多条件。在北大，我感觉到，一个学者想要多做贡献，北大一定会全力支持。我先后荣获了很多奖项，这些荣誉都是在北大获得的。从 1952 年到现在，我在北大已经快七十年时间了，我非常感谢北大。

担任第九届全国政协委员

多年来，我一直遵循这样的信条：人生只有一次，要奋斗，要拼搏，要光明磊落，不枉今世，做事要认真到底，绝不能得过且过。我理解"破釜沉舟"和"置之死地而后生"的深层含义，我欣赏这种气概。我十几岁时父母先后去世，不久外祖父又病故，不得不自立谋生，承担起抚养家人的责任。我靠勤工俭学勉强读完大学。生活使我真正懂得自力更生、艰苦创业的意义。摆在我面前的事情，只有最终取得成功，我才有出路，这也是兢兢业业的真谛。

现在青年人要做科研，我有两个建议：第一，不能光在北大校园里、光埋头在实验室里研究，要走出北大、走向全国，进行社会实践；第二，在走向全国的基础上，要走向世界，要有增进全人类福祉的志向和心胸。走出去需要有勇气，出去肯定有风险，但是世界上是没有零风险的事业的，冒风险才能干成大事。

（采访整理：陈凯、向柯帆、吴伯涵）

胡 军
我与新中国共成长

胡军,中国民主促进会会员,1951年生,上海人,北京大学哲学系教授。1977年考入哈尔滨师范学院,1985年赴北京大学哲学系读书,1998年起在北京大学哲学系任教。先后担任民进中央文化艺术委员会主任、中国现代哲学研究会副会长、北京市哲学会会长等职务,著有《知识论》《道与真——金岳霖哲学思想研究》《分析哲学在中国》等著作。

从上海到东北

1951年,我出生在上海城隍庙东南方向棚户区一个贫困的家庭里。一家六口人住在十平方米左右、非常简陋的楼房里。楼上住户的走路声、干活的噪声听得清清楚楚,即便是晚上大小便的声音、邻居睡觉的呼噜声我们也听得十分清晰。这个棚户区住着三十来户人家,生活都比较困难,但最困难的还是我家。

棚户区几十户人家似乎都没有什么文化，根本就没有看书、写字的人，更没有什么高雅的兴趣爱好。不知出于什么原因，我从小就喜欢看书，更喜欢音乐和体育等。我十来岁就开始帮妈妈做针线活，坐在矮凳子上，一边干针线活，一边看书。尽管有强烈的读书愿望，但家里和邻居家里根本就没有书，我只能经常去附近的新华书店看书。新华书店的服务员看见我长时间站在书架前拿书看，很不高兴，他们怕我的手把书的封面弄脏了，就不让我进新华书店。不得已，我就去旧书店。我家附近的城隍庙里有一家旧书店，离我家较远的淮海东路有更多的旧书店，我经常在不同的旧书店里转来转去看书，其实我不是去买书，只是在那里看书。因为书店里都是旧书，我拿在手里也不会弄脏书，而且旧书店里的书非常便宜，遇到自己感兴趣又便宜的书，我也会买一两本。

17 岁时在上海城隍庙

我自己也不得其解，为什么从小对画画、音乐、体育等有很大的兴趣。小学三年级时我就参加了学校的跳绳比赛，以单摆一

分钟307次获得全校跳绳比赛第一名。读初中时，我是班里的体育委员，课间操时我站在全班同学前面领操。后来体育老师让我爬上两米高的领操台上给全校师生领操。不久我参加了学校的体操队，经过严格训练后，我参加了上海市的业余体操比赛，拿过名次。我们的中学因为乒乓球、体操在上海市的比赛都拿过前三名，也就成了业余体校。

"文化大革命"爆发后，居委会知道我会画画，就让我在弄堂口外的二层楼上的外墙上画伟大领袖毛主席的画像。几年后毛主席号召："知识青年到农村去，接受贫下中农的再教育，很有必要。"我本可以不下乡，因为我姐已经去了上海的崇明岛。但我积极响应毛主席的号召，1969年9月，瞒着妈妈，自己拿着户口本到派出所报名，去了黑龙江嫩江农场。当年9月13日，我坐火车离开上海，坐了三天四夜的火车才最终到达黑龙江嫩江农场。

我在嫩江农场时，既要参加艰苦的劳动，又要在半夜读书自学。1977年，恢复高考，我积极报名参加高考。我的高考成绩很好，但那时候我是嫩江农场场直中学的老师，根据当时黑龙江省的政策，我只能上师范类学校，并且只能在本省上学。因此，我就在哈尔滨师范学院政教系读了四年。大学期间，我学习成绩优秀，还积极参加学校和省级的英语比赛，参加了象棋比赛、书法比赛等。因此，毕业以后，政教系的领导和老师一致同意把我留在系里当老师。

1985年，教育部出台了一个新的关于职称评审的规定，即要申请副教授、教授必须有硕士学位、博士学位。哈尔滨师范大学师资科的科长给我看了这一文件，并鼓励我去念学位，她认为我的英语很好（我当时是哈师大英语学习班的班长），专业更是没有问题。当时读学位的方式是委托培养，我也就大着胆，报考了北京大学哲学系。考试的结果是我的成绩最好，排名第一，专业、英语都90多分，远远超出了其他的考生。哈师大政教系的领导和老师非常高兴，认为我为哈师大争了光，于是去北大读学位前特意给我安排了一个欢送仪式。

我在北京大学哲学系攻读学位共花了六年时间。我的硕士学位论文、博士学位论文得到了评委们极高的评价。1991年7月毕业后，根据委托培养的规定，我回到哈师大政教系工作。当年年底就破格晋升为副教授，1993年7月晋升为教授。

在师大工作期间，不少人建议我担任政教系主任和校级领导，不过我本人对行政职务没有很大的兴趣，但对去北大工作一事我却十分积极。在北大读书期间，我的学位论文得到了评委们的高度评价，学位论文出版后又得到了国内外不少学者的赞赏，于是北京大学哲学系主动要调动我去北大工作。北大人事部的商调函于1997年下半年寄到哈师大人事处，商调函到后我写了一个调离哈师大政教系工作的申请书。经过复杂的流程和努力，我于1998年完成工作调动，来到北京大学。

积极参政议政

1998年3月18日，我来到北大哲学系报到。到系里后，我就接到通知，我已是哲学系的主任助理，每周一下午我要参加系主任、副系主任的会议，讨论系里的工作，教学、科研之外，我还得承担一些系里的行政工作。原来在哈师大时，我感到很是悠闲，教学、科研之外的大部分时间我都用在下象棋、打篮球、唱歌等方面。一到北大，我就感到巨大的压力，讲课、行政工作之外，我将自己的时间完全投入学术论文的研究与写作。每天我都坐在电脑前写论文，直至凌晨才上床睡觉。我的学术著作、论文的绝大部分都是在北大工作期间完成的。2001年年初，哲学系领导班子换届，我被选为副主任，主管科研与财政工作；2005年换届我再次被选为副主任。班子改选前有民意测验，我在各个方面都是得分最高的，被评为第一。

胡军（左二）在哲学系建系九十周年活动上留影

我完全投入学术研究和自己的兴趣爱好，因此对于其他方面关注较少。但是在民主党派参政议政方面，我发挥了一些作用。记得应该是在1994年，中国民主促进会哈师大支部的领导到我家动员我加入中国民主促进会，于是我就加入了民进。到了北大没有几年，2002年，民进北京市委换届，民进北大负责人就推荐我为民进北京市委副主委的候选人。换届大会后我就成了副主委。2003年1月，北京市人大常委会换届，我当上了北京市人大常委会委员。就在这次换届大会上，我提出了一个议案，并找了七八十位人大代表在此议案书上签字支持。此议案的内容就是扩展北大校园面积。当时清华大学的校园面积为6000亩，而北大才2900多亩，所以必须积极地向中共北京市委、北京市人民政府、北京市人大提出为发展北大而扩展校园面积的议案。市人大常委会主任支持我的议案，于是将我的议案递交给中共北京市委、北京市政府。就在当年3月初，市委书记和市长等来到北京大学，落实我的议案的内容，将北大畅春园西边、挂甲屯、肖家河三处约1000亩地批给北大。畅春新园就是在新批的土地上建起来的。北大校园的扩展主要是得到了中共北京市委的积极支持。

我也曾经先后向市人大提出如下两个议案：一个议案是关于将北京市101中学对面的路口封闭，这样做的话，北大西门与畅春园联成一体，海淀体育馆就将成为北大的体育活动中心。另一个议案的具体内容是关于北大东门外道路的建设。我的这一议案提出，从中关村起直到清华大学西门北面的机动车道改成地下车道，原来的车道改造成为绿色步行街。如果这一议案得到落实的话，北大东门外的景色将会发生重大的变化。物理学院、化学学院等也就与北大校园联为一体了，而且车祸发生的概率也就几乎为零了。遗憾的是，上述两个议案没有获得通过，主要是因为这两条道路的车流量大，改动比较困难。

2006年，民进中央任命我为民进中央文化艺术委员会主任。委员会内有导演、演员、作曲家、歌唱家、画家、书法家等。其实民进中央领导早就知道我兴趣爱好广泛，他们还在一些重大场合听过我的美声唱法，所以特意任命我负责该委员会。这一职务我担任了11年，在此期间我也学习了很多东西。从2006年至2017年，委员会就文化、艺术等方面的发展向民进中央提出了不少建议。

2003年在台湾阿里山放声歌唱

我对知识理论体系的思考

我学习和研究的专业是哲学，但是长时间以来我形成了这一看法，即哲学是其他学科的基础。我之所以有这样的想法，是因为自己长期以来对其他学科有着浓厚的兴趣，阅读了大量的科学技术史的、音乐的、舞蹈的、建筑的、绘画的著作。仅仅阅读上述著作是远远不够的，还必须将上述著作所阐述的所有知识系融会贯通。正是这样的思路使我清楚地看到了哲学的基础性作用。

众所周知,早在古希腊时期,哲学家亚里士多德就研究过逻辑学、物理学、几何学、政治学、伦理学、动物学等学科,撰写了十几部著作,在亚里士多德思想体系中,哲学是其他学科的基础;17世纪英国的牛顿也不认为自己是科学家,他的代表作为《自然哲学的数学原理》;19世纪中期英国的道尔顿也不认为自己是科学家,他的代表作为《化学哲学新体系》。而哲学之所以有这样重要的奠基性的作用,就是因为哲学研究的核心是知识理论体系。这是说,哲学不是口号式的,或是标签式的,只有对一个明确的对象进行具体而详尽的讨论或论证,才能形成知识理论体系。

正是基于上述的认识,我在21世纪初提出,中国哲学要加强对知识理论体系的系统而深入的研究。2006年,北京大学出版社出版了我的专著《知识论》。此书的序言重点讨论了知识在人类文明进步的历史上所起的巨大而不可替代的作用。近代以来中国之所以没有走上现代化之路,就是因为我们的传统思想中几乎没有关于知识理论研究的要素,更缺乏知识理论研究必需的工具,即逻辑学。所以,我积极提倡知识创新。只有我们有了比其他国家更系统、更先进的知识理论系统,我们才有可能成为发达国家。

我的这一看法得到了不少学者的认可。如中国科学院一位研究员仔细阅读了我写的书,在该书的序言文字旁还用红笔勾勾画画,满篇都是他的勾画,他也在序言字句旁边写了他自己的读后感。他还向不少人推荐了我的这本书。后来，他进一步主动联系我，我们因此互相接触、经常交流。他在中国科学院成立了"创新战略专业委员会"，2014年委员会换届前，他积极向各位副主任及委员们推荐我担任委员会下一届的主任。也正是因为我关于知识创新思想方面的研究，挂靠在中国科学院的中国发展战略研究会2018年换届大会才邀请我参加。在这之前，我与这一研究会毫无关系，也因为我已预约了其他的学术会议，所以就没有参加他们的换届大会。但换届大会竟然选举我为中国发展战略研究会的副会长。参加换届大会的人员都积极赞同我根据知识理论在现代史上的巨大作用，关于知识创新引领未来社会发展的观点。民进中央领导很重视我的看法。一位民进中央常务副主席、全国政协副主席让他的秘书在我的文章里提炼出更为核心的部分，然后将我关于知识创新及其巨大作用的想法递交到中共中央、国务院。

知识创新引领未来社会发展是一战略性的思考，在较短时间内完成这样的战略目标比较困难。要最终完成这一战略目标，首先，我们必须改变当下的教育模式。从基础教育直到高等教育，绝对不能以读书、背书、注疏经典等为首要任务，而必须以讨论问题为教学的主要内容。讨论的问题必须明确，而绝不能将模糊不清的话题作为内容。如伦理学研究的内容与政治学研究的内容是有严格区别的，但很多古人常常将两者混合在一起。讨论明确话题应该是一个系统的论证过程，而不是师生之间的一问一答的模式。老师要鼓励学生提问题，并且鼓励学生自己来回答问题。

学生不能只是提供问题的答案，老师必须进一步追问：是根据什么给出这样的答案？这样师生之间的讨论才会逐步深入下去，形成一个讨论的过程。

其次，我们必须明确的是，这样的对话或讨论的过程必须有一种系统的方法论，或者用亚里士多德的话说就是，我们进行思维或对话必须有系统的工具。这一思维的工具就是逻辑学。没有这样的思维工具，人类的思维是绝对不可能借助系统详尽的论证而形成知识理论体系的。正因为如此，我们学校的教育应该重视逻辑学教育的重要性，增加这一课程的教学量。更为重要的是，逻辑学课程的教学目标不只是知识性的传播，而是在于提高学生运用逻辑学的知识来判断某一知识理论体系是正确或错误的能力。

最后，知识创新的实现经常是在跨学科情形下产生的。各个学科固然是有重要区别的，但相互之间的交流或碰撞却会使学者或科学家产生创新的灵感或直觉。在学术史或科学史上有不少这样的例子。所以高校内的各个学科要多多交流、多多沟通。从表面现象看，文史哲、数理化之间似乎有着巨大的本质性区别，但从知识理论体系角度审视，它们还是有共同性的，即它们都是通过系统而深入的研究或论证而形成的知识理论体系。

判断知识理论体系是否正确，只能以知识理论本身或逻辑论证为准则，而不能以其他不相关的东西来评判。有的科学知识理论体系正确与否是需要通过实验来确定的，但实验的结果经常也不能判断相关知识理论体系正确与否，因为实验设施、流程等本

身也可能有问题。至于那些纯知识理论体系更是不能以实验或实践来证明其对或错了。以知识理论体系本身的标准来评判知识理论，才能促进知识理论逐渐发展或创新。否则的话，我们就绝对不可能促进知识理论的发展、进步、创新。

高等院校，尤其是北京大学，应该是知识理论创新的源泉。大学教师应以教学、科研为自己必须完成的任务。实际上，科研是教学的基础。教学的任务就是将科研所取得的知识理论内容通过课堂教学的模式传递给学生。因此，在我看来，高等院校，尤其是北京大学，应该特别注重科研。可以模仿国外一些大学，在校园内设立一个免费的咖啡厅或茶室，吸引老师们前去品尝咖啡或茶，同时聊天、交流。这样轻松的、跨学科的交流可能会给老师们带来知识理论创新的灵感。所谓的学术研究就是研究知识理论，促进知识理论创新。

真诚地希望北京大学在这样的学术领域起引领作用，以促使中国及早成为世界强国，并引领世界各国走向更高的层次。我坚信不疑，只有知识理论不断创新才能引领未来社会的持续发展与不断繁荣。

今年是中国共产党成立 100 周年，回顾过往，从上海棚户里一个贫困家庭的孩子成长为北京大学的一名教授，我深感党恩深厚，衷心祝愿伟大的中国共产党永葆青春，再创辉煌！

秦铁辉
不忘党恩，励志前行

秦铁辉，中共党员，1942年生，湖南湘潭人，北京大学信息管理系教授。1967年武汉大学毕业后入职中国科学院，1979年考入北京大学攻读硕士学位，1982年毕业后留校任教，现为国家社会科学基金项目评审组专家。主要研究领域为信息分析与决策、竞争情报、知识管理。

纪念我党百年诞辰之际，回顾我的家庭及自己的经历，我深切地体会到，没有共产党就没有新中国，是共产党使我的家庭由贫穷走上幸福之路，是党的阳光雨露哺育我成长，使我成为北京大学的一名教授和博士生导师。我的一切都是党给的，党的恩情永驻我心！

童年回忆，生活是本书

1942年11月13日，我出生在湖南湘潭一个工人家庭。我的

出生使一对中年夫妇瘦削的脸上瞬间绽放出一丝欣慰和喜悦。我父母原本有一个儿子,三岁时因贫病交加而不幸夭折。六七年中父母一直盼望生一个儿子继承秦家血脉。笑靥未退,愁云又罩上了心头——战火纷飞的年代,以父亲一己之力,实在难以养活五口之家。大姐十二三岁就开始替父亲分忧:瘦小的身躯,脖子上挂个折叠木匣,走街串巷卖香烟。寒冬腊月,趿拉着露出脚趾的布鞋,手脚冻得通红。南方山上长着一种毛栗树,果实较板栗略小,我和二姐常把它们捡回家当粮食。毛栗能充饥,捡栗子却很辛苦,上山有一条石板铺成的小道,夏天光脚走在上面,脚板烫得生疼;条石旁的草地上满是小石和荆棘,四五岁的我只能走一会儿石板,再走一会儿草地,交替前行。

  大约我六岁时我们举家迁到长沙。父亲在城里找到一份绸布店店员的工作,为了节省开支,母亲带着四个孩子住在离城20多里的乡下。我们曾在这里住了两年多。

  有两件事我印象很深,折射出那个时代的一些特点。地主邓五老倌一家四口住了六间正房,左右厢房住的佃户。邓五老倌的菜园外种着一片翠竹。一天,一个农民砍了两根竹子做晾衣竿,邓五老倌从后院追到前院,站在台阶上跳起脚大骂:"你个穷鬼,敢偷老子的竹子,反了天啊!""邓五老倌,你莫恶,有你好看的!"农民也不含糊。一个多月以后,土改开始,一队农民开进邓五老倌家。农民翻箱倒柜,邓五老倌耷拉着脑袋,站在堂屋,像被霜打过的茄子。农民仿佛要把几十年所受的压迫和剥削,在这个时候都发泄出来!

邓五老倌家驻扎了国民党军队的一个连。一天部队换防，站最后一班岗的士兵卸下步枪和子弹袋以后逃跑了。连长分析，最后一班岗已是拂晓，四周很空旷，士兵没有逃远。很快，他们从佃户家一堆破旧的棉絮中搜出了逃兵。这个士兵一张娃娃脸，看上去也就十五六岁，满眼恐惧，浑身颤抖。一顿毒打以后，浑身血污的小兵背着一口铁锅，迈着颤颤巍巍的步子随着队伍开拔了。

生活是一本书，写满了世间的善恶忠奸，对于眼前发生的一切，儿时的我只是感到好奇和惊惧。直到若干年以后，我才意识到那时看到的正是旧中国社会面貌的局部缩影。哪里有压迫，哪里就有反抗，压迫愈深、反抗愈烈。中国共产党代表的是受压迫最深、受剥削最重的广大劳苦大众的利益，国民党政权代表的是一小撮地主、官僚资本家的利益，共产党取代国民党执政是历史的必然！贺敬之的"几回回梦里回延安，双手搂定宝塔山。千声万声呼唤你——母亲延安就在这里"，正是千百万劳苦大众心心念念向往革命，拥护中国共产党、拥护毛主席的真实写照。

在长沙郊区，大姐仍然每天早出晚归卖香烟。忽然有一天，大姐问妈妈："您替我收了一封信没有？""没有啊！"妈妈漫不经心地回答。在焦躁不安中煎熬了几天，大姐再一次问妈妈："您替我收了一封信！"妈妈矢口否认："没有啊，收了，还能不给你？""不可能，我报考了中国人民解放军军需学校，他们说一个月以后考没考上都会发通知。"大姐斩钉截铁地告诉妈妈。大姐翻箱倒柜，妈妈默默无语。母女僵持几天以后，妈妈从厨房墙壁

的夹缝中抽出一个皱巴巴的信封,举到大姐跟前:"是这个吗?"大姐一把夺过信,看了看封皮,连声说是的。大姐被中国人民解放军军需学校录取了,妈妈忧心忡忡地说:"你看这里当兵的过的都是什么日子?女孩子怎么受得了这样子的苦哩!"大姐开导妈妈:"这里驻扎的是国民党军队,共产党那里官兵平等,我不会挨打挨骂的。"1949年夏,大姐带着一块蓝布包着几件换洗衣服走了,每当想起那个小兵挨打的场景,妈妈就会一个人躲在房间抽泣,眼睛经常是红肿的。不久,大姐寄来一张上山打柴的戎装照,脸上胖嘟嘟的,腰比去时粗了一圈儿,妈妈这才相信大姐在部队吃得饱、穿得暖,脸色从此由阴转晴,渐渐开朗起来。

　　1956年,我考上了中学,父亲支边去青海,爸爸妈妈带着两个妹妹举家西迁,我留在长沙住校读书。夏天,城里男同学都穿短袖衬衣或者汗衫,唯独我和几个农村穷孩子是将冬天罩棉袄的黑色或蓝色罩衣抽去里面的棉袄,穿在身上,既厚且热,很有些异类。夏天热一点还能忍受,冬天才是难熬,富裕一点的人家,棉裤里面会穿一条衬裤或者棉毛裤,天气再冷一点儿,还会加一条绒裤。隆冬腊月,北风呼啸,我都是裤衩外面穿一条空筒棉裤,寒风从裤脚进去直往上蹿,冷得我直哆嗦。班主任胡湘英老师把我的情况汇报给学校,学校补助五元钱,我用它买了两条棉毛裤。这是我第一次穿棉毛裤,这东西又柔软又暖和,穿在身上非常舒服,回想当年住在湘潭缺衣少食,冬天冻得手背开裂,谁关心过我呢?!这件事在我心中留下了非常深刻的印象,使我真真切切地感到新旧社会真是两重天!

扎根边疆，青山处处埋忠骨

全家西迁后，我曾两次去青海探望父母。在文学青年的印象中，西北是一幅"天苍苍，野茫茫，风吹草低见牛羊"的浪漫画卷。去了以后才知道，那里经济落后、交通闭塞，条件非常艰苦。

青海是一个藏、回、汉等民族杂居的省份，地广人稀，走在乡间辽阔的草原上，十里八里难得见到一个人影。当地多为牧民，逐水草而居，善骑射。20世纪50年代初期，青海比较乱，从省城西宁运往州县的物资经常被小股匪徒打劫。匪徒骑马持枪（多为猎枪），飘忽不定，很难防范。后来规定从西宁运往州县的物资必须六七辆汽车结伴而行，而且每辆汽车配备一名解放军战士武装押运，每到一个宿营地或者中途休息，几辆车摆成一个圆形，车头冲外，进可攻退可守，这才保证了下面州县各种生活用品的正常供应。有一次，我坐县商业局货运卡车翻越山脉，夜宿藏民生产队长家，女眷回避后，队长拿出青稞酒招待我们，下酒菜是一盘炒鸡蛋，连花生都拿不出一粒。青海的长途公共汽车很奇特，虽然买的是全程车票，但遇到下雨天，只有平路和缓坡人才能坐在车上。坡陡路滑，山势险峻，稍不留心就会掉下悬崖，上下坡时，人必须下车跟着车走。

看到这一切，我才明白，爸爸为什么要从富饶的湖南来到青海。新中国成立初期，西藏、青海等边陲省份还是荒蛮之地，确

实需要大批干部去开发边疆、建设边疆。爸爸是个性格内向的人，不善言辞，但对党对人民有着深沉炽烈的爱。新中国成立初期开展公私合营，爸爸第一批报名参加湖南省花纱布公司，从省会城市长沙去了贫穷落后的老革命根据地茶陵，1956年又响应党的号召支边，从经济、建设刚有起色的革命老区茶陵来到青海。

1962年，正当我准备考大学的时候，接到家中一封电报，言及父亲为了保卫国家财产壮烈牺牲。事情的原委是这样的：1962年，正值三年困难时期，台湾国民党集团叫嚣要"反攻大陆"，印度尼赫鲁政府挑起边界冲突，国内反动势力认为时机成熟，都在蠢蠢欲动。经济落后、消息闭塞的边陲省份青海的流言蜚语更是甚嚣尘上。

父亲供职的河东供销社在贵德县东面，独门独院，前店后卧，后面两间卧室分别住着爸爸和马姓夫妇，四周是高约三米的夯土围墙。供销社经销盐巴、面粉、砖茶、肥皂、毛巾、布匹等日用杂货，三年困难时期这些都是紧俏物资，歹徒觊觎已非一日。

6月已是初夏，青藏高原的贵德县却依然春寒料峭，三年困难时期粮食定量很少，入夜人们早早猫进了被窝。6月13日夜晚九点多，爸爸再一次检查了院门锁、店门锁，把院里巡视了一遍回到房间，在昏暗的灯光下左手翻着账簿，右手扒拉着算盘，聚精会神地盘点。爸爸怎么也想不到死亡正在一步步向他逼近！院墙外，蓄谋已久的蒙面歹徒搭人梯翻上墙头，顺着杯口粗的绳索蹓下院墙，蹑手蹑脚地打开了小马的房门。"不要动，我们只要财物不要命，"又恶狠狠地加了一句，"喊就弄死你！"在匕首和棍棒的威胁下，小马两口子被堵上了嘴，束手就擒。隔壁房间的爸爸大概察觉了异样，刚要起身，"咣当"房门被踹开，接着匕首、棍棒就顶在了爸爸的胸口。"不要动，动就弄死你！"歹徒威胁爸爸。爸爸用算盘猛砸歹徒，招来劈头盖脸一阵棍棒，经过一番搏斗，寡不敌众，六个歹徒将爸爸嘴里塞上毛巾、捆得像个粽子塞进麻袋，上面还压了十几条毛毡。第二天入殓，妈妈清理遗体时，爸爸口鼻流着黑血，左胳膊多处骨折，双脚被刀砍得血肉模糊……妈妈告诉我，出事的前几天，她还提醒爸爸，"现在外面比较乱，你睡觉要警觉一点"。爸爸回答："晓得喽，打不过他，咬也得咬他几口！"爸爸平时寡言少语，对工作却极其认真、负责，他没有什么豪言壮语，但以实际行动保卫了国家财产。爸爸牺牲后，县里举行了隆重的追悼会，用柏木棺材入殓，将爸爸埋葬在贵德县烈士陵园。

爸爸1907年生于一个穷苦的工人家庭，14岁做学徒，1962年牺牲。我与爸爸只有短暂的接触。在湘潭和长沙时，爸爸住在打工的绸布店，我们住在乡下，只有周末轮休一家才能团聚，到茶陵和青海后，我与爸爸更是难得一见。在我的印象中，爸爸方脸、寸头、浓眉大眼，眉宇间透着一股英气。他为人敦厚老实，工作勤恳认真，打得一手好算盘，写得一笔清秀的楷书。在为数不多的接触和谈话中，爸爸经常告诫我：做人要正直善良，做事要勤奋认真。爸爸的人生感悟是党组织多年培养教育的结果，我

一直将它作为自己的座右铭。

爸爸牺牲以后,我曾向他生前所在单位写信,要求回青海接替父亲工作,继承先烈遗志,建设祖国边疆。组织上鼓励我好好学习,接受国家选拔,学好了本领,到哪里都能报效祖国。妈妈和姐姐也劝我不要中断学业,我强忍悲痛,继续备考。

永沐党恩,雨露滋润禾苗壮

1962年9月我考入了武汉大学。武汉大学依山傍水、绿荫掩映、环境优美,是中南地区的重点大学。在那里,我受到了很好的专业教育,也阅读了大量的中外名著。大学五年中,党组织给了我无微不至的关怀,使我得以安心学习。尤其使我感动的是,在我偶有小恙的时候,党和政府对我体贴入微,使我至今难忘。

1964年我们年级的学生到湖北孝感参加"四清"运动,下乡半年以后,我生过一次病:头晕头痛,眼前发黑,浑身没劲。同班同学把我送回了学校。一天中午我正躺在床上休息,"咚,咚,咚"隐隐约约传来一阵叩门声,开门一看,系办公室主任邹鸿斌老师站在门口。进屋后邹老师把水果放在桌上,关切地问:"哪里不舒服,好些没有?生活上有什么困难?"然后又详细询问了我们在孝感的工作和生活情况,临走时邹老师递给我10元钱(当时我们每月的伙食费是12元),说是系里给我的生活补助。隔窗望着邹老师渐渐远去的背影,我感动得热泪盈眶。爸爸牺牲后，组织上每月给妈妈发抚恤金（一直到 2007 年妈妈 100 岁无疾而终），我上大学也享受助学金，衣食无忧，而在旧中国，这都是无法想象的事情！1935 年，三岁的哥哥高烧不退、无钱就医，眼睁睁地死在妈妈的怀里。我是我们家唯一的大学生，没有党的关怀和培育，我根本无法完成大学学业。

1967 年大学毕业，我被分配到首都北京，去中国科学院图书馆工作。1974 年，组织派我到合肥中国科学技术大学学习了十个月日语。1978 年国家恢复高考制度，1979 年我考入北大图书馆学系攻读硕士研究生，1982 年毕业后留系任教，1987 年被评为副教授，1992 年晋升为教授。

青年时期照片

遇到几十年前的老同学、老朋友，他们羡慕地说："秦铁辉你真是福星高照，总是这么顺风顺水。"是的，我是幸运的，而且非常幸运！一个穷工人的儿子，从农村进入了城市，从省城长沙到江城武汉再到首都北京，几乎读遍了全国顶尖的大学（北京大学、武汉大学、中国科学技术大学），还在全国最好的科研机构（中国科学院）工作 12 年。1979 年考入北京大学读研究生，我是带薪脱产学习，三年中我对祖国和人民没有丝毫贡献，组织上却照常给我涨工资。1949—1979 年的三十年中，我真可谓"鸿运当头、福星高照"。这个福星，就是伟大、光荣、正确的中国共产党！

回馈社会,赤子丹心思报国

生在旧社会,长在红旗下,饮水思源,入职北大以后,我一直思考着怎样回报社会。1985—1989 年我曾担任本科生班主任,临近毕业分配,一个学生还穿着一双磨平了底的解放鞋,我给了这个学生 800 元钱,让他添置一点生活用品再去单位报到。2003—2006 年我担任研究生班主任,班干部反映一个农村学生家中困难,一连几天都是咸菜、青菜就饭,我给了她 1000 元,又联系让她做兼职。还有一个研究生同学家在农村,还要接济读大学的弟弟,我给了他 600 元解燃眉之急。钱不多,不过几百元、一千元,但我送去的是温暖,是党对青年学生的关怀,因为我是受了党的委托,接受班主任这个光荣职务的。

作为一名大学教师,我认真教授学生。大学教育中,教授除了讲好本科生的专业基础课外,一个非常重要的任务就是带研究生。教授本科生与研究生的区别在于一个是集体操练,一个是单兵教练。研究生的主要任务是提升能力,是灵活运用学到的知识去解决面对的问题。我指导研究生比较注意培养和提高他们的宏观调控能力。项目申请、论文写作最关键的是规划研究内容。申请项目时,我要求每个学生都拿出一个课题研究内容大纲,开会时让他们互相挑毛病、讨论和辩论,取长补短,然后形成一个达成基本共识的大纲。博士生写论文容易犯两个错误:一是视抄袭为引用,踩了红线却浑然不知。在解释名词和论证观点时,连篇累牍用别人的话且不注明出处。其实,完全可以在广泛阅读文献、深入了解内涵的基础上融会贯通用自己的话解释出来。二是过分追求完美。这个错误有两种表现形式:深究每一个细小的问题,到处开枝散叶,不能凝练集中地直指主题;不明白任何论文都是阶段性成果,见了新进展、新材料就想往里塞,无法束笔。对于这两个痼疾,导师要严肃指出,不能心慈手软,响鼓也得重锤。在指导学生时,有些话说出来会伤人,不说出来却是害人。我选择前者,宁愿让学生暂时记恨,也要直言不讳地说出来,因为我把学生当成自己的儿女。

20世纪90年代,秦铁辉授课中

指导研究生时我总是反复强调提升能力有三个要素:勤奋、严谨和思考。勤奋是基础,不能一曝十寒,三天打鱼两天晒网;

严谨是个态度问题,要沉下心来,认真对待每一个细节,不能"一心以为有鸿鹄将至,思援弓缴而射之";思考是关键,"学而不思则罔",不勤于思考、不善于思考,就会一直处于迷茫之中,永远得不出结论,出不了成绩。我还经常告诫学生,要做事先做人。学生不要自以为是,老师毕竟是过来人,有较多的参照系可以对标,学生应当充分尊重老师的意见。做事不能急功近利、投机取巧,在科学的道路上,只有不畏劳苦攀登的人,才能到达光辉的顶点。

教师是人类灵魂工程师,是一种崇高的职业。老师对学生的影响在于师德和师才,师德传承依靠老师的言行举止,师才传承依靠教材和教学。在我的教学生涯中,我一直兢兢业业、勤勤恳恳地工作,唯恐辱没了人民教师这个光荣称号。从教二十五年,我给北大函授专科生、本科生和硕博士生开了"企业竞争与信息利用""情报研究概论""信息分析与决策"和"科学活动与科研方法"四门课。给函授生和本科生上课,讲授理论部分,我力求做到逻辑严谨、深入浅出;讲授实践部分,总要补充一些课本外的案例,让学生有新鲜感。一门课不论讲了多少年,只要第二天上课,头一天我都会花半天时间补充资料、重新熟悉教案。凭着这股认真和执着的劲儿,学生比较认可我的教学,1998年和2001年我曾两次获得北京大学桐山教学奖。

可能因为做事比较严谨,我结合教学编写的几本书社会反响也比较好。1991年出版的《情报研究概论》获得北京市哲学社会科学优秀成果二等奖;2001年出版的《信息分析与决策》是普通高等教育"九五"教育部重点教材和"十一五"国家级规划教材；2006 年出版的《企业信息资源管理》是普通高等教育"十五"国家级规划教材。

在北大工作的二十五年中，党和人民给了我很多荣誉。1996 年我被国家科委评为全国科技信息系统先进工作者，2004 年和 2006 年我两次获得北京大学优秀班主任奖，2004 年 4 月被聘任为国家社会科学基金项目学科评审组专家，2004 年 6 月被评为北京大学优秀共产党员，2005 年 9 月获得北京大学优秀德育奖。

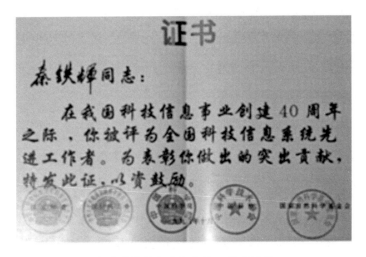

全国科技信息系统先进工作者证书

1998 年，为了庆祝北大建校 100 周年，研究生院从 1978 年恢复招收研究生制度以后毕业的几千名博士、硕士中遴选 57 人，由学生记者采访他们的成长历程，出版了一本《如歌岁月》。被收录者都是学界精英，治学成绩斐然。我于建校、建系无尺寸之功，名字却也忝列其中，这是党和人民对我最大的肯定和褒奖！

从那时起我就在心中默默鼓励自己,今后一定要更加努力地工作,以更好的成绩回报党和人民对我的培育。

退而不休,永做革命螺丝钉

我于 2007 年 65 岁退休。退休后我一直比较关心国家大事,总想为党和国家再做一点贡献。2013 年习近平总书记提出"一带一路"倡议,2017 年我国第一艘国产航母下水,我无比激动,在广泛阅读、精心挑选、认真分析资料的基础上,我撰写了《一带一路》和《航母梦》两篇文章,为国家经济建设和国防建设鼓与呼!两篇文章不过区区九万字,但我倾注了将近七年的时间和心血,因为文章提及的诸如地缘政治、高精尖科技问题需要花费大量时间和精力去学习、考证。

退休前后我常应邀去做讲座。做讲座时经常有人提出这样一些问题:为什么在窗明几净的安静环境中却写不出文章,尤其是好文章?怎样摆脱研究工作中的厌烦情绪?科研活动中有没有灵感?如何才能获得灵感光顾?这些问题使我久久不能释怀。我已经年近八十,做过课题研究、写过论文,还曾多次主持和参与校内外课题验收和博士生答辩,于论文写作和课题研究,积累了一定的经验。我希望再写一本关于大学生成长的书,把自己几十年来研究和写作中的经验、教训和感悟在有生之年写出来,让莘莘学子在前行的道路上少走弯路,更加迅速、茁壮成长,以回报党和人民对我的培育。

谨以此文献给伟大的中国共产党百年华诞!

夏兆骥

我是新中国培养的专家

夏兆骥，中共党员，1935年生，云南昆明人，北医三院主任医师。1954年考入北京医学院医疗系，1959年毕业后留校工作。曾任北医三院成形外科主任，是享誉中外、德高望重的国际知名整形外科专家，享受国务院政府特殊津贴。

1986年，我作为中国卫生部整形外科代表团成员，访问波兰人民共和国，历时半月。访问的最后一站是华沙。在波兰大学，我演示了我工作近三十年所做的120张幻灯片。其中有双侧腹直肌皮瓣修复乳癌术后乳房的缺损、大网膜游离移植填充半侧颜面萎缩、显微外科修复近完全断肢的术前术后照片。演讲结束，掌声滔滔不绝，听众对我取得的成果表示热烈祝贺。会后波兰整形专家问我："您是哪国留学的？"我说："我是中国培养的专家，我没留过学。"后来，1988年我以访问学者的身份赴美国，也演示了一些幻灯片。1996年我在美国参会，介绍了中国变性外科进展。主持人也问了同样的问题，我说："我从未在其他国家留过学，我的老师是中国的朱洪荫教授。"

1988年，赴美国交流

心中的种子

1945年，我10岁了。8月15日，昆明全城欢欣鼓舞、鞭炮齐鸣，庆祝抗战胜利，昆明人称"放鞭炮的那年"，红土地一片欢腾。十四年离乱，日本人没打进昆明，但昆明人三天两头心神不定躲日本飞机轰炸的日子，还是相当难熬的。人民以为盼望的好日子终于要来了。

但是，人民仍然处于国民党统治的水深火热之中。在我上学的路上，有几家米店总站着三五成群的人，他们不是买米，而是扫买米人口袋漏下的几粒米，扫来的米总有不少土灰，回家再漂洗煮食，每每看到这些情景我很难过。

日子一天天过去，国民党积极准备打内战，中国人盼望和平统一的梦想破灭了。西南联大的学生们奋不顾身打着标语上街游行，"反对内战，争取自由"，多壮观的队伍，但遭到了国民党的血腥镇压。于是，1945年，发生了震惊中国的国民党打死学生的"一二·一"惨案。次年7月，民主人士李公朴被暗枪打死。闻一多先生气愤至极，拍案而起，在李公朴追悼会上做了《最后一次讲演》的发言。而在返家途中，闻一多先生就被枪杀牺牲在他家门口。这是什么世道？我幼小的心灵留下的都是昏暗的日子的记忆。

我父亲是个老中医，我有兄弟姐妹八个，我是老七。家里孩子太多，生活艰难。父亲靠诊脉不能养活全家。母亲、大姐、二姐还为面粉厂缝制口袋。大哥、二哥间歇抽空卖报纸添补家用。一次母亲想买一杯炒葵花籽，瓜子已经装好了，母亲却找不到买瓜子的五分钱，只好动员我三哥，用游戏时打坑的五分铜板付给小贩，为此三哥气得不吃晚饭。这样的日子真没法过了。

1946年12月，受进步同学的影响，也为了减轻家庭负担，初中三年级的三哥和同学一起投奔解放区（中国人民解放军滇桂黔边纵队）去了。不知是谁走漏了消息，我家附近常见三三两两的戴折叠帽、架黑眼镜的特务，大概是来抓我三哥的。我们全家提心吊胆地过日子。1949年，昆明和平解放了，我们唱着"解放区的天是明朗的天，解放区的人民好喜欢"。人民欢欣鼓舞。这时，参加游击队的三哥唱着"山那边哟好地方，一片稻田黄又黄"回来了。南下的解放军站上了我们中学的政治讲台，向我们

描述了他们从贵州进军云南时,看到的人民生活困苦的景象,山区两姐妹只有一条裤子穿,这些讲述使得我对旧社会的黑暗有了更加深刻的认识,心中种下了只有跟着共产党走才能拯救中国的种子。

党的培养

高中阶段,学校青年团推荐我阅读《钢铁是怎样炼成的》《卓娅和舒拉的故事》等励志小说,给我在树立人生观方面打下了基础。我加入了新民主主义青年团,立志做一个共产主义的接班人。

1954年,我考取了北京医学院医疗系。在赴京旅途中,正常情况下,汽车加火车三天就可以到北京,但那年,我们从昆明到北京走了16天,原因是1954年特大洪水,京汉铁路被淹,我们只能从云南到贵州、进四川、入陕西,绕陇海铁路到北京。到了北京走出前门火车站,看见了标志性的钟楼,向南望去是古朴的大栅栏,古老的正阳门。学校的汽车把我们接到景山东街西斋宿舍。第二天就开始上课,此时是九月中旬,开学已经半个月了。我只能借同学笔记本,自学补课,压力很大。那时候大家相互也不了解,学习组长还问我:"昆明是不是街上走大象,天上飞孔雀?"我风趣地说"是",但心里想其实昆明已经是个大城市了。

刚上大学学习是艰苦的,个别同学甚至因神经衰弱而退学。开始三个月的学习让我压力很大,又是上新课,还要补旧课。当时我就想,红军过大渡河,飞夺泸定桥不也很艰苦吗?我就是修路搭桥也要走过去。只有不畏崎岖山路而攀登的人才能达到科学的顶峰。后来,我慢慢进入状态,学习成绩也大有提升。在大学期间,我受到了北医一大批名教授的培养,像王叔咸、吴阶平、朱洪荫等名师,加上我的努力,大学三年级我已经得了好几个五分。

我的一切都是共产党给的,我能走出几千里之外的红土地进入中国名校,我知足、我感恩。怀着这种朴素的感恩心情,我向党组织提出入党申请。入党的过程是再教育、再提高的过程,介绍人告诉我:"对党的感恩是可以的,但共产党是无产阶级政党,目标是消灭人压迫人、人剥削人,建立共产主义的社会。这是漫长的岁月,要经过几代人的努力,要艰苦奋斗。这才是我们的奋斗目标。"于是,通过学习,我的政治觉悟得到提高,目标明确,被批准入党了。

在大学五年的时间内,我最感兴趣的是成形外科。它是对先天性缺陷和后天缺损给予修复的美与艺术的医学,用精湛的医疗技术来修复肉体缺失和心灵的压抑。我特别感谢朱洪荫教授的指导,他让我们把基础和临床结合起来。在我三年级的时候,他就教我在小白鼠和小黑鼠之间进行异体交换植皮实验,培养了我科研创新的能力。

1959年,我毕业留校工作。1963年,我被调到以成形科为主而成立的北医三院成形外科工作。这是我梦寐以求的工作。我如饥似渴地学习,在上级大夫的指导下,我苦练"三基三严"的基本功。成形外科以皮片、皮瓣为主，为此，我努力学习和把握皮片和皮瓣的血运供应规律和愈合时间。操作缝合时，我遵循这样的原则，皮下肌层要缝合一层，筋膜层要缝合一至二层，皮肤缝合一层时缝合边距要 2 毫米、针距要 3 毫米，愈合后，疤痕才不明显。这就是北医学院派的基础训练。

人生的磨炼

1966 年，在三线建设的大潮中，我爱人所在的北京医学院附属平安医院，决定全院搬迁至嘉峪关建设"甘肃酒泉钢铁公司医院"，支援三线建设，所有平安医院家属一起离京。那时我爱人已经怀孕。当时人事处通知我的时候，我很坦然。

毛主席的"六二六"指示号召把医疗卫生工作的重点放到农村去。我想被北医培养多年，有了一定的医学基础，应该愉快地到边疆去，到祖国最需要的地方去。为了送我，医院科室给我买了一个日记本，主任朱洪荫教授在扉页上签了字："毛主席的好战士最听党的话，哪里需要就到哪里安家。"

一周以后，我们乘上北京开往新疆的火车，三天后到了目的地嘉峪关。尽管我去的时候雄心满怀，一下火车，心中不免有点凄凉，车站上冷冷清清，铁道两旁是广阔的戈壁沙滩，只有大小不等的鹅卵石。医院早给我们盖好了住的地方，分配给我家的是干打垒土房，只有 15 平方米，一进门是三米宽一米长的厨房，往里走就是一个生活间，放有一张床和一张桌子相隔。当时虽然内心有失意，但是想到，我们到边疆来是干革命的，生活当然会艰苦一些，心里也就踏实多了。

我被分在外科，除了在职工医院外科打杂以外，我们还到钢铁厂的门诊部轮岗，一般半年左右轮换一次，还要到采矿区门诊部工作，要住在那里。处理的都是小伤小病，那也得有人值班。有一次我在酒泉时，看见一个鼻子缺损的农民，他说小时候被狼咬伤了鼻子。我当时动了同情心，向医院领导汇报，免费为他用额瓣做了一个新的鼻子。这一手术惊动了酒泉县城，人们传说北京来的医生还会给人做一个真鼻子，这件事甚至传播到了整个河西走廊。我偶尔还到玉门石油管理局医院会诊，治疗个别带烧伤疤痕的病人，或偶尔到边疆部队医院治疗个别烧伤。

一年又一年，十三年过去了。1979年，平安医院的人员又都调回北京，搬回北京石景山区医院。经朱洪荫教授的推荐，我又回到北医三院成形外科工作。

尽管我很高兴，但因为在甘肃待了十三年，技术上肯定已经落后于没有离开北京的师兄弟了。后来我发现不仅自己落后了十三年，北京科技界也相对落后了世界十多年。当时中国新兴了显微外科技术，科副主任孔繁祜教授找我说："科内没有人愿意学显微外科，希望你去学习这门技术，以填补我科缺陷。"当时我已经49岁了，视力还行，我很高兴地接受了任务，去往东北沈阳杨果凡医生那里学习。

叶剑英同志有诗一首《攻关》："攻城不怕坚，攻书莫畏难。科学有险阻，苦战能过关。"这首诗对我影响很大。经过学习，

我感觉到显微外科要求很高,需要吻合断裂的血管神经。技术虽然难,但只要有耐心和毅力就一定可以完成。科室为此买了一台瑞典造的可以放大八倍的显微镜。时代激励了我,工作等待着我。为掌握技术,最初我一般在镜下研究吻合血管,一天坚持六小时左右。好在我还没"老花",经过勤学苦练,最终我掌握了这项新技术。旧式的鼻再造术要经过三个月额瓣和镰刀状皮瓣修复才能完成,我用显微外科前臂皮瓣带蒂移植技术,患者术后半个月就可以出院了。从此我有了成功救活近完全断肢,以及大网膜游离移植治疗恢复半侧颜面萎缩等病例。

1984年,经朱洪荫、孔繁祜等教授推荐,我被任命为三院成形外科主任。当时我科的建制是成形外科研究室,在科内发展环境下,1984年成形外科研究室得到扩大。在全科同志的共同努力下,经我的申请,北医批准我科扩大为成形外科研究中心。

随着改革开放,全国人民生活水平不断提高,更多的人注意到修饰美。我们也联想到利用成形外科技术,对正常人体生理的缺陷进行修饰,更加增进人体美感,使满足人们求美心理的医学美容得到推广。为此我发表了两篇文章,即《论美容外科学的学科内涵及发展》《再论美容外科的学科内涵》。当时我自掏经费5000元,到上海买了一些器械,向医院借款30万元,在医院门诊前简易楼开设了北医三院成形外科美容门诊。我作为门诊法人注册开业,三个月就还清了医院的借款。以后医院就把美容门诊统一收归医院管理,并开了分门诊部。

在此期间我撰写了《灿烂的中华美容医学》,被收入《第十届东南亚地区医学美容学术大会论文汇编》;并和研究生一起,完成了以"大白鼠异性卵巢移植的实验研究""中国妇女眉形的电脑分型""糖尿病大白鼠腹腔胰岛素球囊移植的实验观察"等为研究内容的论文。其中有关"狗血管神经延长后的生物力学观察"成果获得了北京市科技进步三等奖。后来,我又担任了中华医学会医学美学与美容学分会副会长。

在美国参加手术留影

我们科在整形界有着完整的医疗技术,我们也开展了变性手术。1983年,一名男性病人找到了我,当时他长发披肩,穿着皮衣短裙,和我说他是男性,要求变为女性。他是经美国性学专家阮芳赋介绍,找我希望通过手术变为女性。经过几番要求,在请示领导、拿到精神病院诊断书、获得父母的同意书等完备条件下,我为他做了变性手术,这也是中国第一例变性病人。从此,整形界的同行称我为"中国变性之父",当然我认为这已经是在国外开展了多年的手术,我只不过是使中国在这一技术上填平补齐而已。

回忆人生,我是一个从大西南红土地走上医学科学道路的人。我出生在一穷二白的旧中国,亲身经历了日本侵略者及国民党腐败统治下的苦日子。在我幼小的心灵里,早早就立志救国。是党选择了我,培养了我,给我创造了各种条件。时至今日,我感谢党,感谢新中国,所以我说我是中国培养的专家,我是中国共产党培养的专家。

1992年获国务院颁发的享受政府特殊津贴的证书

在党的领导下,无数革命先烈用鲜血和生命换来了新中国的成立,是党把我们从一个连自行车都不会制造的落后国家,建设成能制造自己的汽车、飞机、大炮、航母,有自己的两弹一星的世界第二经济强国。我高兴,我欢呼共产党万岁。

习近平总书记在党的十九大报告中提出,要把我国建成富强民主文明和谐美丽的社会主义现代化强国,到那时,"我国物质文明、政治文明、精神文明、社会文明、生态文明将全面提升，实现国家治理体系和治理能力现代化，成为综合国力和国际影响力领先的国家，全体人民共同富裕基本实现，我国人民将享有更加幸福安康的生活，中华民族将以更加昂扬的姿态屹立于世界民族之林。"我相信，只要我们坚忍不拔、锲而不舍，这一宏伟蓝图一定能实现。

晏智杰

我是一名年轻的"老党员"

晏智杰，中共党员，1939年生，陕西西安人，北京大学经济学院教授。1957年进入北京大学经济系，1962年就读本系研究生，1965年留校任教。曾任北京大学党委常委兼宣传部部长、经济学院院长。主要从事西方经济学、中国经济改革、中外经济体制比较研究等。

今年是中国共产党成立100周年，在这个值得隆重庆祝的时间节点，很高兴能够回顾我在党的关怀下成长的道路，谈一谈我对党的认识。

1957年，18岁的我来到北大，从此一直在北京大学学习、生活，本科、研究生、留校任教再到退休，到今年六十四年了。1965年，我成为预备党员，到今年为止，已有五十六年的党龄了，也算得上是一个老党员了。

但是从我自己的状态、精神面貌来讲，我始终觉得自己应该是一名年轻的"老党员"。入党以来，我始终以党员的标准来要求自己,到现在也没有放松,因为党在我心目中的确是伟大、光荣、正确的,是值得我一生为之奋斗的。

在党的培养下成长

我是 1939 年出生的,新中国成立的时候我 10 岁了,从那时开始,我就一直沐浴在党的阳光之下。备受党的培养、教育、关怀、扶持,没有党的教育培养,不会有我的今天。

新中国成立初期,我在西安上高小,积极向组织靠拢,加入少先队,参加各种学校和社会活动,比如演话剧宣传土改等。进入西安市一中后,我成为一名光荣的青年团员,并且担任过团支部的宣传委员等;积极参加一系列宣传教育活动,包括去农村扫盲、下乡收麦子、给工厂工人开展夜校辅导等。记得 13 岁的时候,我就在西安市举办的青年代表大会上登台演讲。我一心想着作为一名革命的青年,应该积极追求政治进步,从政治思想到业务水平都要早早向党员的要求看齐。

那时候北大在我们心中是很崇高的,因为大家都知道北大是五四运动的发源地,又是中国马克思主义传播的摇篮,所以我高中毕业时一心想上北大。1957 年 9 月考进北大,当时我报的志愿有两个:第一志愿是哲学,第二志愿是经济学。后来给我分配到了经济系,从此我就一门心思扑到了经济学的学习上。

大学期间,除了上课,我经常去校图书馆借阅图书。那时候图书馆还在办公楼边,非常漂亮,里面特别安静,进到馆里,只

见一人一张桌子、一把圈椅、一盏台灯,学习氛围很浓厚,是钻研学问的绝佳去处。同时,大学期间社会活动也很多。我们按照组织要求,一边在校学习,一边下乡和进厂,先后去过钢铁工厂、农村人民公社,跟工农群众同吃、同住、同劳动。尽管耽误了部分学习,但是我觉得也有很大的收获,经过这段时间我和工农群众有了直接密切的接触,对中国普通工农群众的生产和生活状况有了真切了解,和他们建立起很好的友谊,这对于我的成长和学习研究工作都有深远影响。它使我树立起这样一种信念,无论何时何地,无论干什么事情,都不要忘记这些普通老百姓的所思所想。

1962 年,我本科毕业,正好国家建立了研究生制度并开始招生。当时,北大的研究生只面向本校的应届本科毕业生招生。那年我 23 岁,觉得自己还需要继续深造,很想继续学习,于是我下决心考研究生。我们班有 32 个同学,想考研究生的有 20 人,最终有 10 个人被批准可以参加考试。10 个学生里面,五个报的导师是陈岱孙先生,专业方向是经济学说史,另外五个人报的是樊弘教授,专业方向是政治经济学。陈先生和樊先生都是当时一流的大家,在学生们心目中地位很高。我当时报的是樊先生,因为是樊先生指导我做本科毕业论文的,老先生对我特别好,我对他也特别崇敬。另外,我当时更想进行现实问题的研究,所以报了樊先生。

考试足足考了两天。考完之后,大约过了一周多,经济系的党总支书记找到我,拍着我的肩膀说:"小晏祝贺你研究生被录取了!"接着她说:"不过有一个改变,经过组织研究决定让你从樊弘先生的名下转到陈岱孙先生名下。"我当时有点意外,但是她接着说:"你要好好跟着陈岱孙先生学习,把他的学问接下来、传下去,这是组织交给你的任务。"到现在几十年过去了,这句话可以说一字不差,深深印在我的脑海里。后来我就一直把我们党总支书记讲的这段话,作为组织委托给我的一个重大任务,我要用自己毕生的努力来完成组织对我的委托。此外,我很快就知道了,参加考试的10名同学中只有我一个人被录取。知道这个消息,我与其说是高兴,不如说是倍感压力。我觉得我一定要加倍努力学习,才对得起组织对我的委托,也要对得起我这些没有如愿读研的同窗好友,替他们完成未能实现的研究生学习。所以读研经历使我深深体会到了党组织对我的关怀和期待,也无形之中增加了我的压力,成为推动我不断前进的动力。

我的研究生生活前前后后三年半时间,无论是政治思想、业务提升还是其他方面,都给我留下了深深的烙印,为我后来的成长和工作打下了坚实的基础。

首先是政治方面追求进步。我积极向组织靠拢,终于在1965年11月被批准成为预备党员。当时陈岱孙先生听到这个消息以后也非常高兴,和我说"咱们拉拉手"——他说的"拉拉手"就是握手。印象中陈岱孙先生和我"拉手"只有两次:一次是得知我入党,另一次是得知我要结婚的时候,足见他那时的喜悦心情。

另外就是我的学习历程。在陈岱孙先生的指导下,我进行了

紧张密集而又高效的学习。我的整个课程都是陈岱孙先生给我规划的。比如他要求我再次认真研读马克思主义经典著作，像《资本论》《剩余价值理论》等。我当时还有点意见，因为这些书我本科都选读过了。但陈岱孙先生觉得那样不够，还要再认真细读。事后证明，对这些经典原著的钻研和反复学习是非常重要的。同时，在陈岱孙先生安排下，我还学习了其他一系列课程，陈先生说搞我们学说史研究，最好是个杂家，各方面都要懂一点。于是他给我安排去学逻辑学、哲学史、世界史、第二外语英语等。所有这些课程都是陈岱孙先生给我安排的。那时候没有现在的选课制度，我不需要办什么手续，陈先生给相关老师打个招呼，我就可以直接去上课。讲课老师见了我说："陈岱孙先生来过电话了，欢迎你来听课。"这段学习经历很宝贵，对提高我的分析能力、逻辑能力、表达能力、思维能力十分重要。

除了给我规划课程，陈岱孙先生还直接给我开课，讲"剩余价值学说史"，前后整整讲了两个学期，每周一个下午，我到陈岱孙先生北大镜春园79号甲的家里去，他给我一对一上课。每次上课的时候，他不是讲一通就完事，而是先让我说一说过去一周读了哪些书、有什么体会、有什么问题。他的教学是针对我学习的具体情况和问题来讲的，我有问题的地方他着重讲一讲。他的课程就是这样一种启发式、互动式的教学。后来我逐渐适应了这种上课方式，每次把自己的读书体会、存疑之处提前准备好才去上课。听讲回去以后尽快消化吸收，有问题的记下来，准备下次再提。这样下来，慢慢地我觉得有点入门了，学会了怎样提出问题、思考问题，再加上其他课程的学习，几年下来，我觉得自己业务能力、思维能力都大大提高。不仅是长了知识，更重要的是逐渐摸着了做学问的路子，学会了提出问题、分析问题、解决问题的方式方法，我认为这是最重要的收获。

与陈岱孙先生合影

三年多的研究生生活，我跟陈岱孙先生成了忘年之交。有的同事说陈岱孙先生和我的关系远远超出了一般师生关系的范畴。我同意这个说法。陈岱孙先生对我恩情很重，我们之间有很深的感情。毕业以后，在陈岱孙先生的大力支持下，我留校任教。改革开放后，陈岱孙先生又协助安排我出国交流学习。1985年，我获得富布莱特学者待遇，赴美访学。在美国经历了一年多紧张的学习、交流、工作。又过了几年，我去德国交流访问。去之前，陈岱孙先生还赠送我一套西服、一件风衣，告诉我在欧洲会很有用，果然那件风衣在我在欧洲这段时间发挥了很大作用。

1985年，去美国杜克大学访学

回顾这段历程，我要特别感谢陈岱孙先生，他是我的恩师，也要感谢党对我的培育和指导。这两者是结合在一起、完全统一的。无论是安排我跟随陈岱孙先生读研，还是让我留校任教，以及后来安排我出国访学，都离不开陈岱孙先生操心出力，也离不开党组织的关怀和支持。退休以后，我仍然感受到离退休工作部，以及学院领导对包括我在内的同志们的关心。在党诞辰100周年到来之时，回忆往事，我深感党恩深厚，感到一阵温暖。

用行动报答党的关怀

我是在党的教导和关怀下成长的，因此我也决心以我的行动来报答组织对我的关心。这些年来我一直怀着这个心愿，做了一些工作，创造了一些成绩。也许这些成绩和组织对我的期待要求相差甚远，但是我已做出了最大的努力。我想分三个方面来说：一是教学，二是社会工作，三是科研。

教学工作方面。我留校以来，经历了四十多年的在岗教学。我开设了以经济学说史为中心的一些课程，包括专题研究等；也带了一大批硕士、博士生。在这方面，我可以说是尽心尽力了，为学生们传道授业解惑，和学生结下了深厚的友谊。1995年我还被评为北大首届"最受学生爱戴的教师"。我的很多学生现在都活跃在各条战线上，成为祖国的栋梁之材，这让我感到非常欣慰。

社会工作方面。我陆续承担了一些基层干部工作，包括教研室党支部书记、学院院长，还担任过学校的党委常委、宣传部部长等。在社会工作方面，如果组织对我有要求，我从没有推辞过，我觉得这是我分内之事。那时候提倡"双肩挑"，教学和行政两不误。"双肩挑"很累，我还是尽量努力，可以说在完成行政工作的同时，业务上也没有耽误。

第三方面是科研工作。我认为这是我应该为党、为国家做的贡献。这方面我做了很多，总结起来，重点是四件事。

一是在陈岱孙先生的直接指导之下，我对西方经济学的边际主义重新进行研究。边际主义是西方经济学的一个重要流派，在过去一段时间边际主义被全盘否定，被认为是主观唯心主义的、庸俗的、反动的。改革开放以后，形势发生了很大的变化，我逐渐发现边际主义有很多东西是需要认真对待的，有一定的科学价值，不能全盘否定。本着这样的想法，我在陈岱孙先生的指导之

下,经过六七年的研究,终于完成了这个课题,于 1987 年在北京大学出版社出版了《经济学中的边际主义(历史的批判的研究)》这本专著,全面系统地阐述了经济学中边际主义思潮的产生、形成和发展的历史,填补了国内学术界的一项空白。在这本书中,我首次对西方经济学发展中占有重要地位的边际主义思潮演变的各个阶段进行了全面系统的论述和评价。我提出,实事求是评价,边际主义思潮有两面性,既有为资本主义制度辩护的规范性,也有探索经济生活规律的实证性。在这个课题的研究过程里,陈岱孙先生给了我直接的指导,书的核心框架、篇章布局,甚至一些英文的翻译,他都一一进行指导,这本书凝聚着他的心血。所以我这本书扉页上写着"谨以此书献给我的老师陈岱孙教授"。这样的致谢方式在当时的国内还十分罕见。

第二个成果是打破旧模式,重塑经济学说史。经济学说史是我讲授多年的专业课。结合我讲课的感受,我认为我应该重新写一部西方经济学说史,以往这方面的教材或参考书不是西方的,就是"文化大革命"之前的,我想我应该站在一个东方学者的角度,特别是一个共产党员的角度,立足于改革开放的中国,来重新审视西方经济学的发展过程。陈岱孙先生对此也很赞成,只是古希腊罗马和中世纪的材料不好找,因此我就从近现代西方经济学说流派开始讲起,一直到凯恩斯革命为止。这样,我经过几年的努力,在教学研究的基础上整理成文,先后出版了三本书,我把它叫作西方经济学"三部曲":《亚当·斯密以前的经济学》《古典经济学》和《边际革命和新古典经济学》。我希望通过这

"三部曲",还原一幅西方经济学发展的画卷。其中《亚当·斯密以前的经济学》荣获全国社科优秀成果二等奖,其他著作在社会上也获得较高评价。

第三个成果是我提出要从劳动价值理论迈向多元要素价值理论。在改革开放的形势下,我们党确立了社会主义市场经济的发展方向,实践要求我们创造新的理论。经过了十多年的思考和研究,我提出了多元要素价值论,也就是说不仅要承认劳动是价值创造因素,而且要承认土地为代表的自然资源和资本、经营管理、科学技术都是价值源泉,要认同邓小平所说的"科学技术是第一生产力"。我还提出,应当在重新认识传统按劳分配原理的基础上,确立按生产要素贡献分配论,并且从理论上打通了劳动价值论和多元要素价值论的关系。我的这些观点受到学界极大的关注,也引起巨大的争论。一直到党的十六大前夕,党号召要深化对劳动和劳动价值的认识,我的这套理论受到了中央和社会的重视。党的十六大报告中正式提出了"尊重劳动、尊重知识、尊重人才、尊重创造",提出"确立劳动、资本、技术和管理等生产要素按贡献参与分配的原则","放手让一切劳动、知识、技术、管理和资本的活力竞相迸发,让一切创造社会财富的源泉充分涌流,以造福于人民"。越来越多的人认同并支持我的观点。我们要重视劳动,也要重视自然资源、资本、经营管理和科学技术的作用。这方面的探索还有很长的路,理论是开放的。近些年来,计算机、互联网以及相关的云计算、云服务、大数据、人工智能出现之后,也提醒我们要进一步探索价值理论的创新。

2001年,《劳动价值学说新探》研讨会上

第四个成果是我退休以后,对民营经济的思考。2007年我退休了,但是并没有停下前进的脚步,除了继续进行经济学说史的研究,我十分关注国家改革发展事业的进展,认真学习中央文件,并且积极开展实地调查研究,特别是给予民营经济发展很多关注。我走访了很多民营企业,了解和体察民营企业艰苦创业的宝贵经验,听取他们的呼声,给他们的事业以力所能及的帮助,与不少民营企业家结为朋友。我在这方面也发表了不少经过调研之后形成的观点。

虽然说我并没有多么了不起的建树,但是可以问心无愧地说,自己没有做过对不起北大、对不起党的事,我为北大、为我们的党做出了自己应有的贡献。大半辈子过去了,我应该说走得很顺利,没有经过什么大的挫折,一直跟我们党、跟北京大学同心同向同行。

回顾过往,在党的领导下,中国取得了举世瞩目的成就。如今,中国特色社会主义进入新时代。我相信在以习近平同志为核心的党中央领导下,我们一定能克服前进道路上的艰难险阻,从容应对各种不确定性,把中国这艘大船平稳引向新的胜利。我作为一名年轻的"老党员",时刻关注党和国家的前途命运,从心底祝福党能够创造更伟大的成就。我也愿意老有所为,继续为党和人民增添正能量。最近我在看《觉醒年代》这部电视剧,感触颇深,作为北大人,我深深为我们前辈的开拓精神、牺牲精神所感动。我希望北大人好好发扬五四精神,赓续红色基因,为祖国和人民再立新功。

(采访整理:陈凯)

郭建栋

结缘北大，一生无悔

郭建栋，中共党员，1945年生，北京人，北京大学物理学院教授。1963年考入北大技术物理系。1987年前往苏黎世联邦理工学院固体物理研究所从事高温超导材料制备研究工作。1994年回国后在北京大学物理系工作，曾任物理系党委副书记和物理学院第一届党委书记。

夕阳余晖，回首往事，走过了祖国城市农村、世界多个国家，深深感慨的还是结缘北大一生无悔。

清贫的早年时期

童年时对我影响最大的是我的母亲。因为我的外祖父是一名教师，比较开明，他不允许他的孩子裹小脚，他认为女孩子也一定要上学，所以我母亲没有像那个年代农村里的女孩子那样裹脚，是当地女孩里唯一的"天足"，而且外出上了学。毕业后做了教师的母亲又把她的弟弟妹妹带出来读书。所以她非常重视文化教育，深知知识和教育对一个人成长的重要性，一个人只有不断学习、掌握文化知识，才能够成为对国家民族有用的人。

我大哥在医学院上学的时候就参加八路军离开了家，剩下全家人的生活都是我母亲在操持，而且她总是乐于助人，周围邻居有什么问题都去找她。所以后来母亲便放下了粉笔，离开讲台，回归家庭操持家务。

最让我难忘的是，我的三哥从小生病，有一次医院已经拒绝收治了。我母亲说她不相信。医院不管了，她把三哥背回家，自己学注射、学换药，太阳出来了背三哥出去在院子里晒太阳，天黑了再背回来，这样好几年，我三哥重新站了起来，母亲给了他第二次生命。母亲晚年回忆起这段经历时对我说，那时她每天清晨起来都会面对初升的太阳心中默默念："不放弃，不气馁，一定要坚持下去。"这件事情深深影响了我的一生。

家里只有我父亲一个人工作，他是中学教师。家里孩子又多，所以我小时候的生活可以说是比较清贫的。印象里同学去玩、买东西、看电影，我从来不参与。我的业余生活就是看书。父亲在中学工作，能够给我们借书，所以我从小做完作业就安安心心坐在那里看书，最早是《西游记》，然后是《红楼梦》《约翰·克利斯朵夫》等，其实我根本看不懂，只是"生吞活剥"，但是养成了读书的习惯。所以我比较喜欢文学，而且读书锻炼了我的语言文字能力。回想起来，可能我少看了几场电影，但从书

中获得了更多的收益。尽管小时候的生活很平淡、清贫，但是我在精神上是比较富足的。

我高二的时候，父亲积劳成疾，突然去世了，一时家里非常困难。父亲是我家唯一的经济支柱，除了大哥在部队，我们下面五个孩子都还在上学，家里顷刻失去了经济来源。当时我就和母亲说，我不上大学了，我要去工作，当个工人去挣钱。我母亲说："这个事情你不要管，多读书、多学习将来才能够为国为民做更大的贡献。你要能上大学你就上，你要是实在上不了，我也不会去强迫你。但是如果你有能力上大学，却放弃了不去是不应该的。经济问题你不要考虑，我来解决。"母亲淳朴的"位卑不敢忘忧国"的思想由此深深影响了我的一生。从此，我母亲就给别人看孩子、绣花、补衣服、织毛衣，用她瘦弱的肩膀把我们整个家支撑起来。这段岁月我终生难忘。

当时我在北大附中上学，中学生可以申请助学金，大概每个月最高是九块钱，因为吃饭只要七块钱，还有两块钱保证生活。但是当时北大附中给了我特殊助学金 13 块钱，就是靠着这每个月的 13 块钱，我顺利上完高中，考上了北大。那一年我考上北大技术物理系，三哥考上北大中文系，北师大毕业的二哥被选为援外教师，到北大西语系进修外语，兄弟三人同时进入北大，一时传为佳话。到了北大以后，我继续领取人民助学金。所以，我能够上学、完成学业并且毕业，一直走到今天，有我母亲的功劳，同样也有党和人民对我的养育。

短暂的大学学习生活

在我上小学还不是太懂事的时候，我就知道北京大学是非常优秀的大学，立下了将来要上北大的信念。北京大学在我心中一直都是我们国家高校的拔尖，是我们国家高校的一面旗帜。能够到北大来，真的是一种荣誉和享受。

我到北大上学的时候，各方面条件远不如现在。宿舍很拥挤，六人一间宿舍，上下铺。最怕到冬天，早上洗脸水冰得手都不敢伸进去。当时北大同学的特征是，每人斜背着两样东西：一边是书包，另一边是装着饭盆的饭袋。大家一下课就去食堂，路上一片"叮叮当当"的勺碗碰撞声。到食堂排大队，每次用一张餐券，炊事员舀一勺饭一勺菜，就像现在的盖浇饭似的。没有桌子，大家都站着吃。食堂门口有一个开水锅炉，吃完饭就放点开水洗洗碗，当成汤喝掉。

尽管物质条件艰苦，但是北大有良好的学习环境、文化氛围，这是最吸引我的地方。未名湖边走过的一位面目慈祥、平易近人、衣着极为简朴的老者，可能就是一位世界著名的学者、大师。他们满腹经纶、闻名世界。那时候，这样的人是我们最崇拜的人，就是我们心中的偶像。

学校学习氛围非常好。上课的时候，为了能够坐到前面，要抢座位。那时候班里也就一两个同学有自行车，他们的任务是给其他同学占座位，这节课下了，就跑到下个教室，打开书包，一

个椅子上搁一本书,一下占一两排。图书馆自习的位置也非常紧张,抢位置抢得很厉害,后来就实行凭牌对号入座,一个班给三五个阅览室的座位牌,没有牌是没有座位的。

我是1963年入学的,读了两年多的书,三年级开学不久便到农村参加"四清",再后来"文化大革命"开始了。实际上我在北大学习了七年,但是里面真正读书的时间也就两年半。要说大学给我印象最深刻的,事实上就是那短短两年半的学习时光。

当农民、工人

1970年我毕业,下乡到农村劳动,去了河北衡水的一个公社。这个公社光北大清华的学生就去了60名,当地从来没见过这么多大学生。然后我们再被分到各个村,我在的那个村都是北大的同学,有10个人。

当时衡水的条件很艰苦,没有电,白天和农民一起干活,晚上大家点着煤油灯看看书,看完书两个鼻孔都是黑的。

我在河北衡水农村生活了两年,这两年我受到的教育很多。我从小在北京长大,这是我第一次有机会真正到中国社会的最基层,接触、了解和认识了中国的农村、农民,也结识了不少农民朋友。我亲身体会到了中国农民的勤劳勇敢、吃苦耐劳、聪明善良,面对艰难困苦始终坚忍顽强的精神和品质。他们中有些人真的是非常聪慧。我在的那个村里面就有这样一个青年农民,他不但会干各种农活,而且会木工、泥瓦工、打铁等多种技术,手巧得不行。有一次我跟他说:"你这么聪明能干,却没有一个可以发挥聪明才智的岗位,可惜了。"他平静地说:"这算什么,中国像我这样的人多了。"非常淡然。这句话给我留下了深刻的印象,一个人能够如此淡然地面对生活,波澜不惊,冷静平和,令人敬佩。

至今已经过去五十多年了,我和当年村里的一些村民关系还非常好。前几年我回去看望他们,很多人我都叫不出名字来了,但是他们见到我就亲切地握着我的手,叫着我"老郭啊",真的非常朴实。

在农村两年以后,我被分配到衡水的化工厂。这个厂是生产酚醛塑料的,后来我在那个厂很快被升为技术科科长,负责全厂的生产技术。我在化工厂工作了八年,用到了大学期间学到的很多知识,倾注了我的很多心血。在我工作期间,这个厂产量达到全国第二,产品远销国外,声誉非常好。在化工厂期间另一个收获是接触到了工人,感受到了工人的直率、豪爽、正直。他们之中有些人也成为我的朋友,至今保持着联系。

想起来我们这一代真的是经历了很多变化和波折,但是我觉得也是经过了很多锻炼。尤其是像我这样从小在北京长大的人,如果没有接触社会,对中国就没有全面的了解。我也认识到,一个人永远保持积极向上的生活态度是很重要的,如果我们不能改变大环境,那我们就积极去面对它。特别是在改革开放后,我有机会出国,从中国的农村、工厂到了瑞士这样一个比较发达的国家,我更深刻地认识到了这一点。

回到教学工作

改革开放后,全国各方面突飞猛进大发展,人们认识到了科学技术的重要性,认识到了知识的重要性,当时最缺的就是人才。恢复高考后,很多人去考大学,现有的大学供不应求,于是各种形式的业余大学如雨后春笋般涌现。业余大学里规模最大的就是电视大学,电视大学发展得非常快,但是也缺教师。当时成立了北京电视大学,缺少教师,他们就找到了我,把我调到北京电视大学去讲课。开始是承担讲课任务,后来因工作需要,我担任了电视大学的教务处负责人和办公室主任,在电视大学工作了七年。我记得离开电视大学前的最后一次讲课,是在一个礼堂里给几百人上的面授大课。讲完之后我说:"各位同学,这是最后一次讲课了,我就要离开电视大学的这个岗位了。"全场几百人起立鼓掌,长达几分钟,我非常感动,流下了热泪。

出国研究超导

1987年,我到瑞士苏黎世联邦理工学院研究高温超导材料。超导就是"超级导体",是指某些物质在一定温度条件下(一般为较低温度)电阻降为零的性质。1911年,荷兰科学家昂内斯第一次发现了超导。但是,因为发现的超导材料的临界温度都非常低，比如昂内斯找到的超导材料是金属汞，它要到 4.2 K 才超导，属于低温超导。人们一直想研究临界温度比较高的超导材料。一直到 1986 年，苏黎世联邦理工学院学者第一次发现了金属氧化物可以超导，而且临界温度很高，超过了 30 K，被称为高温超导。所以从 1986 年开始，全世界掀起了"高温超导热"，我也很感兴趣。当时我爱人正在瑞士苏黎世大学攻读博士，帮我联系到了一个去苏黎世联邦理工学院固体物理研究所合作科研的机会，于是我到了瑞士。

那段时间的工作非常紧张，非常疲劳。实验室整个是封闭的，进去以后就和外界隔绝，外面怎么样都不知道，里面是恒温恒湿的。实验一做可能就是从早上到晚上，中间不能停，常常忘了时间，有时候做完实验走出实验室，已是满天星斗。那时候工作很忙，我将近七年都没有回国。晚上出了实验室，站在山上远远看着苏黎世城市的灯火辉煌，心中充满对北京和亲人的思念。

1993 年，我和两个瑞士同事做出了 134 K，就是大约 -140℃的高温超导材料 HBCCO-1223，创造了超导材料常压下临界温度的最高纪录。至今已经 28 年，这个记录还没有被人打破。瑞士报刊立即于当年 5 月 7 日报道了这一消息并附上我们的工作照。这一成果获得了 1993 年瑞士国家物理奖，论文发表在 *Nature* 第 363 期，被誉为超导研究的重大成果，后来被收入《*Nature* 百年物理经典论文选》。

1993年瑞士媒体关于超导成果的报道

取得这个成绩后,我马上就向中国驻瑞士大使馆的大使汇报了,大使也非常高兴,说这是中国人做出的世界纪录,给咱们国家争光了。不久使馆教育参赞来看望我,对我说:"郭老师,想找你谈个事情,你做的这个是世界难题,至少我们国家现在还做不出来,你愿不愿意回国去做这个工作?"我说我当然愿意,我始终想念自己的祖国和亲人。我出来就是想学知识,并没有打算永远留在这里。当时使馆参赞说全国的城市、单位、学校随你选,我说不用选,我是北大出来的,当然要回北大。

确定要回去之后,我就告诉研究所的导师,他坚决不同意。后来我说,我是一个中国人,我希望为自己的国家服务,请您理解。他想了很久,最后提出一个条件,让我保证只能回中国,不能到第三国。我说这个没问题,我是中国人,肯定要回中国。当时我爱人在苏黎世大学已经取得了博士学位,我们两个就一起回国了。

郭建栋、徐晓林夫妇在瑞士学习工作期间合影

积极参加教学工作,负责学生管理工作

因为超导属于物理范畴,1994年夏天我们夫妇二人一起回到了北大物理学院(当时还是物理系)。刚刚回来,感到落差很大。有一个月左右是没有办公室的,每天就在楼道里转来转去,后来逐渐有了桌子、椅子,再到有几个人一间的办公室。更让我焦急的是研究仪器非常落后,好在后来发展很快。这些年,我们国家、北京大学、物理学院发展步伐很快,不断添新的仪器、设备,办公条件也改善多了。

当初我在瑞士做出来的超导材料是块材,而在实际应用中更多需要的是薄膜。我选择了这一课题。历经多次失败,克服了种种困难，终于在 1998 年，通过无汞 precursor 成功制备出 HBCCO-1212 超导薄膜。我们应邀在美国"Studies of High Temperature Superconductors"丛刊撰文介绍这一工作成果，相关论文获得"全国第六届固体薄膜学术会议优秀论文奖""北京大学 1998 年安泰项目奖"，也入选"中国电子学会 1998 年度受奖论文"。

我回国以后还有一种强烈的感觉，在北大和在瑞士不同：在瑞士我是在研究所，专心做科研，没有教学任务；但是北大首先是一个大学，除了科研的任务，还有教学的任务。大学与科学院的区别是，大学的教师应该还有一项重要任务，就是把知识传授给学生，所以教师应该承担教学工作。当时教师普遍比较重科研、轻教学。这也可以理解，因为当时评价一名教师主要是参考发表论著的数量。我觉得老师的首要任务是要教学生，我们毕竟是要退出历史舞台的，需要年轻人来接班，一定要加强教学工作。物理学是一门实验科学，任何一项理论归根结底还要靠实验验证，学生不但要有丰富的基础理论知识，而且离不开实验。我觉得物理学院应该重视教学，老师都应该有教学任务，特别要重视实验教学，加强学生的动手能力。

所以尽管当时科研任务比较重，但我还是承担了物理实验课教学工作。实验课里有的内容，比如超导，我轻车熟路；但是有的领域我也不是很熟悉，自己要先去学习，向相关的老师请教，再把很深奥的东西形象生动地讲述给同学们。我这些年承担的实验课很受学生欢迎，我的课每次都是优秀课程，后来我还被评为"十佳教师"。

在系里同学们有一句话是"有困难找郭老师",不只是实验课上的问题,实验课之外的生活上的问题,学生们都愿意找我商量、询问。我跟同学们的关系可谓"亦师亦友",有的毕业好多年了还来看望我,有的还带着孩子来看"郭爷爷",我感到非常欣慰。

工作中,我发现青年学生不仅有学习上的问题,思想上、心理上的问题也很多,要做好学生工作。那时我们物理系负责学生工作的副书记退休了,没有人愿意接手学生工作,大家都觉得学生工作是最占时间、付出最多的,我就说我来做。我觉得不论教学、科研还是学生工作,中心目的都是育人,都是立德树人,让我们的孩子们茁壮成长,扣好人生第一粒扣子,这是我们的中心任务。学生们各个方面的问题,都需要有老师来帮助、辅导他们。

我做学生工作,融入学生,和同学们打成一片,到他们宿舍去参加他们的活动,很多同学有什么话都愿意跟我说,心理上的、生活上的,甚至包括恋爱问题。我也把他们当成自己的孩子一样。我感觉要想做好学生工作,既难也简单,说难是因为学生工作涉及各个方面,比较琐碎;说简单,是因为要想做好学生工作其实就一句话,把学生当成自己的孩子就可以了。我的想法很简单,就是觉得北大是一个教书育人的地方,孩子在这里要茁壮成长,要成为一个对社会、对国家有用的人。我们不仅要教他们读书学习,还要关心他们的成长健康。

2001年,几个院系合并成立北京大学物理学院,合并之后,我担任第一届的党委书记。几个院系刚刚合并,需要做大量的调

整和化解融合工作。在大家的共同努力下，物理学院迅速进入状态，开始了新的时期。完成了这一工作任务之后，我已临近退休年龄，于是离开学院领导岗位。

老骥伏枥，壮心不已

退休以后，我感到自己还有精力，很愿意继续做些贡献。我参加了学校的招生宣传工作，几年下来我跑遍了全国许多城市，给中学生宣讲，宣传北京大学，为北大招收优秀的中学毕业生。另一方面我受邀到许多中学做科普讲座，给同学们讲述超导，激发他们对科学的好奇心，引导他们树立攀登科学高峰的志向。

给中学生做科普讲座

回想起来我这一生，没有虚度。记得一次有一个学生问我，他说：我会很努力，会一辈子艰苦奋斗，但是最后可能不能取得成绩，那怎么办？我说这个问题提得很好，事实上这样的人可能是多数。努力奋斗了，但最后能够取得成绩的是少数，没取得成绩的是多数。但是我们只要努力了，无论成功与否，都问心无愧。《红与黑》的作者司汤达为自己写的墓志铭是："写过，爱过，活过。"写得很好。一个人的一生为自己的事业奋斗过；爱自己的祖国民族、爱自己的父母亲人；热爱生命。唯此，就可以笑慰人生了。

北大意味着我的生命。我的一生学习在北大，主要的工作在北大，取得的成绩和北大都有密切的关系，我永远自称是北大人。我最值得骄傲的就是和北大的不解之缘。我深刻感受到北京大学的优良传统。北京大学在几代师生的奋斗下，铸就了"爱国、进步、民主、科学"和"学术自由，兼容并包"的光荣传统，这一光荣传统已经融入北大人的血液，薪火相传，发扬光大，生生不息。我希望我们每一个北大人，无论是教师、职工还是学生，都不辜负北京大学这个光荣的名称，对得起在北大工作学习的时光，能够骄傲地说："在北大的时候我能够以北大为荣，将来即使有一天我离开了，北大也能够以我为荣。"

（采访整理：陈凯、邱悦铭、李华雨）

黄宗良

芒鞋不踏利名场，履冰穿雾不惧行

黄宗良，中共党员，1940年生，广东潮州人，北京大学国际关系学院教授。1960年考入北京大学政治学系，毕业后留校任教。长期从事世界社会主义运动的历史和理论、现状的研究，重点研究社会主义政治和政治体制改革问题。

我出生于1940年，今年已经81岁了。八十余年的人生经历，从抗战，到解放战争、新中国成立、土地改革、三大改造，再到"文化大革命"，以及震撼世界的改革开放和苏联解体、东欧剧变。这些我都经历了，甚至不同程度地参与了。此外，我有从20岁开始的六十余年有关政治学的学习、研究、思考、观察，又有五十多年比较严格的党内生活体验，也积累了一些新的见解。回顾过往，这几十年我人生的主题就是怎么走向专业、职业和我们党的事业的三业一体，也就是把专业和职业融入党的事业。

八十春秋风雨路

我亲历了党史国史的发展变化，正是这些经历为我理性地认识党性、理解社会主义奠定了基础。

我出生在潮汕地区一个贫穷农家，回忆我的童年，日子是艰难的。一方面是挨饿，饿肚子是常有的事，记得一次我饿得坐在饭桌边哭，堂婶端来一碗地瓜粥让我吃，这个情景我记了一辈子。这何止是"滴水之恩"！那时候小孩子过生日喜欢吃一整个鸡蛋，有一次母亲拿不出一个鸡蛋，就用一个圆圆的芥菜心充当。另一方面是参与劳动，穷人孩子早帮家。我五岁就去地里插秧，还要帮家里编筐。1949年，我9岁时，解放了，我开始朦朦胧胧地接触和参与了政治，小学和初中时期，从减租减息、土改、互助组、初级社到手工业合作社各个阶段，都在我人生中留下不同程度的印记。到了高中，我也开始参加学校的一些社会工作，我是我们汕头一中《红旗报》编委、时事研究小组成员。1958年，我回老家参加平整土地，大搞水利，挑灯夜战，热火朝天，这也给我留下了很深的印象。总之，20岁以前，我朦朦胧胧地参与了政治，这些经历奠定了我的思想基础，所以我后来很自然地对我们党的理论、实践有一种亲近感。

从1960年到1980年这二十年，也就是我从进入北大到改革开放这段时期。我进入了政治学的专业学习，也结合了社会实践，逐渐开始形成自己的世界观、价值观、人生观。

首先是通过五年的大学学习,开始了政治学的理论准备。1960年,我考入北大政治学系。大学的学习一方面是历史的学习,包括中国历史、世界历史,特别是党史;另一方面是哲学学习,哲学是我最重视的学科。此外还有一系列的政治学理论准备,特别是阅读经典著作。比如我们着重学习了《毛泽东选集》第四卷,还有毛主席的其他著作,比如《矛盾论》和《实践论》等我都读过好几遍。同样,列宁作为我一生最为崇敬的历史伟人,他的许多名篇我也反复研读。莫斯科外国文书籍出版局出版的中文版《列宁文选》非常厚重,是我入学时从汕头市旧书店买了带来的,这为我后来研究社会主义思想史、苏联史打下了重要基础。

大学毕业照

"理论是灰色的,生命之树常青。"这一阶段我也亲身经历了社会实践,投入实际的社会生活。这个实际就是三次参加"四清"和经历十年"文化大革命"。第一次参加"四清"是在平谷县东高村公社一个大队,前后70天;第二次在朝阳区楼梓庄公社,担任一个生产队工作组副组长;第三次在朝阳区南磨房公社一个生产队,担任工作组组长。"文化大革命"期间,我曾去江西鲤鱼洲"五七干校"劳动,直到1972年走上教学岗位。总之,这段时间也是我成长的重要阶段,我在正反两方面的反复认识和实践中逐渐成熟起来。"书山有路实为基",实者,就是实际,就是人民群众的伟大实践提供的经验教训。也正是这一时期的社会实践，使我在改革开放后能够比较自然和自觉地接受和拥护我们党的一系列路线方针及政策。

1980年，我40岁了，"四十不惑"，从此时到我退休，也是我在有字书和无字书相结合的学习中不断解惑，一站一站地"问路"求真的岁月。80年代，我的教学及科研的方向和重点逐渐明朗，苏联政治和政治体制成为我几十年关注的重点问题。我基本上是把科研和教学结合起来，把教书与育人结合起来；治学的方法是把理论、历史和现状结合起来的综合的方法，实际就是以马列理论为指导，从现实社会政治生活中最重大的问题出发，去学理论，去研究历史的经验教训。这个时期恰逢苏联著名历史学家梅德韦杰夫的《让历史来审判》翻译出版，这本书对我认识和研究苏联体制有重要的启示。80年代末90年代初，我教学和科研的课题是"七十年来社会主义的理论和实践"，力图搞清楚的问题是不发达国家如何建设社会主义。围绕这个重大课题的教学和科研，使我对苏联和东欧社会主义建设、改革的历史、理论和现实有了比较系统和全面的了解和研究。

1991年春节，我乘坐列车，经过一个星期的旅途到达莫斯科，开始了为期半年多的访学和接触苏联社会的历程。读万卷书，行万里路。这次苏东之行，主要读的是无字之书，是读书与行路的结合。"日行街市察民意，夜伏书案问列（宁）公"，是我在苏联生活的写照。我见证了戈尔巴乔夫的改革是怎样引起国民经济的混乱、政治思想的失控；看到了布尔什维克的第一代革命家的塑像一座一座被推倒；大体弄明白了苏联这个曾经强大的联邦是如何瓦解的……此外，访苏期间，我还先后到了芬兰、瑞典、丹麦、德国、匈牙利、捷克斯洛伐克，了解东欧剧变和北欧民主社会主义的一些情况。苏东之行还是很辛苦的，我们身上带的美元不敢乱用，肚子常常吃不饱，从国内带出来的方便面是用来改善生活甚至是招待苏联朋友的。记得我们在柏林街上走的时候，常常遇到一些外国人用傲慢和不解的眼神看着我们。但百闻不如一见，收获还是可观的。这一段经历后，我形成了对社会主义问题比较系统的一些看法，写了一系列的文章。在理论和实际的结合中，我对苏东问题及其历史经验教训自认为已经心中有数，并且提高到了共产党执政的历史规律层面。所有这些，已经不是从书本中来，其基点是自己在"走路"中，在读无字书中，在理论与实际的结合中反复推敲出来的。

1991年，访问布拉格一个工人家庭

2004年春，我办理了退休手续。学校通知我：到中南海给中央政治局集体学习讲课。讲课定在2004年6月29日下午，我的题目是"党的执政能力建设",中心还是巩固执政党的执政地位问题。我在简略阐述当前世界各国执政党基本情况、执政能力问题的提出及其内涵之后,重点讲了世界各类政党如何巩固其执政地位的历史经验。此后,我一方面继续从事教学科研,另一方面频繁地在全国各地讲课。世界社会主义和中国特色社会主义的实际进程也推着我进一步思考,进一步交出自己的"作业",继续笔耕不辍。

努力使专业、职业和党的事业三业一体

回顾我六十一年来的政治学学习研究经历,归根到底就是走向专业、职业和我们党的事业三业一体的历程。我的专业是研究政治学、社会主义,我的职业是一名政治学教师或者理论工作者,而我们党的事业是建设中国特色社会主义。能够实现这"三业一体",我非常自豪。走向"三业一体",也可以理解为我作为一名理论工作者、政治教师走向成熟的过程,这其实是一个痛苦的磨炼过程。其中,我觉得需要努力的方面是两个结合:第一个是理论跟实际的有机结合;第二个是党性和科学性,或者说政治性和学术性的有机结合。

理论和实际相结合,我觉得主要有两条:一是要跟着国内外环境变化去观察、提出、思考问题。毛主席的著作我看得比较多,特别是毛主席的《改造我们的学习》《整顿党的作风》《反对党八股》这几篇,我可以说是阅读了无数遍。毛主席尖锐地指

出，学风问题是党风正确不正确的问题，是党性纯不纯的问题，这些话常常敲打着我的心灵。毛主席反复强调的就是理论和实际相结合，实事求是，一切从实际出发。作为理论工作者，就是要紧跟着世界社会主义和中国社会主义去思考，带着马克思主义的世界观和根本立场去观察问题。

比如说苏联解体、东欧剧变，对我思想触动很大。当时，人类社会的发展正处在一个重大转折时期，世界社会主义运动、中国社会主义的发展都处在一个重要转折时期。当时党中央要求社会科学工作者、理论工作者全面深入地研究共产党执政的经验和规律、中国及其他国家社会主义建设的经验和规律，以及人类社会发展的规律。于是，我开始分析世界社会主义运动曲折发展的原因，总结其重要经验和教训。2002年我在《前线》发表文章《共产党执政规律的历史启示》。我提出了共产党执政的六条规律，应该说这是比较早的系统总结党执政的规律。归纳起来是：

1993年，与俄罗斯外交官讨论外交问题

诚心诚意为广大人民群众谋利益，紧紧依靠人民群众，是党的一切工作的根本出发点和根本工作路线，是党成功执政的根本保证；摆正社会主义建设中政治任务和经济任务的关系，坚持以经济建设为中心，坚持政治建设的正确方向，才能从根本上体现党的先进性；正确认识和处理社会主义与资本主义两种主义、两种制度的关系，既不能把二者截然对立起来，也不能不清醒地看到二者之间的斗争，要警惕西方的西化和分化的图谋；掌握适度原则，正确处理好改革、稳定和发展三者之间的关系，是新时期关系共产党执政成败的重要领导艺术；充分发扬党内民主、维护党的集中统一，才能保持党的战斗力，增强党的生机和活力；坚持马克思主义指导，进行理论创新，不断推进党的思想建设，才能使执政党永葆青春，从而保证党领导的社会主义事业蓬勃发展。这篇文章引起广泛关注，也是我被指定在政治局集体学习讲党的执政能力建设的主要根据。这就体现了从实际中观察、发现、思考问题。

二是我深感理论工作者要尊重实际、尊重实践中的干部和群众，深入基层，观察社会。我觉得作为一个理论工作者，要研究理论，更要观察社会，这样就不会夸夸其谈，不会站着说话不腰疼。十年前，我在一次研讨会上提出了"五常"的说法，即"常规、常态、常情、常理、常识"，建设社会主义要创新，要"非常"，不能资规社随，但是也有不少我们不能不遵守的"常"，这就需要我们去认识哪些常规、常态、常情、常理、常识需要遵守。要尊重规律，何谓规律？规律就是那些顺之者昌、逆之者亡

的无形的东西。比如垃圾分类、共享车辆,实际操作起来涉及很大一个系统工程,背后也涉及很多人性根本的东西。所以我老说研究社会主义问题,就要研究"人学"。平时我经常坐公交,这是我观察社会的一个窗口,我会听一听车上各个阶层人们的谈话,这对我认识社会、观察社会很有帮助。

还有一个结合是党性和科学性,也就是政治性和学术性结合。我很喜欢苏东坡几句诗词,"芒鞋不踏利名场,一叶轻舟寄渺茫",谈的就是淡泊个人名利去追求真理。针对我们理论界,我有个说法是"踩线不过线"。为什么要踩线?因为要研究最前沿的问题就必须创新,不能不踩线,不踩线是不可能有新的见解的;踩线同时不能过线,不过线就是要守纪律,理论工作者要自觉地守纪。我们作为政治理论学者,党赋予我们的"权力"就是把政治家手中、人民赋予他们的"权力""装进制度的笼子";另一方面,我们的这种"权力",同样也是受到限制的。因此我们既要敢于剖析现实的社会政治,也要敢于解剖自己。名和利这两只"拦路虎"常常会跳出来,赶走这两只"虎",就是自我革命,没有勇气就只有败下阵来。

满目青山夕照明

我从20岁开始的六十多年的政治学学习、研究,再加上一定程度上参与了社会主义建设和改革的实际活动,把感性与理性、读书与走路、有字之书与无字之书结合起来,也形成了一些关于社会主义问题，特别是中国社会主义问题的比较系统的看法。在建党百年到来之际，我把我的观察和思考梳理为四个根本认识。这些似乎没有什么新解，但确实是我发自内心的声音。

第一，没有共产党就没有新中国，只有社会主义才能救中国。新中国"新"在哪里？就"新"在人民是在党的领导下当家作主的，从牛马不如、水深火热的苦难中站起来了，中华民族永远结束了鸦片战争以后任人欺凌的屈辱历史，有了真正的不可撼动的主权和独立。抗美援朝一战使得西方列强再也不敢轻易在我们家门口无所顾忌地耀武扬威了，使他们逐步明白"平等待我"的真实含义了。

第二，没有马列主义、毛泽东思想，就没有中国共产党，没有中国革命的胜利。马列主义的实质是解决什么问题？马列主义的实质其实就是人的解放和人的发展，也就是推翻旧的社会制度，建立一个新的社会，然后求得人类解放和全面发展，这是马克思主义最实质性的问题，毛泽东思想就是中国化的马列主义。

第三，只有改革开放才能发展中国，没有改革开放就没有四十多年惊天动地的伟大成就，就没有今天中国在国际上如此大的影响和如此高的地位。这几乎是不必论证的。我们略微回顾一下历史，就可以得出这个结论。

第四，今天，我们比历史上任何时期都更接近、更有信心和能力实现中华民族伟大复兴的目标。这个判断是习近平总书记作出的，是很有说服力的。

为什么说我们对实现中华民族伟大复兴、全面建成社会主义

现代化强国的目标充满信心？信心来自哪里？我个人觉得有这么几个条件。

第一个，我们形成了几条重要的执政理念。首先是人民中心论，坚持以人民为中心；其次是我们的新发展理念，创新、协调、绿色、开放、共享的发展理念；最后是人类命运共同体思想。人类命运共同体思想，本质就是解答在当今这个世界，作为一个社会主义国家，要跟其他国家建立什么关系。马克思提出全世界无产者联合起来，列宁主张的是全世界无产者和被压迫民族联合起来，现在我们主张构建人类命运共同体。作为一辈子在学习和研究马列主义的"80后"，我从内心认定，这是当代马克思主义的最新成果，也是人类文明新的重要成果。

第二个重要的条件是改革开放以来，我们的社会发生了几个方面的重要转变。一是工作重心由"以阶级斗争为纲"转为以经济建设为中心，这是个根本性的变化，是建设社会主义的途径和方法的重大变化，它带动了一系列的变化。二是经济运行机制由计划经济向社会主义市场经济转变；所有制由单一的公有制向公有制为主体、多种所有制经济共同发展转变；分配方式由单一的按劳分配向以按劳分配为主体、多种分配方式并存转变。三是由人治到法治，我们现在强调全面依法治国。四是政治上向中国特色社会主义民主政治转变，不断完善民主集中制。五是发展观念的变化，我们提出了科学发展观、新发展理念。我以前把"斯大林模式"概括为"八重八轻"：重政治轻经济、重工业轻农业、重重工业轻轻工业、重积累轻消费、重计划轻市场、重速度轻效率、重军工轻民用、重集体利益轻个人利益；而新时代，习近平总书记提出的五大发展理念契合中国发展实际，必将引发我国经济社会发展全局的深刻变革。第六个转变是意识形态方面的，转向坚持和加强党对意识形态工作的全面领导，巩固和发展主流意识形态，同时进行理论创新。七是对外关系上，由封闭半封闭向对外开放转变，走和平发展、合作共赢、共享共建的道路，这在世界大国崛起的历史中是独树一帜的。这七个方面的转变，目前也是正在进行时，正在不断完善发展中，而且难以逆转。这是我们对实现民族复兴充满信心的重要根据。

第三个条件是我们已经有了一系列比较成熟的经验。根据党的文献论述，我概括为九个字、三组关系：发、改、稳，党、民、法，马、中、西。即社会经济上，把发展的速度、改革的力度和社会可承受的程度统一起来；政治上把党的领导、人民当家作主和依法治国有机统一起来；在建设中国特色社会主义文化中，坚持马克思主义的指导地位，以中华传统优秀文化为根基，吸取和借鉴国外积极的文化成果。这九个字涵盖了政治、经济、文化、社会各个方面，是经得起理论推敲，可以理直气壮向世人展示的宝贵经验。

比如文化方面"马、中、西"。党的十九大报告中说："发展中国特色社会主义文化，就是以马克思主义为指导，坚守中华文化立场，立足当代中国现实，结合当今时代条件，发展面向现代化、面向世界、面向未来的，民族的科学的大众的社会主义文化。"这就是说以马克思主义为指导，传统文化是根基，借鉴国

外的先进文化,博采世界文明之长。举例而言,传统文化中最重要的是"和"的价值观。"和为贵"是一个价值判断,"和而不同"是实现"和"的途径,也就是面对不同的文化、观念等,怎么达到"和",实现包容性发展。有段时间我们过分强调斗争哲学,现在看来片面了;但是,如果把我们的哲学说成是"和"的哲学也有问题。按照马克思主义哲学,事物的发展是一个既斗争又统一的过程。习近平总书记强调了伟大斗争,这是符合马克思主义论断的。和而不同本身也不是说一团和气,一团和气还怎么能求同化异呢?那怎么结合?也必须坚持马克思主义的指导思想,将"和"与"斗"辩证统一起来。再比如,中国传统文化中一个关键是强调中庸之道,"庸"就是平常。我们过去的错误是什么呢?就是忽略了常规、常态、常理、常识,结果就出现了一大堆不正常,甚至反常的东西。但是,"中庸之道"讲过头了也不行,社会主义是新事业、新的制度,不可能墨守成规。马克思主义强调发展、变化是绝对的,将马克思主义与传统文化相结合,不能说"反潮流"万岁,也不能说中庸之道万岁。

我们为什么能够取得抗疫斗争的决定性胜利?第一就是源于我们几千年的中华文明传统,我们讲"民为邦本""老吾老以及人之老,幼吾幼以及人之幼",这是真正的"博爱";第二源于中国共产党的优良传统,我们今天取得的成就都是继承了我党百年来形成的光荣传统,从新中国成立初期治疗血吸虫病,到唐山大地震抗震救灾,再到九八抗洪、2003年的抗击SARS疫情、2008年的汶川大地震抗震救灾等,都是举国体制、"全国一盘棋",对口支援，人民战争……这些都体现了我们的体制优势。以习近平同志为核心的党中央继往开来，一以贯之又与时俱进地坚持和发展这一套理念和方法，这是我们取得抗疫斗争决定性胜利的原因。

"满目青山夕照明"出自叶剑英元帅的《八十抒怀》。我很欣赏这句诗，同时感到欣慰的是，在我老年之时能够见证中国共产党领导的实现中华民族伟大复兴的事业，还能参与其中。这在人类历史上实在是前无古人的伟大、光荣的事业，无论为此付出多少努力，都是很值得的。2010 年，我 70 岁时写了一首自勉诗："古稀忆往话未休，风雨此生复何求？还向先贤讨文胆，再为公平论理论。"还自撰了一副对联："家事、国事、天下事，事事揪心；党心、民心、咱的心，心心相印。"2020 年，我 80 岁时，也写了几首《八十偶感》，其中有一句："八十春秋阴或晴，履冰穿雾不惧行。""家事、国事、天下事，事事揪心"和"履冰穿雾不惧行"，是我对过去的总结，也是对未来的自勉，求知问路无尽头，我愿意继续思考、继续奋斗。

（采访整理：陈凯）

梁　柱
履冰问道，探寻真理

梁柱，中共党员，1935年生，福建福州人，北京大学马克思主义学院教授。1956年就读于中国人民大学，1960年毕业后分配至北京大学工作。曾任北京大学副校长。2005年被聘为资深教授。长期从事马克思主义理论研究与教学工作。

在革命氛围中长大

1935年，我出生于福州一个自由职业者家庭，家里有五个兄弟姐妹。

我的家庭有两个特点。一是我们家有革命的氛围。我的五个兄弟姐妹中，有两个曾在新中国成立前参加革命。我的大姐十几岁念到初中时，就从事地下工作，她参加过新四军，还被国民党通缉。记得小时候睡梦中常常模糊感到大姐回来了，天没亮她就急匆匆走了。有一段时间，她与一个地下党的朋友扮作小学教师,各自带着弟弟妹妹躲进一个山沟里。后来分开之后,这个地下党的朋友一家人都被国民党抓进了监狱。我的大哥在国民政府里当一个小职员,后来在大姐的影响下也参加了地下党,还去了台湾,在"二二八"事件中被国民党抓捕,大费周章才被释放出来,后来又回到大陆。所以我从小就认为,大姐的工作既神秘也神圣。上中学时,我的表姐也是一名地下党同志,我帮她保存文件。那时,像毛主席的《论联合政府》《新民主主义论》,我虽然看不太懂,但也偷偷翻阅,渐渐沉迷其中。

另一点是我的家境非常困难。五个兄弟姐妹中,只有我与二姐一直等到新中国成立后才能够去读大学,毕竟我家的经济状况远远无法负担我们都读大学。当时条件艰苦,饥寒交迫,我们只能吃没有油的青菜。有一种菜如今叫洋白菜,我们只能捡它外面绿的叶子,拌着盐水吃米饭,依靠简陋的餐食维持基本生存。小时候,我们居无定所,随父亲工作四处漂泊。我们家原来有一套房产,但我在外地出生时,身体羸弱,我的外祖母和大哥从福州去看我们,中途不幸被土匪劫持,我们被迫卖房赎人,此后便一直没有房子,只能挤在邮局分配的职工宿舍中。

回忆起我的亲人,我很小就失去了母亲,但有关母亲的场景永远镌刻于心,记得有一次我在外面遇见害怕的事情,就赶紧飞奔回家扑进母亲怀里。我父亲忙于工作,从来不过问我的成绩,也从不看我的作业本。后来我对我的小孩也是如此,从未问过学习成绩,他们却也如愿考上大学。所以有人就问我,我的小孩看起来如此轻松,我是否有独特的教育经验,我说我只有一条经

验——不管。现在的家长对小孩太包办，我反其道而行之，培养他们的独立能力，保持品行纯良，不违背公序良俗，同时教育他们对待学习一定要自觉，这一点深受我父亲影响。

中国的教育培养，尤其注重家长言教身教的影响。我父亲是个比较传统的知识分子，他虽然不是教书先生，但他深受传统文化熏陶，注重做人的道理。父亲挣的钱大部分都用来周济他人，不过分追求金钱，不注重个人享受，对他人仗义，这对我影响颇深，也引导我养成这种品性。因此，童年时的生活经历和身边亲人对我的教育培养，对我接下来的人生观念和道路选择产生了莫大的影响。

走上马克思主义研究道路

我没读过高中，读了一年的师范，毕业后我本希望做一名小学老师，但没做成，在闽清县做团委工作。1956年，我们党提出"向科学进军"的口号，社会上读书、做科研的氛围很浓厚。我想上大学的心也开始萌动。我在想：我没有上过高中，能上大学吗？当时负责文教的副总理是郭沫若先生，我就鼓起勇气，给郭老写了一封信，表达我想上大学的真切愿望。后来他的办公室给我回信，说我这样的个人条件可以同等学力报考，这封回信对我是莫大的鼓励，我觉得这是我党向我打开的一扇窗。

因为没有正规高中经历，我完全是靠自学最终考上大学的。我记得那一年，所有考生都需要远赴省城福州，集中进行考试，一条船上坐满了老师、机关干部，我只是一个不起眼的小青年，大家都觉得我考上的希望很渺茫，但最后只有我一个人考上了，这个结果令大家感到奇怪，都以为我能力超群，纷纷向我请教经验。其实，我只认为广泛汲取知识，打好基础，拓宽视野，便能事半功倍。小时候尽管家境困难，我却很喜欢读书，喜欢接触各类事物，特别喜欢看杂书，从小学开始，课本一发下来，我便很快看完扔到一边，转头阅读自己的读物。我认为一定年龄段适合阅读一定的书，比如小学时阅读《水浒传》《封神演义》，初中时阅读《三国演义》《红楼梦》，等等。我喜欢读各种书，包括文学、历史、地理、天文等，尽管这些书似乎和课程学习没有关系，但是我觉得可以互相联系，触类旁通，举一反三，博采众长。

1956年，我进入中国人民大学，就读中共党史专业。我的第一志愿就是中共党史，这与我家里面有参加革命工作的姐姐有莫大关系，同时我也想通过学习中共党史来探寻真理，讲求"相信真理，传播真理"的学风。

1960年我大学毕业，这四年时间里，真正读书的时间只有一年多，其他时间都在运动中度过。我们那时候读书是很宝贵的机会，大多数人都倍感珍惜，认真自学，像《资本论》这样内容较为深奥的书籍，都要自己逐字逐句读通。参加各种运动，一方面的确耽误了读书学习，但从另一方面来说，我在政治上得到很大的锻炼。记得"大跃进"时期，我在海淀一带的四季青公社一边劳动一边上课，同时还负责办食堂，那时大家比较急躁，想一步实现共产主义，到后来慢慢纠正，情况才有所改善。后来，我又

去十三陵公社待了整整一年,我们和农民同吃同住。那时候正是国家困难时期,前十个月我所在的村子没有人结婚生子,因为人们营养不够。到后来形势逐渐缓和,有几家结婚请宴席,各家完全相同,都只有一脸盆的白菜、豆腐、粉条,加上几片肉片和馒头。当时能吃上馒头很不容易,现在想起来,那饭比今天在任何饭店吃的菜都要香。

大学毕业后,我先被分配到社科院。但我那时候一心想去边疆锻炼自己,为祖国服务,不是很愿意去。后来又被分配到北京大学,我便不好意思再拒绝,毕竟北大是我长期以来很向往的地方。最初我到北大并不是做教师,而是在资料室整理资料、为教师提供材料,大概一年多后转去做教师。后来,1978年我当上讲师,大约在1981年或1982年评上副教授,1988年被评为教授,直到2003年退休。其间,一直进行马克思主义相关的教学与研究工作,一直在探索马克思主义的真理。

退休距今已近二十年,前几年在身体允许的情况下,我也不改以往,生活一贯很充实。有时会被邀请给博士生讲一讲相关专题课,我也乐于点拨更多的年轻人;有时参加特定的学术活动,我也很高兴,与其他人交流也可以更新我的观念,与时俱进;闲暇时,我写些文章、写些书;我还参加了一部分电影剧本的审查工作,我们国家有一个"重大革命历史题材影视创作领导小组",负责审查相关电影的剧本,等待拍成电影以后提些专业意见。除了讲课、研讨、学术工作以外,我的生活习惯和过去相同,早上散步,接着工作、看书,晚上一般就稍微放松,毕竟年岁已大。

我这个人的秉性就是停不下来，一辈子都在工作，退休以后我也希望能够发挥一点作用，这也是一种幸福。

立远大志向，存独立思想

我觉得，现在的青年人要完善知识结构。对于一个大学生来说，应该有一个合理的知识结构。到底需要什么样的知识结构？我个人观点是：第一要有理论基础，理论基础会决定以后的高度和深度。我不反对年轻人多学习一点西方的理论，但是比较起来，真正博大精深的、能够成为自己的世界观和方法论的，还是马克思主义。现在不少学生认为，学校设立的思想政治课形式大于意义。我从事多年相关工作，认为政治课既是一种教育，也是一门学问。比如我给博士生讲课时，课上学生几次鼓掌，课后他们都说很有启发，我深受感动。第二要有以文史知识为主的多方面知识储备，理论基础和知识储备越深厚，以后的知识宝塔尖顶越高。第三才是专业，并不是一开始专业就是一切，只会自己的本专业，我看没有什么前途。第四是多方面的技能，特别是要有学习能力，要会调查研究，也包括外语、电脑等实用技能。只有具备这四方面的知识储备，创新突破才有可能。而且有这样的知识结构，即使以后不做本专业的工作，尝试其他职业也会更加容易。

此外，我这个人非常重视自学，独立阅读，独立研究，独立判断，我也希望青年人能做到独立思考。要做到独立思考，不要

盲从,不要局限在教科书和教师所讲的内容,要善于提出问题,善于发难。当看一本书或一篇文章后,先思考题目,不要直接向下看内容,先把它放下,去思考这题目如果自己发挥,该从几个方面来写,如何发挥它,如何提出问题,如何分析问题,如何提供对策,想好之后再阅读这本书或文章,挖掘作者行文有哪些长处,哪些观点有问题,哪些观点还可以升华,哪些观点还应该发挥补充。但是独立思考的基础是丰富的理论总结,不是苦思冥想。举一反三是所有学者必备的能力,但肚子里没有东西,又该如何举一反三?没有知识储备,又要如何触类旁通?

我认为,我们的同学一定要志存高远。"立志而圣则圣矣,立志而贤则贤矣。"理想信念是抽象的,看不见摸不着,但是对一个人的成长的作用是实实在在的。一个人有什么目标,便会用什么目标来要求自己,而且这一目标不是虚幻的,不是说别人画一个饼,然后强迫自己相信,那不是自己内心真实的方向。当代青年人一定不要小看这个问题,这个目标就是人生的动力。而且青年人的目标不能仅仅局限于个人,要知道,历史上任何杰出人物,他们都不是仅仅为了自己。习近平总书记指出:"青年的人生目标会有不同,职业选择也有差异,但只有把自己的小我融入祖国的大我、人民的大我之中,与时代同步伐、与人民共命运,才能更好实现人生价值、升华人生境界。离开了祖国需要、人民利益,任何孤芳自赏都会陷入越走越窄的狭小天地。"不可否认,个人的成就也是奋斗的动力,拥有好的家庭、好的工作、多赚点钱,这也是动力,但这种动力是脆弱的,它经不起胜利,也经不起挫折。稍有胜利就会满足,停顿不前;稍有挫折就会被打倒,一蹶不振。而如果一个人志存高远,目标远大,心胸开阔,就能被激发出奋进潜力,青春岁月就不会像无舵之舟漂泊不定。这样的人,任何挫折都动摇不了他,他也不会满足于眼前的小惠小利,因为任何成就与未来的理想相比都是渺小的。

梁柱(右)与历史学家田居俭讨论问题

我有时候会担心年轻人眼光太狭窄。过去我们讲胸怀世界,相当一部分人真的是这样。这个问题一定要在我们的大学教育当中解决,不能把青年人教成只把自己圈在自我的小圈子里,青年人一定要把自己的人生和国家、民族的命运联系起来。作为有能力的青年人要多担当,这比只想着个人发展的人的境界高出许多层次。

同时,我们党也要做好意识形态领域的工作,起到正确而有效的引导作用,在人民群众中发挥真正的作用。

　　我长期从事马克思主义教学和研究，党的性质决定了我们党和人民的关系。《共产党宣言》里提及，过去的一切运动都是少数人的或者为少数人谋利益的运动；无产阶级的运动是绝大多数人的、为绝大多数人谋利益的独立的运动。我们党是一个没有私利的党，为人民谋幸福，为民族谋复兴，一切为了人民。在革命运动中，我们党和人民群众有着血肉关系，可以说没有群众就没有中国共产党的成就。我们在长期的革命斗争中，有多少老百姓，宁愿把自己的儿子推出去，也要保护伤员；多少老百姓，把自己家里的最后一口粮食拿来支援前线。中国共产党和人民群众是血和肉的关系，是鱼和水的关系，是土地和种子的关系，这个种子离开土地就活不了，就不能生根发芽。国共两党的斗争归根结底是争取人心的斗争，是老百姓用手推车来表决的。在新中国成立后，我们仍然要注意这个问题。党的十八大以来，在以习近平同志为核心的党中央领导下，我们党这项工作进展非常顺利，共产党不能脱离群众，必须勤勤恳恳全心全意地当人民的公仆。

　　能否做好意识形态领域的工作，事关我们党的前途命运，事关国家的长治久安，事关民族的凝聚力和向心力。习近平总书记指出，意识形态工作是党的一项"极端重要"的工作。我们要充分认识到人民群众是相信真理、拥护真理的，只要我们敢于坚持真理，善于表达真理，真理就一定能够战胜谬误，也一定能赢得人民群众的心。我们一定要坚守好、发展好党的十八大以来意识形态领域工作的良好局面，牢牢掌握意识形态领域的领导权、管理权和话语权，这样才有利于我们的党、我们国家、我们人民的长期发展。

1960年我来到北京大学,至今已经一个甲子。北京大学在中国的地位十分特殊,我们常说中国没有任何一所大学像北大这样,与国家民族的命运紧密连接。北大在戊戌变法中诞生,后来成为五四运动的发源地,又是中国共产党的一个重要的诞生地,也是中国马克思主义最早的传播地,有着悠久的革命传统和红色基因。我们要继承这个光荣传统。我们既要继承传统,又要善于汲取外面的精华,但不要光顾着学外国的东西,丧失自己的根本,也不要固守我们的传统而拒绝学习,应该创造我们自身的特色,扎根中国大地办大学,建设"中国特色、世界一流"的大学。北大作为一所有着如此特殊地位的大学,最重要的任务在于立德树人,培养社会主义事业的建设者和接班人,培养堪当民族复兴大业的时代新人。这是北大的历史使命,我们义不容辞。我相信北大未来会越来越好,肩负起党和人民赋予我们的时代使命,同我们的学生一道,奋力前行。

(整理:刘洋)

梁立基
架起文化之桥

梁立基，致公党党员，1927年生，印尼华侨，北京大学外国语学院教授。1950年回国，1951年进入北大东语系学习，1954年毕业后留校任教。长期从事印尼-马来语言、文学、文化交流史，以及东方文学史的教学和科研工作。

海外血雨腥风中的青少年时代

我是1927年来到这个世界的，出生在印度尼西亚万隆市一个华侨商人的家庭。我父亲叫梁尚琼，是位爱国侨领，从小就教育我："国家兴亡，匹夫有责。"我家客厅里挂的横幅上是岳飞写的"还我河山"四个大字。我在万隆中华学校念书时也经常受爱国主义教育，老师经常给我们讲抗战的故事。我还特别喜欢唱抗战歌曲，记得每次唱《在松花江上》和《八百壮士》时都会激动得热泪盈眶。在家庭和学校教育的熏陶下，我从小就有强烈的民族忧患意识，决心为振兴中华奉献自己的一生。这是那个时代海外华侨青年爱国主义的主要表现，也是我最基本的人生信念。

1941年12月太平洋战争爆发，日本帝国主义的侵略魔爪很快伸向东南亚。我还记得当时发生的第一次空战，在防空洞里只听到头顶上有好几架战斗机在机枪声的伴随下不停地盘旋。等解除警报响之后，一切才恢复平静。我想知道第一次空战的结果如何，便赶紧跑到山岗上看热闹。一个荷兰人正在傲慢地叫嚷："嘿，被打下的日本飞机在哪儿呀？"结果消息传来了，被打下的六架飞机全是荷兰飞机。那荷兰人目瞪口呆，哑口无言，面红耳赤地溜走了。

不久，整个印度尼西亚便被日本帝国主义占领了。万隆市沦陷不到一个月，我的家便惨遭浩劫。在一个漆黑的夜晚，突然传来一阵猛烈的敲门声，几个荷枪实弹的日本宪兵气势汹汹地闯进来，不由分说地把我父亲从睡梦中叫醒抓走，第二天我们全家人也被赶出家门，日本宪兵在我家大门上贴上封条，上面写着"敌产管理处封"。后来我才知道，我父亲是被列入"抗日分子"名单而关进集中营的。

我们一家七八口人搬进一间小小的平房挤在一起住，靠变卖家里剩余的东西和亲友的接济过着十分艰苦的日子。我还在街边摆过小摊卖肥皂，尽量想法贴补家用，减轻我母亲的负担。在占领期间，日本进行残酷的全面掠夺，市面上物资奇缺，买不到粮食和布匹等必需品，许多饥民因吃毒螺而丧命，不少人在热带地方穿的竟然是用橡胶布做的不透气的筒裙，人人感到度日如年。

我也由于环境恶劣和营养不良,身体非常虚弱,不久便染上严重的寒热病,身上发寒时,盖上几层被还是冷得直发抖,而发烧时就算脱光衣服还是热得喘不过气。由于身体长期被病魔所折磨,有一天睡醒时突然什么也看不见,我吓得大哭,以为自己成了盲人,很快就要丧命了。后来经过积极救治和母亲的悉心照顾,我才从死神手里逃了出来。日本占领的三年多时间里,我是在煎熬中度过的,学校被关闭,完全失学,但我母亲非常重视教育,找了当过老师的亲戚给我补习功课,所以在失学的情况下,我基本上把初中的主要课程自学完了。

1945年8月15日,日本宣布无条件投降,三年多来的灯火管制被取消了。那天晚上突然街灯通明,滚滚人群涌到街上载歌载舞,欢庆胜利。三年半的苦难日子总算熬过头了,我父亲也从集中营里被释放出来了,全家重新团圆。这时,中国在一夜之间突然变成了世界"五强之一",过去趾高气扬的荷兰人现在见到中国人时也都变得彬彬有礼了。我感到非常自豪,中国人已不再是"东亚病夫",从此可以扬眉吐气了。

日本投降后,印度尼西亚宣布独立,荷兰企图复辟旧殖民统治。于是印度尼西亚人民纷纷拿起武器捍卫刚独立的共和国,这就是1945年爆发的"八月革命"。当时万隆市分成南北两区,南区是印度尼西亚共和区,北区是英荷占领区。华侨大部分住在南区,我家就在南区通往北区的大街边。大部分华侨都同情和支持印度尼西亚的民族独立斗争,当时的口号是"一旦独立,永远独立"。所以向印度尼西亚朋友打招呼的方式是喊声"独立",对方的回答是"永远"。这种打招呼表达了对印度尼西亚民族独立的支持。我参加了万隆中华红十字会的救护队,救护站就设在南北区的交界处,当时南北区是由东西向的火车道隔开的。我每天到救护站值班,主要工作是救护和安置受战火摧残的难民,灾民中不只是华人,也有原住民。我们还尽量帮助和支持印度尼西亚武装队伍的斗争。我自己就有过这方面的亲身经历。有一天,一位印度尼西亚的武装人员前来救护站求帮忙,他想穿过被英荷军占领的北区去和北郊外的战友联系。我们红十字会的救护卡车可以穿过北区而不受阻拦。我们便让他装扮成我们的一员一起上卡车穿过北区。我和他在卡车上并排站着,还时不时交头接耳聊几句,以缓解紧张情绪。最后顺利地通过几道检查站到达目的地。他下车向我告别时喊了声"独立",我立刻回应"永远"。他脸上露出满意的笑容,我也一直目送他安全离去。

我在红十字会救护队的工作其实相当冒险,因为救护站就设在南北区的交界处,北区的英军时不时向南区开枪放炮,有一次一位救护队里的队友刚好路过而被击中,幸亏没有打中要害而幸免于难。南北区的交战局面持续了半年多,后来北区的英军和荷兰雇佣兵向南区发动全面进攻,印度尼西亚武装队伍实行焦土抗战,南区顿时变成一片火海,离我家不远的房子有不少被大火吞没。《哈啰!哈啰!万隆》这首印度尼西亚著名的歌曲这样唱道:

　　哈啰!哈啰!万隆
　　勃良安州的首府
　　好久我没有见到你

  如今已成为一片火海

  来吧，弟兄们，赶紧把它收复！

  每当唱起或听到这首歌时，我脑海里立刻浮现出当时万隆市一片火海的情景。

  万隆市恢复平静后，学校开始复课，我也怀着美好的憧憬踏入新建的万隆华侨中学（侨中）的大门，重新过起向往已久的学校生活。回想当年在侨中经历的学校生活，至今仍历历在目。我虽不是一个听话的"好学生"，但对老师却非常尊敬，他们的谆谆教导我都铭记在心。学习之外，我喜欢各种体育锻炼，尤其是篮球，我是校队和市队的主力队员，经常参加各种比赛，拥有一批年轻的初中女生"粉丝"，每场比赛她们都要到场为我呐喊助威。我还积极参加社团活动，曾担任话剧团的前台主任。这可以说是我三年高中生活中阳光的一面，但在同一时期，我也为祖国的命运感到困惑，陷入极度的迷茫。抗战胜利后，我满以为祖国的振兴指日可待。谁知接踵而来的是国民党政府的贪污腐败，国内物价疯狂飞涨，老百姓无法活下去。所以我一度陷入彷徨苦闷，不知前途在何方。后来我借到斯诺写的《西行漫记》，才知道在中国还有中国共产党领导的革命圣地延安。我又想法借阅了一些革命书籍，第一次看到了《新民主主义论》。我便把祖国的命运寄托给中国共产党。当宣告中华人民共和国成立时，我对祖国的伟大复兴和繁荣富强充满憧憬，决心回国，为建设新中国把自己的一生全部奉献出去。

| 梁立基：架起文化之桥 |

1948年，侨中篮球队合影（梁立基为后排左三）

人生道路的新起点

1950年侨中一毕业，我便怀着报效祖国的决心，报名参加印度尼西亚归国华侨同学会，成为新中国成立后第一批印度尼西亚归侨学生。一踏上国土，我暗下决心，要把自己的一生全部奉献给振兴中华和统一祖国的大业。当初我怀着工业救国的理想考入东北大学的化学系，后来东北大学改名为东北师范大学，我仍然愿意毕业后当化学老师去培养祖国需要的化学人才。

第二年的暑假，第二批印度尼西亚归侨学生来了，中央侨委需要人去做接待工作，于是把我叫去帮忙，当作侨委干部负责一部分学生的住宿安排，直到护送他们去报到的学校。我的整个暑假都花在这上面。此时正好我父亲参加第一批印度尼西亚华侨归

国观光团抵达北京,侨委又让我参与接待工作。其间,我父亲看到新中国开始走向欣欣向荣的景象大受鼓舞,便决心把在印度尼西亚的全部家业卖掉,把资本带回国参加建设新中国。他的爱国实际行动给我以极大的鼓舞。

当我顺利完成侨委交代的任务时,学校已经开学一个多月,我回不去了。于是侨委要我转学到北京,可能看我有一定的工作能力,以后暑假还可以去帮忙。中国与印度尼西亚刚建交,很需要培养印度尼西亚语的翻译人才,于是中央侨委建议我转学到北京大学东语系新建立的印度尼西亚语专业。我早已树立这样的信念:祖国的需要就是我的志愿。印度尼西亚又是我的第二故乡,发展中国与印度尼西亚的友好关系便是我的历史使命,而我又有语言和文化的优势,可以充分发挥自己的作用。所以我二话没说,便欣然答应了。1954年从北大毕业后我留校任教,就这样,我的人生道路出现大转变,走进印度尼西亚语专业。从此我的一生再也不能与中国-印度尼西亚关系的发展分开了。在实践中,我认识到要深化两国人民的友谊和相互了解,除了语言作为不可或缺的交流工具外,还需要更加深入地了解印度尼西亚的社会政治、经济、文化等方面的历史和现状,了解中国和印度尼西亚的关系史和交流史。于是在语言之外,我便开始着重研究印度尼西亚文学和中国-印度尼西亚的文化交流史,后扩展到对东方文学的研究。

季羡林教授是我国东方学的泰斗,是北京大学东语系的创办人和系主任,培养了一大批东方语言、文学、文化的教学研究人才。作为东语系的教师,我有幸得到季先生的直接教导和指点,我从单纯的印尼-马来语言的教学逐步走上印尼-马来文学和文化研究的道路,后又逐步扩大到东南亚文学和整个东方文学的研究领域。从1956年响应中央"向科学进军"的号召起,每年校庆东语系都要举办"五四科学讨论会",以推动我系科研的发展,而每次我都要拿出一篇有关印度尼西亚文学的论文参加讨论会。这对我的学术成长有很大的好处,使我一步一步从无到有,直至最后能开设系统的印度尼西亚文学史课和东方文学史课。

季先生作为系主任不但重视和鼓励各专业开展专业文学的研究和开设专业文学课,同时也注意引导大家扩大研究范围,与整个东方文学联系起来,从而为开设东方文学课创造了条件。有了各专业文学的研究作为基础,北大东语系得以在我国高等学校中首先正式开设东方文学课。尽管最初的东方文学课还算不上是一门系统的课程,但那是我国东方文学研究园地里的第一株幼苗,只要给以时日和阳光雨露就会逐渐茁壮成长。

1979年大学恢复正常之后,许多学校重新开设外国文学课,为此中国人民大学出版社积极筹备出版《外国文学简编》作为高校外国文学的基础教材。然而最初所谓的外国文学,实际上只是欧美文学,并不包括东方(亚非)文学。这样的外国文学课当然失之偏颇,不能给学生以完整的和正确的外国文学知识。但当时搞东方文学的人较少,且很分散,互无联系,谁能承担"亚非部分"的编写任务呢?根据当时的实际情况,我国搞东方文学的人大致可分成两部分:一部分是北大东语系出身的,他们的优势在

点的深度上,因掌握东方国家的专业语言而能直接阅读有关的外文原著,从而掌握了第一手资料,所以国别专业文学的研究成了他们的强项;另一部分是中文系外国文学专业出身的,他们的优势在面的广度上,文学知识面宽,文艺理论修养高,综合能力强。如能把这两部分人结合起来,就能形成一支点面结合、较全面的东方文学研究队伍。而这时《外国文学简编》计划出亚非部分,正好为这两部分的结合提供了历史的契机。在协商之后,当时便决定由朱维之、雷石榆老前辈和我担任主编,把全国15个高等院校从事东方文学教学和研究的教师第一次集结在一起,共同编写我国第一部东方文学教程。

《外国文学简编(亚非部分)》的编写过程不但带出了我国历史上第一支东方文学的研究队伍,同时也催生了我国第一个东方文学研究会。整个编写过程用了三年多的时间。在每次编委会上,除了讨论书稿,大家还讨论今后如何推动我国东方文学的研究,最后取得了一致意见,那就是必须单独成立东方文学研究会。最后定稿会上,大家便决定成立全国高等院校东方文学研究会,我也被选为副会长。研究会成立后主要开展两方面的活动:一是每隔一两年举行一次有关东方文学的研讨会,由全国各地参加研究会的学校单位轮流主办,我每次都参加并发表论文,这种研讨会对促进我国东方文学的研究起了积极的推动作用;二是接受教育部的委托举办东方文学教师短期培训班,扩大东方文学的教师队伍。

为印度尼西亚语专业的发展寻求出路

1965年,印度尼西亚发生"九三〇"政变,不久中国与印尼断交。我没有丧失信心,因为从两国关系的历史发展来看,相信断交只是暂时的现象,我们应该为以后复交的到来做好准备工作。于是在1977年我便建立词典组编写《新印度尼西亚语汉语词典》,1989年由商务印书馆正式出版发行。

80年代初我国虽然实行改革开放,但与印度尼西亚的关系仍然没有打开,无法进行直接的接触和学术交流。我们对断交后印度尼西亚学术发展的情况可以说毫无所知。这对培养和提高教师队伍的教学和科研水平无疑是很不利的。我作为教研室主任必须想其他办法和途径去解决这个难题,于是我想起西方学者来,他们一直不间断地同印度尼西亚进行学术交往,我可否采取"曲线救国"的办法来解决这个难题呢?这时我想起认识的荷兰莱顿大学的东南亚、大洋洲语言文化系的德欧教授,他是研究印度尼西亚文学的学术权威,我可以把他请到北大来做短期讲学。经校方同意后,我便向他发出正式邀请信。最后德欧教授携夫人来了,我到机场亲自迎接。由于都能用印度尼西亚语进行直接交流,彼此间立即拉近距离。后来我俩成为好朋友,可以促膝谈心了。当时刚刚改革开放,西方人对中国还有很多误解,他很想更多了解中国人民的实际日常生活和改革开放后的中国。我便邀请他们夫妻俩到我家吃顿便饭,这可以帮助他了解我们日常生活的

实际情况。德欧教授夫妇和我全家老小济济一堂，边吃边聊，其乐融融。德欧教授非常感慨地说："在荷兰我已经好多年没有享受过这样温暖和谐的家庭生活了。"为了让他俩更直接了解中国文化，除了北京的名胜古迹，我还带他们去参观西安的兵马俑等，使他们对中华文明的悠久历史有更多更直接的感受。在参观秦兵马俑时，他说："2500多年前中华文明就已经如此进步，10世纪以前荷兰还不知在何处呢。"在这段时间里，讲学之外，德欧教授经常跟我谈论学术问题，除谈印度尼西亚文学，他对我搞东方文学研究特别感兴趣，因为在西方还没有人把东方文学当作一门学科。后来他了解到我们目前的困难是不能和印度尼西亚进行直接的学术交流，这对我们师资队伍的成长很不利，他便马上答应每年给我们专业提供一个名额去莱顿大学进修一年。莱顿大学是印度尼西亚研究的主要基地，专家很多，藏书非常丰富，能到那里进修是对提高我们专业教师水平的极大支持。我决定先让那些没有出过国的年轻教师去，他们轮流，每人都得到进修一年的机会，业务能力大大提高，打下了很好的科研基础。

另外，我还请到法国第一位研究印度尼西亚华裔马来语文学的专家学者苏尔蒙教授和英国伦敦大学的克拉兹教授等先后来北大讲学。他们也希望请中国研究印度尼西亚文学和东方文学的学者到西方讲学。于是我于1986年受邀前往欧洲讲学，着重讲中国对印度尼西亚文学和东方文学的研究成果。80年代可以说是北京大学东语系印度尼西亚语专业与欧洲进行学术交流的鼎盛时期。

为促进两国关系的发展奉献一切

1988年，印度尼西亚举办第五届印度尼西亚语言全国代表大会。我收到了印度尼西亚教育部语言建设与发展中心的邀请，成为两国断交后被邀请参加会议的第一位中国学者，并作为大会的学术报告人之一。我成功出席会议意味着被禁锢了二十多年的两国文化交流终于出现第一次突破。这次大会使我有机会与印度尼西亚学者和华裔社会人士直接接触和交流，同时更感受到语言和文化交流对双方的相互沟通和理解所起的十分重要的作用。我的报告一结束便有人起来问我对"Tiongkok"（中国）与"Cina"（支那）的看法，他认为"Cina"是中性词，在印度尼西亚已经使用二十多年了。当时会场的气氛一下紧张起来，全场鸦雀无声，因为这在当时是一个非常敏感的政治问题。我从语言学的角度和词意所含褒贬性的历史演变背景有理有节地做了解答，最后得到与会者的普遍赞赏。一位著名的华裔大企业家在为我设的晚宴上大加赞扬地说："不愧是北京大学的教授。"这也是我在断交的情况下第一次进入印度尼西亚学术圈，并与印度尼西亚著名学者们直接进行学术交流。我能参加这样重要的学术会议也预示着两国关系将要解冻。

1990年8月8日，中国与印度尼西亚正式恢复外交关系。当初来北京筹办大使馆的印度尼西亚公使第一个要找的人就是我，想从我这里了解中国改革开放的实情。我还亲自带他去参观对外开放后东南亚国家在北京开设的企业。从此，印度尼西亚大使馆每有重要的外事学术活动便经常邀请我参加，我也愿意为促进中国与印度尼西亚的友好关系尽自己的绵薄之力。

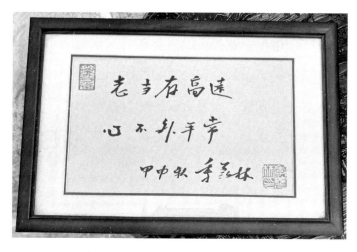

季羡林先生向梁立基赠送的书法寄语

两国虽然复交了，但两国的文化和学术交流实际上仍处于半停滞状态，无法正常进行。其间，我与马来西亚的学术交流反而增多了。印度尼西亚和马来西亚在语言文化上是同一源流。1992年，我第一次被邀请参加在马来西亚首都吉隆坡举行的马来语言国际研讨会，并被指定为大会报告人之一。这是中国学者第一次出现在马来西亚的学术论坛上。我用马来语所做的学术报告《中国的马来语言教学与研究》，第一次阐明了马来语言在中马交流史上所起的作用。特别是我根据中国史料提出，早在15世纪郑和下西洋时期，马来语（当时称作满剌加国语，即马六甲王朝语言）就已经被列为中国历史上的第一所外语学院"四译馆"的一个专业，同时第一部马华词典（当时称作满剌加国译语）也问世了，观点引起了全场的轰动，因为这在马来学术界里尚无人知。我的学术报告受到与会者的普遍欢迎和好评，社会反响很大。1994年我被马来西亚国民大学聘请为客座教授，要我在该校用马来语举办讲座，专门讲有关中马文化交流的历史。我的最后一次讲座特地安排在马六甲州议会大厅举行，马六甲州务大臣还亲自率领全体州议员出席听讲。由于我的讲座内容在马来学术界反响很大，马国大院方要求我用马来文写成一部专著，即《光辉的历史篇章——15世纪马六甲王朝与明朝的关系》。还由于我在马来西亚的学术活动取得一定成果，2004年10月在北京庆祝中国-马来西亚建交30周年的研讨会上，马来西亚首相巴达维亲自给我颁发了"马来西亚-中国友好人物荣誉奖"，以表彰我在语言、文学、文化交流中所做出的贡献。

相比之下，在"新秩序"政府时期，我去印度尼西亚进行直接学术交流的机会要少得多。但是，我仍然把印度尼西亚文学史和中国与印度尼西亚的文化交流史，其中包括印度尼西亚华人的历史地位、作用和贡献，作为我研究的主攻方向和主要课题。"新秩序"政府垮台之后，我有更多的机会参加双方的学术活动，所以我把绝大部分的时间都用在研究印度尼西亚文学和两国文化交流的问题上，并用汉语和印度尼西亚语发表了许多学术论文和专著。随着研究和交流的逐步深入，我越发觉到一个民族的文化和文学的发展不是孤立的现象，它必然要受到其他民族文化文学的影响，这就是所谓的文化交流。中华民族的文化文学如此，印度尼西亚的文化文学也是如此。而印度尼西亚更有其独特的发

展规律,世界四大文化在不同的历史时期里,都对她产生了重大而深远的影响。所以后来我把研究领域扩大,也从事东方文学的研究,把印度尼西亚文学看作东方文学的重要组成部分,把宏观研究与微观研究紧密地结合起来。2006年8月17日,印度尼西亚驻华特命全权大使苏特拉查特地给我颁发了"贡献奖",表彰我为促进中国-印度尼西亚文化交流所做的贡献。

进入全球化的21世纪之后,中国与东盟建立了战略伙伴关系。这些年我虽已退休在家,却仍在进行科研,集中精力搜集我国非常丰富的史料,用于研究中国-东盟(包括印度尼西亚)走向战略伙伴关系的整个历史进程,并继续积极参加国内外举办的有关学术研讨会,写了好些专题论文。为了让印度尼西亚学者和广大读者能更直接地了解中国-印度尼西亚关系发展的整个历史进程,我集中全力用印度尼西亚文撰写了一部专著《从朝贡关系到战略伙伴关系:中国-印度尼西亚关系2000年的历史进程》,全书近600页,并于2012年在印度尼西亚正式出版,受到各界的重视。

此外,我积极参加民主党派活动。我刚回国就加入了新民主主义青年团,两年以后就申请入党。但是出于种种原因,一直没能入党。后来我们系里邀请我加入致公党。我了解到致公党是以华侨为主的民主党派,而且在历史上是孙中山先生改组的,一直积极支持民主革命,于是我就参加了致公党。后来致公党北京市委选举我为副主任委员。致公党有很多事情,每周我都要抽一天来处理事务。我在加入致公党后不久就进入政协工作。有一次我代表政协到南方考察，坐火车回来时见到大量的白色塑料袋漫天飞舞，所以我回到北京后给北京政协写了关于消除白色污染的一个提案，反响很大。

如今我已90多岁，面对祖国强盛的今天，我这个出生于印度尼西亚的老归侨，除了感到欢欣鼓舞之外，更多了一层历史的使命感，希望自己能够老骥伏枥，再做贡献。我也希望青年们勇担时代重任，未来的民族复兴大业，需要青年的努力与奉献。

傅增有

传播中国文化，助力中泰友好

傅增有，中共党员，1948年生，吉林人，北京大学外国语学院教授。1974年在北京大学泰语专业毕业后留校任教，2007年担任泰国朱拉隆功大学孔子学院第一任中方院长。2008年退休后，继续担任孔子学院的中方院长、代理院长和高级顾问。

1948年4月，我出生在吉林的一个工人家庭，家里兄弟姐妹比较多，我的父亲当时在铁路部门工作，曾经参加过抗美援朝战争，所以从小父母就教育我要有一颗爱党爱国的心，努力奋进，报效祖国，而我也是一直朝着这个方向努力去做的。

参军报国不负韶华

那是一个风云激荡的年代，1968年，我当时正在北京念高中，积极响应上山下乡的号召，准备前往东北，积极参加社会主义建设伟大事业。就在出发前一周，学校收到冬季征兵的通知，积极组织适龄的男生报名。最终我和学校的其他 19 名男生体检、政审合格,应召入伍。就这样,我穿上了绿色军装。

1969 年 1 月,我坐上了从北京出发去成都的火车,来到绿树成荫的蓉城,经过一个月的新兵训练,正式成为解放军的一名战士,为国家站岗放哨。

1969 年,参军入伍合照(后排左一为傅增有)

到连队的第一个星期,指导员给我们新兵上党课,讲述部队的光辉历史。我们这支部队经历过抗日战争、解放战争、抗美援朝的洗礼,在各个战场上屡建功勋,是一支具有悠久历史和光荣传统的部队。听完这些历史,我内心激动无比,决心要以自己的实际行动,积极主动践行人民军队的优良传统,做继承优良传统

的好战士。当时正值南京长江大桥刚刚建成,这是在他国对我们进行全面技术封锁万分艰难的情况下,党领导人民发愤图强,克服重重困难,经过了十年的坎坷曲折,自行设计建造出来的一座铁路、公路两用桥。在这样的学习和熏陶中,我坚定了决心,要听党指挥跟党走,努力为祖国的建设发挥自己的力量。

于是,在到连队一个月后,我郑重地向党组织递交了入党申请书。在这段时间里,我完成了从一名高中生到一名解放军战士的转变,积极接受入党的考验。一方面,我认真学习党章,努力把握党章的各项内容和规定,自觉按照党章的要求强化党性观念。另一方面,我以实际行动践行我的入党初心:一是磨炼心智,锤炼体魄,刻苦钻研,勤奋实干,努力提高自己的军事技能,别人休息的时候,我给自己加任务,付出双倍的努力。功夫不负有心人,我很快就进入角色,在各项军事训练考核中一直是优秀。二是学雷锋做好事,传递正能量。训练之余,我主动去炊事班帮厨,洗菜喂猪,帮忙去营房外运煤;主动帮助战友站岗——那时候白天训练很辛苦,晚上还需要轮流站岗放哨,对身体和心理素质的考验还是很大的,尤其对于新兵来说,在中午尤其夜晚站岗的每一分每一秒都是煎熬和考验,所以我主动替身体不舒服的战友站岗。在周日休息的时间,我发挥自己的特长,帮其他战士写信,因为在我们连队,我是为数不多的高中生,有很多战友是初中、小学学历,写信非常不方便,所以我基本每周末都要替战友写两三封信,以解他们的思乡之情。这些事情或许在别人看来都是浪费时间的烦琐小事,但是我认为能够把这些平凡的事情做好就不平凡，就是践行入党初心的最好行动。

我的努力组织也都看在眼里。入伍一年，我就被评为"五好战士""五好战士标兵"，还参加了我们军的标兵大会，这是无上的光荣和肯定。1969年11月20日，我被正式批准入党，宣誓为党奉献终生。部队是一所大学校，部队的生活使我磨炼了意志，增长了知识，懂得了纪律和奉献。正是在这所学校里，我逐渐成长为举止端正、雷厉风行的一名军人。

脚踏实地求学任教

1970年8月，我们连队正在河南某靶场进行军事演习，一天夜里营长突然通知我立即回成都军部办理上大学手续，到了军部才知道，是到北京大学学习。那一年，中央决定恢复办大学，从工农兵队伍中选拔推荐优秀人才上大学。我们军一共只有四个名额，军里决定派我去北大学习。这样的机会对我来说真是太珍贵了。就在这样的机缘巧合之下，我回到了北京，在北京大学与泰语结下了不解之缘。

当时北京大学东语系有300多名学员，来自全国各地，海陆空、工农兵都有。我一心想着自己要努力学习，学成之后回部队为国效力。到现在我都记得自己每天在未名湖边背书、背单词的情景。我定期给部队首长写信，如实汇报自己在北大的学习情况，丝毫不敢松懈。

1974年1月的一天，东语系军宣队代表找我谈话，表示学校

要落实毛主席指示,加强大学工作,但当时教育资源还严重不足,所以根据毛主席指示精神,军宣队和学校统筹安排一批解放军学员在北大当老师,要我转业留校当老师。这个通知对我来说太突然了,因为当时的部队学员原则上都是从哪来回哪去,我也特别期望回归部队。但是,作为一名党员应该服从组织安排,作为一名军人要服从命令听指挥,我愿意听从组织安排,国家需要我去哪儿,我就去哪儿。就这样,我脱下心爱的军装,成了北京大学的一名教师,军装上的五角星和红领章成为我珍藏至今的宝贝,军旅时光是岁月给我的丰厚馈赠,令人终生难忘。

留校任教以后,我努力在教学和研究方面做出成绩,学校对我们青年教师也非常关心并进行多方面的培养。要知道,当个老师不容易,当个好老师更不容易,因为我们面对的不是工业流水线上标准化的产品,而是每一个都很不一样的个体。这个时代唯一不变的就是变化,如果停下自己的脚步,我们将无法跟上教育发展的步伐,无法应对教育实践中错综复杂的局面。所以我们主动出击,做课程研发,编教材,编词典,根据需要开设新课程……为北京大学泰语专业的发展贡献自己的一分力量。

按照组织需要,我成为一名"双肩挑"干部,既承担专业教学任务,也承担行政工作。我先后担任泰缅印地语党支部组织委员、宣传委员、支部书记,东语系党委副书记等职,也先后获得"北京大学优秀教师""北京大学优秀共产党员标兵"等荣誉。犹记在1976年唐山大地震发生之时,全国紧急动员,全力支援唐山抗震救灾,因为我曾经有参军的经历,所以我主动请缨,参加抗震救灾。于是我带领泰语专业的学生赶赴灾区,帮助唐山彩陶厂清理废墟,重建家园,一待就是一个月。这场灾难让我重新审视生命的意义和存在的价值,作为老师不仅要教书,更重要的是育人,应该在不同的环境里精心教书、热心育人,甘于奉献。

1979 年,东语系主任与我谈话,告诉我中泰两国正式建交已经四年,现在决定两国互换留学生,中国一共三个名额,教育部只给北大一个名额,经系里领导讨论,综合考虑之下决定安排我去。我感到很意外,因为刚刚改革开放,出国是一件很大的事情,当时泰语教研室各个年龄段的老师都有,把这个机会给我,让我深感责任重大。不过,由于我是工农兵学员出身,在大学求学期间还要学农、学工、学军,我深感自己在专业上还有很多欠缺,能够去泰国学习深造对我来说恰如一场及时雨,非常有必要。

于是,1980 年 5 月 20 日,我出发经缅甸仰光抵达泰国曼谷,在泰国的最高学府朱拉隆功大学留学。第一年我是以访问学者、进修生的身份学习,后来北大恢复了学位制,我就提出申请攻读研究生。经过朱拉隆功大学文学院笔试面试,最终我和另外一名中国同学被文学院泰语系录取,开始了为期三年的研究生求学生涯。当时我们一个年级十名学生,只有我们两人是外国人,其他都是泰国人,和他们相比,我们基础薄弱、起点略低,很多基础课程我们在国内没有学过,所以要付出多倍的努力和刻苦。

在那段时间里,我从没凌晨一点前睡过觉,早上五点就起

床，用别人的休息时间来追赶。听力课我过不了，就自己想办法，周六日的时候花一泰铢坐公交车，听公交车司机和售票员说话；或者买一张票，看一天的泰语电影，用各种办法提高听力水平。1983年2月4日，我顺利通过答辩，是本年级第一个顺利毕业的，我的硕士毕业论文《汉泰重叠词比较研究》还被朱拉隆功大学评为优秀毕业论文，朱拉隆功大学出版社还将它出版为研究生教材。我的导师也说，她教过的学生当中，中国学生是最优秀的，因此她建议我留下来继续读博。但那时北大只有一个学习名额，如果我留下来读博就会占用这个宝贵的名额，其他老师就失去了学习的机会，所以我主动放弃了。

学成归国之后，我积极参加教学科研活动，将自己的学习成果转化为教研成果，先后参加《中国大百科全书》泰语语言词条撰写，参加《东方文化词典》《中外文化交流史》等二十多本书的编写工作，还出版了我国第一本泰语口语教材《泰语300句》，以及《东南亚宗教与社会》等各类教材。

后来，北京大学东语系更名为东方学系，在原有的"语言"和"文学"两个研究方向的基础上，新增"文化"方向，系主任陈嘉厚老师找到我，希望我来负责泰语专业的"文化"方向建设。从本专业的学科发展考虑，我服从安排，从原来的泰语语言学研究方向转到泰语文化方向，先后开设了"泰国文化""泰国历史""中泰文化比较研究"等多门本科生和研究生课程，后来成立东南亚文化专业，我又担任东语系亚非语言文学专业东南亚文化方向负责人、东南亚研究所副所长、泰国研究所所长、中国非通用语教学研究会常务理事兼首任秘书长、诗琳通科技文化交流中心主任等职,为北京大学泰语专业发展贡献力量。

老骥伏枥扬起新帆

2007年3月26日,在泰国诗琳通公主的倡导下,北京大学和泰国朱拉隆功大学合作建立的朱拉隆功大学孔子学院正式揭牌成立。北大校领导经研究,认为我有多年泰语教育和管理经验,决定选派我担任朱大孔子学院中方院长。许智宏校长亲自与我谈话,希望我能克服困难,在新的岗位上为中泰两国关系的友好发展和两校之间的亲密合作贡献力量。当时我毫无心理准备,亦有教学科研任务在身,但想到自己作为一名在北大学习工作三十多年的老党员、老教师,为校分忧、为国工作是自己责无旁贷的事情,于是我克服困难,走出国门,踏上新岗位,跨进了一个自己从未接触过的新领域,开始新的战斗——推广汉语,弘扬中华文化。

到朱大孔子学院工作一年后,我到了退休年龄,但按照学校安排,我继续坚守岗位,计划干满两年任期。然而,由于学校一直没有找到合适的接替人选,我这一干就连续做了三个任期共六年的中方院长,直到因长期紧张的工作,身体出了问题,两次住院,客观条件实在不允许我继续承担院长的繁重工作,才卸下院长一职。但我心系学院工作,又应邀转而担任朱大孔子学院高级顾问,协助院长工作。几年后,中方院长离任,新任院长尚未挑

选出来，岗位空缺严重影响孔子学院的正常运转，我不顾身体疾病，再次临危受命，代理中方院长事务。就这样，我在泰国一待就是14年，至今仍在汉语推广一线奋斗，为弘扬中华文化、促进中泰关系友好默默奉献。

刚到泰国时，我感觉这项工作对我来说是一项巨大的考验，虽然我在北京大学教泰语和泰国文化33年，但刚刚成立的孔子学院对我来说是一个全新的领域，没有经验可以借鉴，只能靠自己去学习、去探索，在干中学、在学中干。我首先找来孔子学院的相关资料文件反复研究，接着又去拜访中国国家汉语国际推广领导小组办公室驻泰代表处、中国驻泰大使馆教育组以及泰国其他两家孔子学院，开展相关调查。经过反复思考和研讨，我提出了朱大孔子学院的办学思路：依靠北京大学和朱拉隆功大学这两所中泰顶尖高等学府的优势，围绕汉语推广和弘扬中华文化的基本工作任务，坚持"因地制宜、突出特色、重点办学"的办学理念，开展汉语教学、组织赴华培训项目、举办泰国本土汉语教师培训和HSK汉语水平考试、举办中国文化活动和学术研讨会等各项工作。

孔子学院自成立以来，注册学员3283人，特色汉语培训班学员多达2152名；培训本土汉语教师1565人；开展中国文化活动314场次，参加人数达83000余人次；举办各类展览共35场次，参展人数达132000余人次；组织31317人次参加HSK、YCT及BCT汉语水平等级考试；编辑出版《泰国大学生汉语演讲比赛文集》《诗琳通公主访华题词荟萃》《中国人民心中的诗琳通公主》等本土汉语教材和文集，出版院刊《孔子学院》（中泰文版）。在这些数字的背后，有太多的"唯一"：这所孔子学院是唯一由泰国诗琳通公主倡导建立并题词的孔子学院、是泰国唯一的习近平主席访问并发表演讲的孔子学院、是泰国唯一由诗琳通公主予以"诗琳通杯"为名举办泰国全国大学生汉语演讲比赛的孔子学院、是唯一编辑《孔子学院》中泰文对照版的孔子学院、是唯一举办泰国王宫官员和国家移民局警官汉语培训班的孔子学院……其中，"泰国王宫官员汉语培训班"是朱大孔子学院的品牌项目之一，我亲自担任王宫班任课教师长达五年，汉语走进泰国王宫属于首次，在泰国社会引起很大的反响，得到多方赞扬。

2011年11月中旬，我发高烧数日不退，住进朱拉隆功医院两周。一天突然接到国家汉办电话通知，12月中国国家副主席习近平将访问泰国，希望我能做好他访问朱拉隆功大学孔子学院的接待工作。我觉得这个任务非常艰巨，但只要对国家有益，再难也要办，我立刻出院带领团队日夜工作。12月24日上午10点20分，习副主席莅临朱拉隆功大学孔子学院进行访问，在欢迎仪式上发表了热情洋溢的讲话，充分肯定了朱大孔子学院取得的成绩。习副主席还向朱大孔子学院赠送孔子塑像和中文图书。我全程陪同习副主席参观，汇报孔子学院工作情况。习副主席访问朱大孔子学院获得圆满成功，这让我感到既温暖又振奋，因为我完成了组织交给我的任务。

根据汉语教学、中国文化以及中泰两国关系热点问题，我多次推动举办高水平高规格的学术研讨会，发挥北大和朱大的学术

优势,提高孔子学院影响力和办学水平,如举办诗琳通公主专题演讲会,举办中国文化名人王蒙、余秋雨以及北大专家学者学术讨论会,在泰国社会引起巨大反响。为把朱大孔子学院办成泰国汉语教学与研究的中心,我在2012年提出建立朱大孔子学院诗琳通中文图书馆,计划藏书20万册。这个项目计划得到国家汉办、北京大学和朱拉隆功大学以及历任中泰方院长的大力支持,北京大学图书馆支持图书2万册,孔子学院总部提供5000册图书。图书馆在2017年1月7日举行揭牌仪式,诗琳通亲临仪式并题词。

2010年5月,孔子学院总部决定将中英版《孔子学院》院刊增加中泰对照版,并将这项工作交给朱大孔子学院负责。这是一项重要工作,有利于汉语推广和孔子学院事业的持续发展,我立刻带领团队进行创刊工作。编辑团队初期人手少,困难超过预想,我兼任院刊编辑部主任,除了院长的日常工作外,经常赶着审定稿件到凌晨2点。在团队的共同努力下,院刊如今已出版60期,累计发行125000册。

为适应泰国人民学习汉语、汉语推广持久发展和加强中泰友好关系发展的需要,我还积极组织朱大孔子学院开展汉语本土化教材的编写工作,我发挥自己精通泰语的优势,先后编写一套本土汉语教材《泰国人学汉语》、两部诗琳通公主纪念文集《诗琳通公主访华题词荟萃》《中国人民心中的诗琳通公主》,还参加翻译审定泰文版《习近平谈治国理政》,并出版《中国关键词:"一带一路"篇》。

| 傅增有：传播中国文化，助力中泰友好 |

2011 年，傅增有向诗琳通公主赠送《孔子学院》院刊

2019 年 10 月 1 日，我应邀作为唯一中方嘉宾参加中国中央广播电视总台和泰国电视台合作节目"庆祝中华人民共和国成立 70 周年庆典实况直播"，用泰语向泰国人民介绍中国 70 年取得的伟大成就，这是泰国首次对中国国庆庆典进行电视实况直播。

热心助力抗疫大业

2020 年 1 月，年关将至，新型冠状病毒席卷而来，我眼看着祖国人民遇到困难，心急如焚。于是在 1 月 30 日，我积极发动当地校友，牵头组织成立了北京大学泰国校友会捐赠工作小组，并身先士卒，带领着小组成员日夜工作、相互配合，在短短的 72 小时内募捐到了 40 多万泰铢，并用这些善款在曼谷当地全方面采购急需的抗疫物资，在最短的时间内想尽各种办法，2 月 4 日先后将上万个医用口罩和 5000 副医用手套运送到湖北，为抗击疫情做出自己的贡献。

3月,中国疫情基本得到控制,泰国疫情却愈演愈烈。为支援泰国人民抗击疫情,体现中泰一家亲,我再次组织北大校友进行捐款,并以北大泰国校友会的名义向泰国曼谷最大的公立医院朱拉隆功医院捐款10万泰铢购买抗疫物资。我冒着危险和酷热,忍着腰椎间盘突出腰腿疼痛,前往朱拉隆功医院送交捐赠口罩样品和测温仪说明材料,并与院方商谈捐赠事宜。这次北大校友的捐赠活动受到泰国社会的广泛赞扬,多家媒体进行了报道。5月18日,我还作为唯一的中国嘉宾,参加了中国中央广播电视总台和泰国电视台合作的节目"两会与疫情后中国经济社会发展",用泰语向泰国民众介绍中国人民抗击新冠肺炎疫情取得的巨大胜利和经济恢复情况。

2020年,北大泰国校友会捐赠10万铢支援朱拉隆功医院抗疫(中间为傅增有)

我 20 岁时响应国家号召参加中国人民解放军，为国家、为人民扛枪站岗；26 岁在北大毕业，服从组织安排，留校任教，教书育人；59 岁服从组织安排到泰国担任孔子学院中方院长，退休十多年来一直战斗在汉语推广、弘扬中华文化的第一线，并做出了突出的成绩。2008 年和 2012 年，朱大孔子学院连续两次被评为"全球优秀孔子学院"，2012 年更被评为"全球示范孔子学院"。我个人也在 2010 年的第五届全球孔子学院大会上被评为"全球孔子学院先进个人"，获得中共中央政治局常委李长春颁奖；2020 年 9 月 26 日经泰国华文教师公会评选，我被授予"泰国年度模范中文教师"并获一等奖"最高成就奖"；2020 年经过北京大学的推荐，我获评首都市民"学习之星"。

从 1969 年入党到今天，半个多世纪过去了，我亲历了党和国家的风风雨雨，见证了祖国的腾飞巨变。我一直坚持"祖国的需要就是自己的志愿"，不忘初心，服从组织，开拓进取，奋斗不止。一个人的生命是有限的，能把自己这一滴水融入祖国发展前进的洪流之中，能为振兴中华、民族复兴贡献自己的一分力量，我感到无比喜悦与自豪。我可以自豪地说，我无愧于当初的入党誓言！

赖茂生
锐意改革常为新

赖茂生，中共党员，1946年生，广东连平县人，北京大学信息管理系教授。1965年考入北京大学图书馆学系，1970年毕业后留校任教，2011年退休。主要研究领域为信息检索、信息资源管理、信息化建设等。

在庆祝我们伟大的中国共产党成立100周年的时刻，作为北大一名普通的党员，回顾自己亲身经历的改革发展历程，我心中感慨万千。这里想回忆一下信息管理系在20世纪90年代开展的一场重要的教学改革。它虽然只是这百年大潮中一朵小小的浪花，但是也能折射出北大党组织牢记初心使命，带领全体党员和师生敢为人先、开拓创新的进取精神，折射出北大信管人在党的领导下，不甘平庸，勇于开拓，为党和人民的教育事业积极奉献的精神风貌。

赖茂生：锐意改革常为新

改革前的严峻形势

从20世纪70年代开始，人类社会出现了两大发展趋势：一是全球出现资源危机、环境危机和社会危机。工业化导致对自然资源的粗暴开发和利用，使地球上有限的自然资源急遽减少，生态环境遭到严重破坏。二是随着信息技术的迅速进步和信息产业的快速发展，社会形态开始由工业社会转变为信息社会。于是，新的资源观开始形成，信息资源的地位日益重要，信息和知识成为现实生产力要素，信息技术成为一种新的先进生产力，信息经济逐渐成为重要的经济形态。这些因素有力地推动了新经济的快速发展和传统产业的改造升级，社会产业结构和就业结构发生变化，国家信息化成为新的世界潮流和各国政府的战略选择。这一切都标志着新的文明——信息文明时代开始到来。

马克思早就英明地预见到："随着大工业的发展，现实财富的创造较少地取决于劳动时间和已耗费的劳动量，较多地取决于在劳动时间内所运用的作用物的力量，而这种作用物自身……取决于科学的一般水平和技术进步，或者说取决于这种科学在生产上的应用。"这表明，"一般社会知识，已经在多么大的程度上变成了直接的

1965年到北大入学注册时

生产力,从而社会生活过程的条件本身在多么大的程度上受到一般智力的控制并按照这种智力得到改造"。他还指出:"科学在直接生产上的应用本身就成为对科学具有决定性的和推动作用的着眼点。"现代生产力的发展证实了上述论断的正确性。在生产力系统内部,科技、教育、信息、组织管理等非实物性要素的作用日益增大。科学技术已经成了生产力发展的决定性力量。

20世纪80年代中后期,全球信息化进程开始加快,信息技术的应用领域大幅度扩展,越来越多的行业开始大规模应用信息技术。一些发达国家的政府开始重视信息资源管理,以减轻文书工作负担和提高政府的运作效率。许多工商企业面对市场的不断扩大和竞争的加剧,也迫切需要有更好的信息系统来支持生产率的提升。由此带来了信息管理及其人才培养的需求日趋强烈。

而传统的图书馆学情报学教育越来越难以适应社会对专业人才培养的迫切需要。加上图书情报机构开始受到市场经济大潮的猛烈冲击,经费短缺,业务萎缩,人才流失,图书情报专业毕业生的就业出路大受影响。在图书情报事业最发达的美国,从70年代到90年代初就有14家图书情报院系被迫关门,其中包括美国图书情报教育界的两面旗帜——理念学派的首领芝加哥图书情报学院(1990年关闭)和实用派首领哥伦比亚大学图书情报学院(1992年关闭)。其主要原因是忽视了市场需求的变化,不思改革。

用信息文明重塑传统学科

面对这种严峻的形势，我们不得不考虑我们学科教育的发展前途问题。是继续抱残守缺，还是主动转型去拥抱信息化这个大趋势？当时的北大，也面临着市场经济大潮的强烈冲击。学校提出北京大学的毕业生要在人才市场上占优势。学校提出了"加强基础，淡化专业，因材施教，分流培养"的教学改革方针。1992年又在全校开展学科建设大讨论，改革的气氛越来越浓，为我系的改革提供了一个难得的有利环境。

1992年下半年，系里行政领导班子换届，以王万宗教授为首的新班子就职。王教授思想开明，作风朴实，事业心强，很想改革。有一天他对我说想改一改系名，问我有什么意见。他这一想法与我一拍即合。我说：好啊！是应当改一改了，这样才能使学科教育更加适应社会发展需要。他又问我对新的系名有什么好的建议。我说有一个现成的好名字——信息管理！这是我心中酝酿、琢磨了很久的一个名字，也征求过一些系友的意见。特别是我系的杰出系友杨学山，他在国家信息化建设第一线工作，眼界开阔，业绩突出，他说出改为信息管理系的想法，使我进一步坚定了自己的观点。

系领导班子经过多方面征求意见，最终决定将系名改为信息管理系，上报学校，申请更改系名。据说当时学校校长办公会议讨论我系的改名申请报告时，与会的各位领导都很支持。当时的副校长郭景海同志也明确表示大力支持我系的改名和改革方案，说尽管当时的系名（指图书馆学系）已经用了三十多年，废除了很可惜，但是新的系名更符合当前社会的人才需求和学科发展趋势。改名的申请和相应的学科教育改革计划就这样成功获得了校党委和行政领导的支持和批准。

我系的改名和改革在图书情报学界迅速产生了引领效应，国内大多数同类院系都纷纷更名为信息管理系。不到三年时间，我国高校几乎所有的图书馆学情报学系都改名为"信息管理系"（或信息资源管理系）。

在北大寒假慰问留校学生会议上发言

1996年，系里新的行政班子上任后，与系党委团结一致，根据学校1994年提出的"面向21世纪的课程体系改革"的精神，带领全系师生继续前几届领导班子开创的教学改革，认真落实更名时提出的改革方案。首先是走出去，调查了解相关行业和部门的发展状况和用人需求。其次是请进来，通过召开各种座谈会，请信息技术、信息经济和图书情报机构的专家学者和系友代表到系里献计献策，对系里的发展设想和教学改革初步方案提建议和意见。之后，再组织各教研室结合系里的实际和校内外专家的建议开展讨论研究，逐步形成一套比较系统的、能适应社会需要和自身条件的教学改革方案。在此基础上，对原有的课程体系和教学内容进行大幅度的调整、更新、充实和持续优化。

1997年，针对当时存在的专业设置混乱和许多专业的专业面过窄而不能适应社会需要的问题，国家教委开始了新一轮本科专业目录调整工作，提出了专业设置要"宽口径、厚基础"的指导思想，要把已有的600多个专业调整合并到250个专业的数量之内。具体到信息管理类的专业，原来的本科专业目录中设有"科技信息""经济信息管理""管理信息系统""信息学"和"林业信息管理"这样五个相近的专业。国家教委高教司委托当时的电子与信息科学教学指导委员会主持这五个专业的调整合并工作，推荐北大信息管理系牵头组织有关院系按国家教委的要求做好这项工作。当时，学校领导非常重视这项工作，主管教学的常务副校长王义遒教授亲自指导和抓落实。教务部李克安部长和许多部门领导也非常关心我们的工作，还特别通知我（当时任副系主任，主管教学）去听美国加州大学伯克利分校田长霖校长来北大做的有关教学改革的报告。当时国家教委电子与信息科学教学指导委员会的主任恰巧也是北京大学无线电电子学系著名教授王楚先生。王先生非常理解和支持我们的想法和改革方案，热心帮助我们改进和完善改革方案，并协助我们做好各方面的沟通和说服工

作。经过长时间的调查和论证,终于在 1998 年成功地实现了上述五个相近专业的调整合并,合并为"信息管理与信息系统"专业。合并后,当时有 160 多个高校设置了此专业。可以说,我国的图书馆情报学档案学学科的"信息化"过程在世界上是领先的,而且是从本科教育起步的。此后,它经历了一个快速发展期,设置此专业的高校数量年年飙升,很快就增加至 600 多所。1999 年,学校进一步推进教学改革,指示我系三个本科专业全部按新设置的"信息管理与信息系统"这个宽口径的专业招生。

改革的效果和反响

常为新的北京大学,在信息文明到来之际,顺应历史发展趋势,再次站在时代大潮的潮头,领头发起和推进以"信息管理转向"为标志的教学改革,其意义是重大的、多方面的。它顺应了社会发展潮流和学科发展趋势(信息资源观、信息化),以信息和知识为纽带,以信息化带来的社会需要(问题、任务、课题、项目、人才)为驱动力,以 IT 为支撑,以网络为平台,使一个传统的小学科融入丰富多彩、充满希望和挑战的信息社会,成功地实现了现代化转型。它拓宽了专业口径,调整了专业培养目标,首次把培养 CIO(信息主管)纳入新的教学计划中,逐步建立和优化课程体系及教学内容,大大地改善了学生的就业门路,扩展和更新了学科的研究领域,扩大了专业教育的规模,加强了本学科与其他相关学科和领域的联系及合作。

信息管理学科的发展，使它培养的人才越来越受到社会的欢迎和认可。社会逐渐形成了一种认识：信息和信息管理对商业性组织的成功是非常重要的，对提高公共部门的管理水平和效率也是非常重要的。这种效果在学生就业方面表现得特别明显，信息管理系的毕业生在社会人才市场上的竞争力有了大幅度的提高。就业门路突破了过去一直局限于图书馆或类似机构的困境，扩展到了与信息和信息管理相关的领域和部门。举一个比较典型的例子，在改革开放的前沿城市深圳市，信息管理系的毕业生的就业领域出现了一个明显的分界线，即1990年以前毕业的，基本上都在图书馆界工作；1990年以后毕业的，基本上都不在图书馆界工作。当然，这只是一个特例。在其他城市和地区，毕业生到图书情报机构就业的还是不少，可以看下面这一组统计数字。据统计，2003—2005年的三年间，北大信息管理系硕士生共计毕业102人，他们的就业去向如表1所示。

表1 信息管理系2003—2005年硕士毕业生就业方向

就业领域或方向	人数	百分比
1. 公司企业	52	51.0%
2. 教学科研单位	11	10.8%
3. 图书馆、情报所	9	8.8%
4. 公务员	5	4.9%
5. 在国内读博	5	4.9%
6. 媒体或网站	5	4.9%
7. 出国	15	14.7%
总计	102	100.0%

我系改名一年后，即 1993 年，在大洋的另一边，美国的加州大学伯克利分校，建于 1926 年的图书情报学院也开始了一场脱胎换骨的教学改革。当时的校长田长霖果断要求全面改造该学院，改革期间先停止招生，改好以后再恢复招生。改革的目标是培养信息管理者（信息主管、信息经理），注重技术科学与社会科学的完美结合，培养学生的信息管理和利用的能力。学生必须具备系统分析、设计和开发的技能。学院在制定新的学术发展规划时，校方强调优秀的大学看重两点：第一是学术内容，即这个领域是否具有高深的内容可吸引一流的教师，这些教师对学校来说是否是一种荣耀。第二是教学能否吸引有能力的学生，他们毕业后能否成为有关领域或行业的领导者。1995 年，该学院以崭新的名字"信息管理与系统学系"（Department of Information Management and Systems）和面貌出现在美国图书情报教育界，给其美国同行带来了不小的冲击。不过，和我国的情况相比，伯克利的改革在美国图书情报学界的影响相对较小。直到 2000 年，美国全国的近 50 所图书情报学院中只有 15 所改了名（新名字多数为信息学院）。此外，英国的图书情报学教育界对这场国际性的改革浪潮采取的回应方式是，利用信息技术来改造学科的课程体系、教学内容和教学方式，提出了新的学科标准，把信息管理方面的内容纳入新标准，作为其中的重要组成部分。

如今，我们正面临着百年不遇的大变局，国际形势更加复杂多变和严峻。人类社会仍在快速向前发展，新一代信息技术正在飞速进步和广泛应用，信息社会进入了一个新阶段——数字化阶段。2018年年底,教育部发布《关于加快建设高水平本科教育全面提高人才培养能力的意见》等文件,决定实施"六卓越一拔尖"计划2.0,对文、理、工、农、医、教等领域提高人才培养质量作出具体安排,建设一批新工科、新医科、新文科等任务已经明确。北京大学在加紧实现创建世界一流大学的目标。信息管理系也要百尺竿头更进一步。

2006年,访问台湾政治大学时做学术演讲

创新永无止境,改革没有穷期,相信我系师生一定能继往开来,齐心协力,攻坚克难,在教学科研和立德树人等方面做出更加优异的成绩,向建党100周年献礼,使信息管理这样一个传统而年轻的学科,真正成为一个具有跨学科特征的学术前沿领域,一个与民生发展息息相关的领域,一个对国家繁荣和社会进步具有深刻影响的领域!

赖荣源

从南洋到北大"落地生根"

赖荣源，中共党员，1937年生，印尼华侨，北京大学图书馆研究员。1953年回国，1956年考入北京大学经济系，毕业后留校在经济系任教，1986年到北大图书馆工作，同时继续在经济学院任课。

在中国共产党的领导下，中国人民冲破重重难关，革命斗争不断胜利，终于在1949年新中国成立了。革命思想迅速广泛传播到南洋各地，尤其对当地的广大华侨子弟产生了积极的影响。我作为其中的一员，1950年在完成中华文化"人之初"的小学教育之后，有幸考入了印尼当时一所著名的爱国进步学校，即华侨公立巴城中学。正是在这所学校学习的过程中，我开始接受来自祖国的崭新的革命思想教育和影响，渐次萌生了回国的决心。

在新中国的强烈感召下，1953年我和许多同班同学抱着"回国深造，建设祖国"的青春理想启程北上，激情满怀投入祖国的怀抱。归国几十年来，在党的领导下，我努力做到始终和祖国人民同呼吸、共命运，践行"初心"和"使命"，在见证和参与新中国建设的伟大实践中,得到锻炼和成长,实现了自己的人生价值。

1953 年,北上回国轮船上

椰风蕉雨沐旭日

1950 年,小学毕业后我赴印尼首都雅加达参加初中入学考试,考上了第一志愿学校——华侨公立巴城中学,这是一所在印尼尤其是爪哇岛华侨社区享有盛誉的爱国进步学校,师资力量雄厚,备有许多学识渊博、教学经验丰富的中坚教师,其中有些教师毕业于中国的著名大学,我印象比较深的有教文史课的梁英明老师。我上初一和初三时,梁老师是我们的班主任老师,还先后

负责教授我们中国近现代史、世界史及语文课。梁老师坚持严谨的教学作风和生动活泼的讲课方法,颇受同学们欢迎。听梁老师的课使我有机会接受优秀的中华文化精华洗礼,尤其是了解到许许多多关于中国共产党的革命历史和革命烈士的感人事迹,进而使我对新中国的诞生和其蒸蒸日上的发展前途感到欢欣鼓舞。梁老师的课堂教学激发了我爱国进步的热情,给予我成长道路上宝贵的爱国主义启蒙教育。

我在巴中读的是上午班,每天中午下课后就要赶火车回家,在前往火车站的路上,主要目标是光顾一家专门经营中国书刊的南星书店,专心寻找自己钟爱的精神食粮。初中三年,我从书店陆陆续续选购了许多心仪的书籍,其中有描述中国共产党领导人民进行抗日战争、人民解放战争以及土地改革斗争的小说,如柳青的《铜墙铁壁》、孙犁的《风云初记》以及赵树理的多部小说等;有苏联小说,如《卓娅和舒拉的故事》《钢铁是怎样炼成的》等;政治理论类的有毛主席的《新民主主义论》、胡乔木的《中国共产党的三十年》、廖盖隆的《新中国是怎样诞生的》等。那时候回家后,除了做一些课程作业外,我大部分时间都在屋内独自一人埋头醉心于阅读这些小说和政治理论书籍。同时,我也设法观看来自新中国的电影,如纪录片《百万雄师过大江》《解放了的中国》《一定要把淮河修好》,以及故事片《白毛女》等。

学校的课堂教学和个人的课外阅读"双管齐下",使我受到了革命思想的启蒙教育,潜移默化影响了我初始的世界观、价值观和人生观。一方面,我拥护和热爱新中国的思想感情日臻强烈，对新中国的美好未来十分向往，满怀憧憬；另一方面，形成对照的是对身处印尼的现实生活渐次感到不如意，思想情绪上时有莫名的苦闷、惆怅和困惑，陷入了青少年特有的"成长的烦恼"。虽然当时我的家庭衣食无忧，物质生活层面上的需求可以得到保障，但是在精神生活和思想层面上，对新中国的向往和憧憬使我不满足于现有的生活状态，希望自己的生活和未来不要流于平庸无为，像保尔·柯察金所说的，"不因虚度年华而悔恨，也不因碌碌无为而羞愧"，应该争取做到自强进取，有所作为，实现自己的理想人生。正是这个思想认识促使我内心萌生了回到祖国的愿望。

在父辈的尽心支持下，面对当时印尼当局针对我们回国做出的"不许再重回印尼"的限制性规定，我们仍义无反顾地坚决响应新中国的号召，怀着"北上回国深造，参加祖国建设"的愿景，毅然决然放弃既有的优越生活条件，离别亲爱的父母和亲人，登上北航的万吨巨轮，投入祖国母亲的伟大怀抱，开始新的生活旅程。

回头来看，在巴中的读书阅历确实极大影响了我以后的求学之路和人生轨迹的方向。正如 2015 年我致印尼巴中校友会的电子邮件里所表达的那样："在自己走过的近八十年的人生道路上，当年母校巴中弥足珍贵的爱国进步启蒙教育为我的人生铺垫了坚实的起步基石，使我得以坚持一步一个脚印跟着新中国的前进步伐一起成长，圆了当年'回国深造，建设祖国'的青春梦想，投身实现中国梦的伟大事业之中。"

踏实落地催生根

通过深圳边防检查站入境,跨过深圳桥看到高高飘扬的五星红旗,我们感到无比激动和自豪,从此我们将在祖国温暖的怀抱中开始新的生活。

1953年7月,我们在北京参加了一场考试,成绩合格者就分派到北京市各个中学读书,我被分到男子第八中学。新中国成立初期,八中特别重视对学生进行爱国主义思想、人生观和价值观的教育。学生在学习和日常生活中表现出了极高的政治热情,做到了一切听从党的安排,一切服从祖国的需要,一切从人民的利益出发。我对八中优秀的风气和传统深有体会。在强有力的思想政治动员下,我们响应号召给前方志愿军寄慰问信,还参加在中山公园举行的欢迎志愿军英雄模范回国报告团的联欢会,深受教育和鼓舞;暑假期间放弃休息时间,在青年团组织下,承担附近小学的少先队辅导员的工作任务;我们几个华侨同学还曾抱着爱国热情踊跃承购我国首次发行的国债,后因当时政策规定青年学生并非发售对象,最终我们的钱给退了回来,愿望未能实现。

在日常学习生活中,我们十位华侨同学和班上的国内同学相处时都努力做到"同住""同吃""同学习"和"同成长"。在海外我们一般没有自己动手洗衣服的习惯,刚开始学校还给以关照,安排校外来人收费代洗衣服,不过我们学会使用搓板揉洗衣服之后,衣物都改为自己洗,养成了独立生活的习惯;在海外我们吃惯了白米饭和牛奶面包,刚回国时连当时最好的山东筋面白馒头吃起来也不习惯,开始学校为了在生活上照顾我们这些归侨新生,允许我们到条件较好的教师食堂入伙,但是我们不想搞特殊化,坚持要在学生食堂同其他同学同桌用餐。那时学生食堂供应的主食中几乎没有白米饭吃,连白馒头也是稀有物,每天吃的几乎都是玉米面做的窝窝团和丝糕,还有东北高粱米饭;副食方面供应的不外是当时北方常备的大路菜"三白",即大白菜、白萝卜、白豆腐,间或能吃到肥猪肉片。这样的伙食水平却丝毫没有影响我们的思想情绪。

在高中三年,我作为归侨学生始终不忘回国初衷,自觉自愿发扬艰苦奋斗的精神,力争自己能更快更好地融入国内的新社会和学校的学习新生活,以行动争取做一个思想品德好、学习好、身体好的三好学生。功夫不负有心人,经过不懈的努力,1955年,我"双喜临门",光荣地获得了北京市优秀学生奖章,加入了青年团组织。

回国以来,我始终坚持初心,从未动摇。70年代初,我刚刚从江西鲤鱼洲"五七干校"回到北京时,骤然耳闻我的很多归侨亲戚朋友纷纷移居境外,或正在办理相关出境手续。对此现象,我刚从远离京城的"五七干校"回来,显得"孤陋寡

高中毕业照(佩戴团徽和北京市优秀学生奖章)

闻"，感到迷惑不解。后来一个从外地来京办出境手续的堂弟告知我，当时中央有关部门执行归侨"来去自由"的政策。这样，现实问题摆在我眼前：该怎么应对当时出现的去留问题？当年我内心深处认为是否出境涉及的并非纯粹生活出路问题。回想当年回国时，我们放弃海外既有的较为优越的生活条件而去迎接百废待兴的新生祖国，为的是实现自己的"青春理想"，走上革命人生之路，岂能因为眼前遇到现实困难而忘掉初心，离开祖国。尽管当时国家正陷于"文化大革命"之中，我自己也前途不明，但我仍然抱有这样的一个信念："纵有疾风起，人生不言弃。"无论个人有多大的无奈和委屈，也不应该因此成为思想和行动上的"言败"者和"言弃"者，而应该时刻不忘回归祖国初心，始终坚持与祖国人民同舟共济，同心同德，共渡难关。如今回首这一段往事，我非常庆幸当年我坚守初心，做出了明智抉择，从而得以最终成就了自己无怨无悔的人生。

魂经风雨落燕园

1956年我考入北京大学经济系政治经济学专业，1961年年底本科毕业，保送本系攻读研究生，1966年上半年完成研究生学业留校任教，1998年年初正式退休后，接受返聘工作至2001年年初，我在北大学习和工作四十五年。在北大的教学岗位上，我辛勤耕耘，以教书匠心，履行教书育人的崇高使命；后经调动到北大图书馆，在继续承担既有教学任务的同时，在藏书楼中又承担文献建设的新任务，尽心履行为信息时代的读者用户服务的职责。这种双肩挑双重任务的教师生涯，延续了十五年，直至退休返聘——对我个人而言，这是一个弥足珍贵的人生机遇，由此我的"青春梦想"最终得到较为完满的实现。

1964年，同研究生导师严仁赓教授讨论课题（中国新闻社摄）

我在北大经济系（经济学院）学习工作三十年，本科学的是政治经济学专业，毕业后保送攻读研究生学位的专业是根据中央有关指示精神新设立的世界经济专业（主攻研究美国经济）。1979年我开讲第一堂美国经济课，题目引人注目，引来了众多旁听者，其中还有一些外系的青年老师，但是第一节课讲完之后，听课者一下走了一半，弄得我深感失落，这是课堂上的一场"滑

铁卢"。痛定思痛，究其原因是讲课存有硬伤，内容老套，缺乏新意，不免令人乏味。深层次原因是欠缺必要的学识功力，没能掌握必要的第一手材料，而这很大程度上又缘于治学工具——英语没有过关。

亡羊补牢，为时未晚。当时，北大工会为教职员举办了英语业余夜校，大家纷纷踊跃报名，我也报名学习，课堂上多为面熟的年届三四十岁的同事。我们年近中年，机遇难得，更觉时间的急迫和珍贵。那时真有一种拼搏精神，将学好英语视为人生又一次拼搏，力争博得成功，让自身的业务能力更上一层楼，在工作上开辟新天地。我怀着这种愿景，"废寝忘食"给自己猛补英语，"如饥似渴"地吸收新知识。功夫不负有心人，我从英语几近荒疏的学习基础起步，经过一年多的勤学苦练，连续通过了从中级班到口语班的课程考核，圆满完成了学习任务。1980年临近学习结业，我在教研室的支持下，又马不停蹄报考了"北京商务英语培训中心"，通过严格考试，我终于如愿被录取为该培训中心的首批学员。我们在该培训中心多位美籍外教原汁原味的美式教育熏陶下，专业英语水平得到了全面明显的提高。人近中年的我总算赶上"学识补课"的"加班车"，以此为今后自己专业课程教学以及其他相关工作打下了一个良好的基础。

俗话说："机遇是给有准备的人的。"1981年我完成培训中心的学习任务回到学校时，当时教研室负责人突然找我谈话，询问我是否能"趁热打铁"为经济系开设经济专业英语课。开设经济专业英语课的教学任务使我面临两难抉择：一方面我深刻认识到，为了贯彻改革开放的方针，培养业务过硬的合格涉外专业人才，北大需要吸取以往外语教学和专业实际应用相脱节的经验教训，开设经济专业英语课势在必行；另一方面，我也清醒地意识到接受这门课程的教学任务，就意味着我需要改行，会丢失专业知识的"老本"，必须审慎考虑好才能做决断（连洪君彦主任回国后得知我已改行也曾表示过惋惜）。不过，当时我从大局出发，经过认真的全面考虑与权衡利弊，清楚认识到这门不可或缺的专业英语课无论如何再也不能因为"无人能上"而断然被取消。正是在这种思想认识的指导下，我遵从领导的有关安排，毅然决然"临危受命"。

我自己并非英语专业科班出身，欠缺相关的知识与教学经验，开设这门新课程不免有些战战兢兢。值得庆幸的是，北大具备教书育人"天时地利人和"各方面的优越条件。开课之初，我得到许多前辈老师的精心指导与无私辅助，特别是造诣颇高的罗志如教授。我开课的第一年，他每周坚持花两个上午的时间就我备课过程中遇到的难点和疑点做课前的答疑解惑，为讲课把关。经济系在"硬件"和"软件"方面也十分"给力"，为我开放"绿灯"，予以"特殊政策"，放手让我自行编选和使用与北大学生的水平和需要相匹配的具有一定特色的英文教学资料。教学过程中我凭着自己相对扎实的功底，狠下苦功夫，按照改革开放事业的实际需要，精心选编教材，把坚实稳健的基本教本和灵活多变的活页补充文献有机结合，相辅相成；针对北大学生的水平和特点，因人施教精心定制教学诸环节的具体实用方案，以期北大

生能通过这门课程具有真正学以致用的学识获得感。在教育质量、教材建设、教学方法和教书育人诸方面工作中,我参照先前在英语培训中心体验到的教学过程中的一些美式教学方法,"摸着石头过河",做了多层面颇为有益和有效的探索和尝试。

自 1981 年开课以来,经过在经济专业英语的教学园地的辛勤耕耘,我驾驭专业英语课的能力逐步得到锤炼,教学效果不断提升,课程的质量也逐步改善,走向成熟。学校连续在 1984—1985 学年和 1985—1986 学年两个学年授予我"教学优秀奖"。在我的课堂上也出现过一个有趣的小插曲:一天我上课的教室里来了一位"不速之客",一来就坐在后排。第一节课讲完,她来到我跟前,原来她是原英语教研室的王老师,她表示歉意,解释说现在她在校教务部担任督学工作,今天原本要听公共英语课,记错了教室,误入我的课堂。或许缘于承担督学工作,她在匆匆忙忙离开前,还对我讲的课提出了自己的看法,认为我的这一堂英语课,内容属经济学科,可谓跨学科,相对于公共英语课,内容分量重,节奏讲得快,讲得还不错,很不容易。无独有偶,这一天我上课的教室恰巧是当年我遭遇课堂"滑铁卢"的北大第三教学楼二楼那一间教室。当时听到王老师的一番话,不免引起我的一番感慨,深感慰藉。同事们这些评语,虽有些过奖之处,不过,我视之为一种鼓励和支持,也算不枉我立志做一名合格教师所付出的一番努力和坚持。

1986 年秋,我以副教授的身份流动到图书馆担任副研究馆员。据悉,经济学院向图书馆提出的附带条件是让我"双肩挑"

继续为经济学院讲课。我的工作单位由经济学院调换到图书馆，面对这个新的挑战和机遇，在经济学院和图书馆领导的支持下，作为往日的一个"书虫"，我在藏书楼中，近水楼台先得月，"如鱼得水"般在经济学院的课堂和图书馆的书库之间穿梭游荡，尽力设法将专业教学工作和文献咨询工作两者紧密配合。经过不断实践，我的"双肩挑"业务工作日臻完善，渐入佳境。不过，随着北大学子英语水平普遍提高，以及经济学院多门涉外内容的专业课程陆续开设，经济专业英语这门课逐渐完成了历史使命，而我的教书生涯也就此画上句号。

命运的一扇门关掉另一扇门又打开，此时我的工作重点已逐步转至专业文献的收集和咨询这一新天地。在图书馆的工作岗位——新设的美国文献室（兼北大美国研究中心文献资料室），我一如既往充分发扬敬业精神，发挥从事专业英语教学中积累下来的专长和经验：在馆内熟悉相关的馆藏和运作情况，结合文献室的特点和需要进行协作；在馆外则积极联系国内外相关机构和个人，通过采购、捐赠和其他方式多层面收集相关书刊及其他类型的出版物，充实和丰富馆藏，为文献参考咨询工作创造良好的条件。美国文献室经济和社会科学的书刊及其他类型出版物的收藏原来相对薄弱，渐次变得充实，相关文献参考咨询工作也得到明显的加强和改善，能够更好地满足读者的各种需要。对国外的读者用户，也力所能及地提供一些服务，我曾协助一位美国教授友人，先后在北京大学、清华大学和北京师范大学的图书馆和档案馆，广泛搜集了有关三校和燕京大学及辅仁大学新中国成立前

留学国外攻读西方经济学人员回国后工作情况的资料。以这些资料为依据,他撰写了有关西方经济学在中国的传播情况的一部专著。

在图书馆工作期间,庄守经馆长十分重视发挥我们这一批专业人才的作用。由于在英语和经济学及其他社会科学学科相关领域具有一定的扎实功底,我得以有机会和图书馆同人团结合作参与图书馆多项重要工作和活动。1992年年底,在国家教委文科文献信息中心领导小组指导下,作为国家教委的人文社会科学研究专项任务,由国家教委社科司立项,成立了"高校文献资源建设研究"课题组,由北大图书馆馆长庄守经同志任组长,我是成员之一;1993—1994年,为配合国家教委文科文献信息中心的建设,课题组进行了诸项研究工作,取得了较好的研究成果。

1992年,北大图书馆根据参加全国文献资料调查与布局研究的工作经验,首次对馆藏(西文文献为主)进行了全面深入的调查与质量评估,并在这个基础上内部出版了《北京大学图书馆馆藏文献调查评估报告集》一书。在这项工作中,我除了担任副主编外,负责经济学科部分的编撰工作,作为全馆的试点"样板"先行一步,随后还负责哲学、政治学等学科的编撰工作。初稿完成后,我们向相关的学科专家学者征求对这些报告的意见,专家学者们反响热烈,评价很高。尤其是有关经济学科的报告,经济学院的老院长、中国经济学界泰斗陈岱孙教授专门写信给我,表示"尽两日之力,详看了报告并翻阅附录资料",认为"这项工作过去没有人做过,调查详细,书目选得好,估计适当,对图馆经济学及其他书刊购置可以起到很好的指导作用"。经济学院两位资深教授范家骧和刘方棫看了报告后，还主动将其推荐给北大学报，经必要的修改后予以发表。可能源于上述机缘，在由北大图书馆主持的国家教委"核心期刊的文献计量学研究"项目工作中，我有机会参加这个项目的子课题之一"国外人文社会科学核心期刊研究"项目属下的《国外人文社会科学核心期刊总览》的编撰工作。我除了担任总览编委之外，还先后负责编撰经济学科和政治学科等核心期刊研究的相关报告和数据资料。《国外人文社会科学核心期刊总览》的正式出版，填补了我国在外文期刊的人文及社会科学的核心期刊研究领域长期存在的空白，为我国的相关科研成果评定和职称评定工作提供了较为科学的参考依据。

回首往事非如烟，如果从人生轨迹中选择一段华彩篇章，那么就我自己而言，在北大经济学院成功开设经济专业英语课程和在北大图书馆投身文献创建工程这段双肩挑的人生经历可谓弥足珍贵，为此我深切地感恩母校北大。2018年，北京大学百廿校庆之际，我曾在专设的北大在线校庆留言栏上表达对母校深切感恩之情："在北大学习和工作期间，我有幸曾是北大经济系（学院）唯一的印尼归国华侨。当年作为年轻的归侨学子都有一个青春梦想，就是'北上回国深造，参加祖国建设'，而北大是我实践这个梦想的坚实平台，铸就了我一步一个脚印践行不忘初心、牢记使命，同祖国同呼吸共命运的人生轨迹。""母校北大犹如一艘深谙教书育人之道的智慧巨轮，引领我们莘莘学子畅游学识大海，

在大风大浪的社会实践中见世面、经受锤炼，在风平浪静时身处书斋课堂潜心攻读万卷书。北大母校的精心培育铸就了我们认识世界和改造世界的决心和能力。在北大母校学习和工作四十余载的经历使我逐步有了弥足珍贵的人生感悟：下功夫夯实学识功力的宽厚基础，人生的际遇和机缘会眷顾那些有准备的人，当机遇的一扇门关闭而有另一扇门打开时，你能发挥厚积薄发的后劲潜能，让自己的人生旅程得以良性延续下去……此时此刻似乎会或多或少地体验到某种由自然王国走向自由王国的美好境界。"

魏丽惠

忆"非典"期间北京大学人民医院

魏丽惠，中共党员，1944年生，台湾人，北京大学人民医院妇科主任医师、教授。1968年毕业于首都医科大学，1975年调入北京医学院附属人民医院妇产科。曾任北京大学人民医院妇产科主任，北京大学医学部副主任，北京大学人民医院党委书记、副院长。从事妇产科医疗、教学、科研工作，专长为妇产科疾病和妇科肿瘤救治。享受国务院政府特殊津贴。

2020年面对突如其来的新冠肺炎疫情，在党中央的英明决策下，全国人民众志成城，万众一心，在短短的几个月内取得了决定性的胜利。看到疫情中的医务人员勇敢逆行，使我不禁回忆起当年面对"非典"（SARS）疫情时的北京大学人民医院。这是一段永生难忘的北京大学人民医院历史，也是21世纪初人类与病毒抗争较量的历史。

SARS 疫情袭来

2003年的春天,正当大家满怀喜悦迎接又一个春天的到来时,就听到社会传闻有一种严重的急性肺部炎症发生,来势凶猛。

随着疫情的进展,2003年3月17日人民医院接到北京市卫生局正式通知,人民医院成为北京市非典型肺炎监测哨点医院之一。由于人民医院位于北京市二环路西直门的交通要道,被SARS病毒感染的患者不停地涌入人民医院就诊,在SARS病毒猛攻下,我们措手不及,急诊室人满为患。

人民医院领导高度警惕,果断决定,调动所有后勤力量连夜奋战,迅速建成简易隔离病房,并将确诊的SARS患者立即转入简易隔离病房。在不完全具备传染病医院的隔离条件下,人民医院的医护人员以大无畏的精神,克服重重困难,组成了战斗队,每人穿上三层防护服进入病房,为了保护病人,也为了避免自己感染上SARS。在隔离病房内,每班人员都连续近八小时不吃不喝不上洗手间。汗水湿透了衣襟,他们承担了常人难以想象的超强劳动,大家只有一个信念,争分夺秒救治病人,战胜病魔。全院包括一线、二线和支援地坛医院的医护人员共1145名职工积极投入了抗击疫情的工作中。然而由于初期对疫情认识不全面,又没有实施最严格的隔离措施,尽管随后连续制定了一系列的严格管理制度并采取各种措施,病毒仍然在医院中蔓延。

随着对疫情的认识,短短的一个多月内,北京市从开始建立监测哨点医院，到将病人集中转至传染病院，再到将中日友好医院、宣武医院、朝阳区妇幼保健院和小汤山疗养院作为SARS患者集中诊治的隔离医院，此时位于交通要道的人民医院已经成为SARS感染的重灾区，全院职工中先后有96名工作人员患SARS或疑似SARS。面临疫情的严峻形势，为了尽快切断传染源，北京市政府果断做出决定，转走人民医院内的全部SARS病人及疑似病例，并宣布从2003年4月24日0时开始对人民医院进行隔离检疫。封闭隔离区内连续14日无发热病例，方有资格申请解除隔离。最后全部解除隔离是依据各区域最后转出的SARS确认或疑似病人的时间，顺延一个隔离期（14天）。2003年5月20日24时，北京大学人民医院整体解除隔离。

北京大学人民医院封闭式隔离在当年是非常震撼的一件大事，这也是第一次为了防止疫情扩散，采取了封闭医院的措施。

建立临时指挥系统

当时我身为北京大学医学部副主任，负责北大所属各医院的医疗工作。人民医院被隔离检疫，我责无旁贷地留在了隔离后的人民医院。隔离后，我在隔离区接到北京大学党委的决定，由我担任隔离工作核心领导小组组长，北大医学部主任助理、人民医院副院长王杉教授作为核心领导小组副组长，和人民医院领导一起完成人民医院的隔离任务。

隔离当日，我们立即建立了临时指挥系统。成立了以吕厚山院长为首的领导小组,下设几个工作组:群众工作组、医疗保障组、后勤保障组、消毒检疫组、对外联络组、安全保卫组及老院工作组。各组分别由院长、处长负责,当即展开工作。

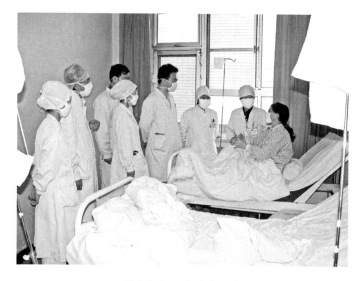

隔离期间开展查房工作

同时,成立了北京大学人民医院隔离期间院外工作站,由纪委书记孙宁玲教授牵头、机关各处室院外工作人员为成员,同时各科室还确定了院外临时负责人,统一协调封闭区外所有人民医院人员(包括本院职工、进修生、研究生、学生、临时工)的疫情监测及医疗问题,协调解决本院 SARS 患者转入其他医院后面临的困难等。

隔离期间,我们注重加强党的领导。由于党委领导生病,由我负责党委工作,姜保国副院长负责党委具体工作。

隔离期间王杉教授作为核心领导小组副组长,负责与北京市政府各部门,特别是和西城区政府以及各级疾病预防控制中心的直线联系，每日将隔离区的情况和遇到的问题及时向有关部门汇报，实现政府对人民医院隔离区的即时领导，以便上级抗疫指令随时下达。

各级政府和领导对人民医院给予了高度关注，北京市政府领导亲自过问，西城区政府做了有关隔离区的吃住等全面生活安排，中国疾病预防控制中心和北京市以及西城区疾控中心都具体指导隔离检疫工作。北京大学医学部领导韩启德主任、吕兆丰副主任每晚听取人民医院电话汇报，对隔离区的点滴工作做了详细的指示。全市及全国各地，甚至海外华人纷纷以各种方式声援北大人民医院。我们虽身处隔离区，心却和大家连在一起，深深感到祖国大家庭的温暖。

党员干部冲在前面

人民医院院墙外有五米距离的警戒线，隔离区有门诊楼和病房楼，在内有1014名医护人员及300名普通病人和陪住家属生活在此。此外，还有科研楼、学生宿舍、家属区以及白塔寺院区。不少人员看到此情此景，充满了不安和焦虑。

当时的主要目标是，面对1000多名本院职工和病人，保证隔离期间大家的正常生活，保证健康，做好消毒，阻断感染，确保圆满完成隔离。这是个艰巨的任务。令人非常感动的是，大部分科室主任、护士长和行政处室的负责人都主动留在了隔离医院内。依靠党员和骨干，就能做好工作。

隔离当日核心领导小组发出了致全院共产党员的一封信,要求共产党员坚守岗位,起好先锋模范作用,严格执行隔离消毒要求,团结群众,稳定民心,圆满完成隔离任务。同时成立了临时党支部,要求各级负责人管好自己的部门,保证隔离期间的各项措施顺利上通下达。还定期发行人民医院隔离期简报,及时通报院内外情况。党员的带头作用、干部的责任心,激发了大家的热情,鼓舞了士气。人民医院内,尽管在隔离,但大家精神饱满,面对这场与疫情的战斗,隔离期内先后共有51名同志递交了入党申请书,批准了五名以前就提出入党申请且在本次抗击疫情中表现突出的同志火线入党。在门头沟隔离的小分队有19名同志提交了充满激情的"重返前线"申请书。

隔离期间火线入党

各科室主任也都积极建言献策,检验科、药剂科、放射科、呼吸科的负责人参与了新的发热门诊设计,提出了很多宝贵的意见和建议,西城区疾控中心领导视察后同意了这一方案。心外科的王京生主任也根据自己在建立 SFP 级动物实验室中的隔离经验提出了对隔离发热门诊设置的建议。

为了让外界了解情况，我们还通过《北京晚报》在 2003 年 4 月 26 日报道了人民医院隔离区内的状况，让家人放心，让社会放心。

由于工作人员团结一致，加强对患者及其家属的人文关怀和心理疏导，隔离期间，留在隔离区的职工和 300 名患者及陪住家属和我们并肩战斗了 20 多天，无一例发生意外事故和问题。

实施消毒，严格隔离

疫情发生后医院清洁工都返乡了，由于无人打扫，病房垃圾间堆满污物，污水满地流。隔离后的第一件事就是清除垃圾。隔离当日下午，全体人员穿上防护服，在各楼层间清理垃圾，并通过指定电梯，按照指定路线将医疗垃圾迅速运出院外。大家干了一下午，初战告捷，还了医院一个清洁的环境，阻断了垃圾污染源。

接下来就是科学地、严格地对隔离区域进行彻底消毒，先后请中国疾病预防控制中心和北京市疾病预防控制中心的专家给予咨询指导，姜保国副院长担任消毒工作组组长，由医护人员、研究生、后勤人员参加的四十余人的消毒队，按照指定消毒方案，在医院分区、分批进行了全面消毒，院内不留死角。前后共进行了三次大消毒，无数次的室内消毒及擦拭消毒，杜绝病毒的生存环境。

通过闭路电视，医院消毒组向大家宣讲职工自身消毒问题。我记得大家开玩笑说，就差把自己泡到消毒液里了。由于头发有可能携带病毒，神经内科高旭光主任索性剃了光头。尽管隔离，大家也很乐观。

为了避免交叉感染，把疫情控制在最小范围内，除进行了全面消毒，还在隔离区内实行了最严格的区域化隔离制度，王杉副院长带领队伍，将家属宿舍和学生宿舍划分为独立的隔离区，并对病房楼以各病房为单位进行楼层间、病房间局部封闭隔离，减少各区域的人员流动，将交叉感染率降至最低。

组织全院大消毒

院内建立临时发热留观室，严格全员的体温监控制度，在医学部及各级政府的领导和各兄弟医院的协助下，及时将新发SARS病例及疑似病例转出，形成院内无传染源状态。由于被隔离全员都生活在各病房，要求各科在病房里严格遵守医疗用品和生活用品的界限，避免交叉感染。

经过全员的努力，我们终于实现了院内无新增感染病人，迎来了完成隔离任务的曙光。

人民医院隔离期间的院外工作站由纪委书记孙宁玲为组长，由纪检委、党委、医务处、人事处、继教处、财务处、研究生处、工会和后勤等职能处室领导组成。作为人民医院"职能代理站"，管理留在院外职工1903人，进行了大量院内和院外的协调工作，包括：（1）院外职工及其家属的检疫；（2）发热职工的就医、住院和转诊；（3）组织本院职工危重症病人的会诊和抢救工作；（4）慰问和协调院外住院职工的转诊、医疗问题等；（5）组织院外赴中日友好医院职工的培训；（6）联系院外党员，发展新党员等；（7）起草相关文件、草案、建议；等等。

全体工作组成员在此特殊时期深感责任之重大，每天不辞辛劳，发扬连续作战的团队精神。通过与院内隔离区联合协同作战，密切配合，确保了人民医院顺利完成疫情期间的各项任务，也为隔离解除后的复诊做了大量预备性工作。

向英雄致敬

在人民医院抗击SARS疫情的惨烈斗争中，我们不会忘记急诊科主任丁秀兰烈士。从SARS病毒肆虐开始，她就站在最危险的急诊科岗位，是站在第一道防线最前沿的人。面临日益增多的患者，面临科室人员被感染的现状，她没有丝毫退缩，不停地穿梭于每个患者床前，问诊、查体，一丝不苟。匆忙的脚步声似乎告诉人们她根本没有时间考虑个人的安危，医生的天职和共产党

员的信念支撑着她的整个灵魂。她就这样一天天不停地劳碌着，用她薄弱的身躯抵御着疲倦，用她共产党员的行为鼓舞着士气。

我至今不能忘记最后在急诊科见到她时，她疲劳的面容但坚定的眼神。她告诉我："常常感到实在太累了，快坚持不下去了，但是医生的职责要求我们全力以赴，只能坚持。"最终她倒在了抗击"非典"战役中。"选择做医务工作者，就是选择了奉献"，这是丁秀兰主任的名言，她以她的实际行动，实现了她的人生价值。我们永远怀念她。

王晶烈士作为一名急诊科的普通护士，一名共产党员，疫情袭来，她始终在一线，面对SARS患者无所畏惧，带领全组护士尽最大努力出色完成病人的护理工作。她不幸感染了SARS。治疗期间，她还在尽自己所能，协助护士工作，鼓励病友们战胜疾病。在经过与病魔近50天顽强的斗争后，王晶最终失去了她32岁年轻的生命。

王贺老师是检验科的技师，在处理SARS病人检测标本中，被SARS病毒感染，是病情最严重的病人之一，但他乐观镇静，平静坦然面对疾病，在中日友好医院经过了两个多月艰苦的抢救，战胜了死神。人民医院解除隔离后，把他接回人民医院继续治疗，当他的担架从救护车抬下来时，全院职工自发夹道欢迎，大家迎接的是从死亡边缘被救回的英雄回家，感谢兄弟医院的精湛抢救技术。

SARS疫情中，人民医院涌现了一批无名英雄。从临床一线医护，到后勤人员，都在自身岗位尽职尽责。包括车队，作为人民医院与外界联系的生命运输线，运送病人、领取药物、运送一日三餐盒饭，做了大量默默无闻的工作。

根据对疫情的控制情况，西城区政府宣布5月8日第一批解除北京大学人民医院科研楼、家属宿舍及白塔寺老医院隔离区的隔离控制（403人），先后分批解除隔离，至5月20日24时人民医院整体解除隔离，北京大学人民医院圆满完成了隔离检疫任务。北京大学人民医院虽然在与SARS战斗的回合中伤痕累累，但在解除隔离后，大家想得最多的是，尽快做好善后恢复工作，积极地、科学地进行人员、精神和物质的准备，早日开诊，力争早日再返第一线，早日再为广大群众服务。经过了充分的准备工作，终于在6月9日，北京大学人民医院正式复诊。

回顾当年在面对SARS疫情的战斗中，我们用生命和汗水，用无数人的努力和拼搏，提高了对传染病的认识，获得了宝贵的经验，也诠释了生命的价值。这段历史将永远留在人民医院人的心中。

后　记

　　2021年是中国共产党成立100周年。100年前，在中华民族内忧外患、社会危机空前深重的背景下，中国共产党诞生了。百年征程波澜壮阔，百年初心历久弥坚。在100年风云激荡的历史进程中，中国共产党紧紧依靠人民，披荆斩棘、乘风破浪，取得了举世瞩目的巨大成就。在这一进程中，北京大学始终与国家和民族同呼吸、共命运。从建党初期的红楼播火，到新时代的扬帆起航，党的旗帜始终在北大高高飘扬，永不褪色。为传承红色基因，凝聚奋进力量，我们精选了32篇回忆文章，汇编成这本《信仰的力量——北大老同志庆祝中国共产党成立100周年回忆文集》。

　　本书的作者有亲历地下风云的离休干部，有来自各学科各领域的专家学者，也有退休的校级领导、民主党派代表和来自各个系统的管理服务人员。他们撰写回忆文章，以历史见证者的视角，从不同方面回顾了党史、国史、校史上的许多重大历史事件，抒发了真诚深厚的爱国爱党情怀，展现了北大老同志在党的领导下艰苦创业，不懈奋斗的岁月历程。

　　在本书编辑出版过程中，学校党政领导给予了大力支持和有

力指导。离退休工作部、关工委秘书处、医学部离退休工作处承担了大量的具体工作：克服疫情的不利影响，动员鼓励老同志撰写文章；组织采访队伍对老同志进行访谈；查阅档案史料，对文稿进行细致校对，记录下老同志波澜壮阔的人生历程。党委宣传部、党委统战部、学生资助中心以及相关院系领导和离退休系统工作人员都提供了诸多帮助。特别是元培学院团委组织大量青年学子参与访谈工作，同学们付出了辛勤的汗水。北京大学出版社的编辑对本书进行了认真细致的编辑、审校，终使本书得以顺利面世。在此一并表示感谢！

囿于时间紧迫，加上我们水平有限，书中难免存在一些缺漏，敬请广大读者批评指正。

本书编委会
2021 年 5 月 24 日